CraQueue mon CŒUR

K.L. HIERS

CraQueue Mon CŒUR

K.L. HIERS

Publié par
DREAMSPINNER PRESS

5032 Capital Circle SW, Suite 2, PMB# 279, Tallahassee, FL 32305-7886 USA
www.dreamspinnerpress.com

CraQueue mon cœur
Copyright de l'édition française © 2022 Dreamspinner Press.
Titre original : Kraken My Heart
© 2021 K.L. Hiers.
Première édition : mai 2021
Traduit de l'anglais par Manda Lorient.

Illustration de la couverture :
© 2021 Tiferet Design.
http://www.tiferetdesign.com
Conception graphique :
© 2022 L.C. Chase.
http://www.lcchase.com
Les éléments de la couverture ne sont utilisés qu'à des fins d'illustration et toute personne qui y est représentée est un modèle

Édition e-book en français : 978-1-64108-514-4
Édition imprimée en français : 978-1-64108-515-1
Première édition française : novembre 2022
v 1.0

Édité aux États-Unis d'Amérique.

I

TED STURM fixait l'escalier en colimaçon qui le séparait du cadavre attendant à l'étage quand il remit sérieusement en question sa carrière dans une maison funéraire.

Voilà près de dix ans qu'il travaillait chez Crosby-Ayers.

Il en avait marre.

Marre de travailler toute la nuit juste pour retourner au boulot à huit heures du matin sans avoir dormi. Marre de voir des choses horribles, marre de lutter contre des accès de dépression, marre de patauger dans des fluides immondes.

Par-dessus tout, il en avait marre de ces foutus escaliers.

Le problème n'était pas d'ordre physique, Ted était grand et fort, aussi solide qu'un chêne. Et il n'utilisait même pas la magie pour s'entraîner ! Ses collègues l'appelaient « Nounours », tous l'appréciaient, tous insistaient pour travailler en binôme avec lui – pour sa force physique, justement.

Malgré tout, Ted détestait les escaliers, surtout ceux en colimaçon, car y monter une civière sans la secouer devenait vite impossible. Ce n'était pas prévu pour ça, merde ! Du coup, les employés du funérarium devaient transporter le défunt dans leurs bras.

Par chance, le corps était assez petit. Ted aurait très bien pu le porter tout seul. Sa binôme de la soirée, Kitty York, était encore avec la famille pendant que Ted attendait devant la porte d'entrée.

Il tira sur sa cravate et poussa un énorme soupir. Un employé de funérarium était censé porter un costume et une cravate quand il venait chercher un corps, quels que soient les efforts physiques qu'il ait à accomplir. C'était la tradition, c'était aussi une forme de respect vis-à-vis des familles et du défunt qui gisait là.

Ted décida qu'il haïssait les traditions. Il transpirait abondamment à cause de la chaleur excessive qui régnait dans la maison et il mourrait d'envie de gratter ses couilles moites.

Il ne pouvait qu'attendre que Kitty ait terminé, et la famille semblait avoir beaucoup de questions à poser. Ted savait que le défunt avait pratiqué la religion Sagittaire. Premier indice, le parfum de la sauge qui brûlait.

Second et plus significatif encore : l'énorme bas-relief de Salgumel au-dessus du canapé.

La représentation du dieu tentaculaire était d'une précision étonnante, Ted aurait pu jurer que Salgumel le regardait.

Ted avait été élevé par ses parents comme un Lucian, mais ses années passées à travailler dans un funérarium lui avaient appris à mieux connaître les autres religions. Il savait, par exemple, que les Sages – ceux qui pratiquaient la religion Sagittaire – avaient, avant l'ensevelissement d'un défunt, une cérémonie intime où la famille s'occupait de laver le corps. Ils refusaient l'embaumement ou l'incinération, et la cérémonie des funérailles était relativement brève.

En revanche, «la célébration de la vie», la fête qui suivait un enterrement, durait parfois plusieurs jours. D'après ce que Ted avait entendu dire, certaines familles Sages festoyaient dans l'intimité pendant des semaines, du moins jusqu'à la nouvelle lune.

Les rituels variaient beaucoup en fonction du dieu Sagittaire auquel la famille accordait la préséance. Si les Lucians adoraient un dieu unique, le Seigneur de la Lumière, les Sages avaient des centaines d'options. Salgumel, le dieu des rêves et du sommeil était assez populaire. Si Ted avait bien suivi, ce dieu ancien avait été le premier à s'endormir, entraînant les autres avec lui. De ce fait, beaucoup disaient la religion éteinte. Ted, lui, n'en était pas sûr.

En regardant autour de lui, il vit de nombreuses photos de famille, des visages souriants, une multitude d'enfants et de petits-enfants. La plupart des photos avaient été prises en vacances ou dans des parcs d'attractions. Le défunt semblait avoir mené une vie heureuse et bien remplie.

Heureux pour lui, Ted sourit. En même temps, il était un peu triste. Égoïstement, sa peine ne s'adressait pas à la famille endeuillée, mais à lui-même.

S'il cassait sa pipe, à qui manquerait-il ?

À ses parents peut-être, mais ces derniers temps, il leur parlait à peine et il n'avait pas revu son jeune frère depuis des années. Sa dernière relation sérieuse s'était très mal terminée et ça faisait des mois qu'il ne voyait personne à cause de son emploi du temps de dingue. Ses seuls amis étaient des collègues.

En y réfléchissant, peut-être manquerait-il à son colocataire.

Il avait rencontré Jay Tintenfisch l'année précédente à un enterrement, bien entendu, vu que c'étaient ses seules « sorties ». La défunte était l'arrière-grand-mère de Jay et les deux hommes avaient échangé quelques mots. Au cours de l'entretien, Jay avait mentionné qu'il cherchait un nouveau logement et Ted, sur une impulsion, offrit sa chambre d'amis.

Pourquoi pas? Ils avaient les mêmes goûts, ils aimaient les mêmes films et les mêmes chansons. Au fil des mois, Jay s'était avéré être un colocataire parfait. Il était ordonné, il se lavait quotidiennement, il réglait sa quote-part du loyer à temps. Bref, tout allait bien.

Jusqu'à ce foutu chat.

Une voix âgée arracha Ted à ses pensées moroses.

— *Ah, c'était le premier séjour à la plage de nos petits-enfants. La toute petite, Macy, a adoré! Elle est si courageuse! Elle s'est jetée dans l'océan comme si elle l'avait fait toute sa vie.*

Ted tourna la tête pour retrouver la photo dont parlait le vieil homme : celle d'un groupe joyeux. Seul un petit garçon pleurait à grosses larmes.

Le vieillard gloussa.

— *Pas comme Junior!* enchaîna-t-il avec affection. *Il n'aime pas l'eau. Son père a pris au moins vingt photos, il pleure sur toutes.*

Ted hocha la tête et sourit poliment. Il préférait ne pas parler, au cas où un membre de la famille le surprenne et se pose des questions sur son état mental. Après tout, son interlocuteur était dans son cercueil, à l'étage.

Le vieil homme tendit la main pour toucher un vieux portrait. Ses doigts transparents passèrent à travers le tableau.

— *Elle, c'est ma femme*, dit-il. *Je pense... c'est elle qui va le plus me manquer.*

L'affection nostalgique qui vibrait dans sa voix rendit Ted tout chose, son cœur se serra. Il savait, à la façon dont les lèvres ridées tremblaient, que le vieil homme était au bord des larmes. Il chercha quoi dire pour le réconforter, il devait bien y avoir quelque chose...

— Tu es prêt, Ted? chuchota une voix compassée.

C'était Kitty, suivie de la famille.

Aussitôt, Ted afficha un sourire officiel, poli, compatissant, plein de condoléances silencieuses.

— Oui, grogna-t-il.

Il suivit Kitty à l'étage, de plus en plus nauséeux à chaque marche, parce que le vieil homme le suivait et continuait à parler.

— *Nous nous sommes rencontrés au cinéma. Il y avait tellement de monde! Nous étions assis l'un à côté de l'autre... et dès que je l'ai vue, j'ai*

3

su que c'était la bonne. Nous allions fêter notre anniversaire de mariage le mois prochain, cinquante-quatre ans...

Malgré les circonstances, Ted se rendit compte qu'il était jaloux du défunt. Oh, pas de sa belle maison pleine de mobilier, il aurait bien aimé lui aussi rencontrer quelqu'un de spécial et ne plus vivre seul.

Sa routine lui pesait. Chaque jour ressemblait au précédent, il travaillait toute la nuit, il travaillait toute la journée, il profitait de ses rares moments de liberté pour faire ses courses et payer ses factures avant de se faire pénaliser. Pire encore, il trouvait son travail de plus en plus déprimant, et les rares rencontres qu'il faisait, c'était pendant des funérailles, ce qui n'incitait pas particulièrement à la joie.

Comment Ted était-il censé rencontrer un amant potentiel ?

Et quand, par hasard, il avait cette chance, il se heurtait à d'autres obstacles. Trouver du temps libre pour explorer cette relation devenait vite un cauchemar, et il en avait marre de remplir certaines... attentes.

Oh, le fait de voir et d'entendre les morts ne l'aidait pas non plus.

Une fois à l'étage, Ted aida Kitty à envelopper le défunt dans un suaire et ensemble, ils portèrent le corps dans l'escalier. La civière attendait au bas des marches, ils y allongèrent le corps, puis Ted souleva la tête et glissa dessous un oreiller. Ils sanglèrent le défunt, le recouvrirent d'une couverture. Ensuite, Kitty s'entretint à nouveau avec la famille pendant que Ted attendait encore.

Il ne tenait pas à parler à la famille. En cas d'urgence, il l'aurait fait, bien entendu, mais il détestait cette obligation, il se sentait pataud, il ne savait jamais quoi dire. Kitty, elle, s'en tirait à merveille. Elle s'exprimait avec naturel, d'une voix douce, pleine d'empathie pour leur douleur. Elle parvenait à calmer les familles les plus belliqueuses et à obtenir une trêve.

Quand Ted devait s'adresser aux familles en deuil, il était gêné par la présence du défunt. Entendre un spectre hurler qu'on lui avait mis les mauvaises chaussettes rendait la tâche de Ted extrêmement difficile. Ça lui embrouillait les idées.

Ted et Kitty firent enfin rouler la civière jusqu'à leur fourgonnette et l'installèrent à l'arrière. Ted n'était pas sûr que la famille regarde encore, mais il veilla à traiter le corps avec respect avant de refermer la porte.

Il jeta un coup d'œil derrière lui : la famille était toujours agglutinée sur le porche avant de la maison. Le vieil homme se tenait avec eux, il agita la main.

En réponse, Ted hocha poliment la tête et prit place derrière le volant. Il attendit que Kitty attache sa ceinture avant de démarrer. Il était temps de retourner au funérarium.

— Ça s'est bien passé, hein ? lança Kitty avec entrain. Ces gens sont très gentils.

— Oui, oui, répondit Ted distraitement.

Il se concentrait sur la route. Il était minuit passé et son cerveau partait en vrille.

— Qu'est-ce qui ne va pas ? demanda Kitty.

Elle avait le don de déchiffrer l'humeur de ceux qui l'entouraient, Ted y compris.

— Tu es sûre d'avoir une licence pour la magie de la terre et non celle de la télépathie divine ? railla Ted.

Pour conduire une voiture, il fallait passer et payer un permis, pour user de magie, aussi. Quiconque était surpris à pratiquer la magie sans licence s'exposait à de sévères amendes, sinon à une peine de prison.

Des tests permettaient de déterminer dans quelle discipline exercerait le titulaire : le feu, l'air, la terre, l'eau et le divin.

Le « divin » était la forme de magie la plus puissante, car elle combinait les capacités des quatre autres branches tout en offrant des pouvoirs considérés comme uniques.

Certains individus s'avéraient incapables d'user de la magie, ils étaient enregistrés comme « vacants ». Les Sages les appelaient « les Muets », d'après ce que Ted avait entendu. Lui était presque un vacant. Il avait démontré le strict minimum de la magie de l'air, avec un soupçon de divin, sans que rien ne se soit jamais vraiment manifesté.

Même avec l'aide d'une baguette ou d'un bâton, Ted ne parvenait pas à lancer le sort le plus simple sans qu'il s'efface illico. Il avait donc renoncé à la magie jusqu'à ses débuts au funérarium.

Le jour où il avait vu son premier cadavre, il avait enfin compris la vraie nature de son don magique.

— As-tu rencontré quelqu'un, Ted ? demanda Kitty.

Ted soupira. Mentir ne lui servirait à rien. Cela faisait plusieurs mois qu'il travaillait avec Kitty et elle était au courant de son don. Compte tenu de leur métier, garder ce secret aurait été difficile.

— Oui, admit-il. Lui !

Il agita la main pour désigner le corps étendu à l'arrière.

— Et alors ? Comment allait-il ?

— Plutôt bien, répondit Ted, compte tenu des circonstances. Au moins, il n'a pas essayé de me suivre. Il est resté avec sa famille. Il avait l'air... euh, d'accepter son état, tu vois.

— Alors, tu penses qu'il va passer le pont ?

— Oui.

— J'aimerais tant pouvoir les entendre ! s'exclama Kitty avec envie. Ce doit être génial !

Ted secoua la tête.

— Non, vraiment pas.

Parfois, il regrettait de s'être confié. Comme la plupart des gens, Kitty enviait sa magie à cause de sa rareté. Parfois, les gens pensaient Ted capable d'établir un contact avec des défunts disparus depuis longtemps, ils réclamaient des messages de l'Au-delà, des mots de sagesse.

En réalité, le don de Ted était à la fois imprévisible et terrifiant, le pire étant qu'il ne le contrôlait pas. Les défunts communiquaient avec lui au hasard, certains n'y étaient pas disposés, d'autres n'y parvenaient pas. Certains étaient polis et amicaux comme le vieillard rencontré un peu plus tôt, d'autres ignoraient Ted, d'autres, enfin, étaient enragés. Ils criaient de colère, ils l'injuriaient et essayaient de l'attaquer, ils le menaçaient de le hanter jusqu'à la fin des temps s'il refusait de les aider. Oui, ceux-là se sentaient piégés, ils n'avaient pas admis leur mort.

Par chance, ils étaient assez rares, mais c'étaient aussi ceux qui poursuivaient Ted jusqu'à chez lui.

Le petit garçon était une exception...

— Excuse-moi, s'empressa de dire Kitty. Je sais bien que ça doit être horrible parfois. C'est juste... Je suis tellement curieuse ! J'aimerais leur parler, leur poser des questions.

— Quel genre de questions ? railla Ted. *Que se passe-t-il quand nous mourons ?* Ils n'en savent pas plus que nous. Certains m'ont parlé d'une lumière vive qui les appelle, d'autres voient un pont.

— Xenon, dit Kitty.

— Hein ?

Elle expliqua :

— D'après les Sages, toutes les âmes traversent un pont à un endroit appelé Xenon pour atteindre la demeure des dieux.

Ted s'arrêta à un feu rouge, il s'appuya à son dossier et soupira.

— Je vois. Xenon serait donc un carrefour pour atteindre Zebulon ? Écoute, Kitty, je voulais juste te dire que poser des questions à des spectres

6

n'est pas aussi facile que tu sembles l'imaginer. Ils ne savent pas ce qui se passe, et pour être franc, je préfère ne pas leur parler.

— Pourquoi? s'étonna Kitty, une note d'hésitation dans la voix.

— Parce que les morts sont aussi chiants que les vivants, sans vouloir t'offenser. Ils sont égoïstes, ils cherchent toujours à m'exploiter. Même quand j'essaie d'être gentil, de transmettre un message d'amour à leur femme ou de veiller à ce qu'ils soient enterrés dans leur tenue préférée, ça n'est jamais assez. Ils réclament encore et encore, et répondre à toutes ces demandes, c'est épuisant. Tant qu'ils espèrent me soutirer quelque chose, ils restent avec moi, ils me houspillent. Alors, merde! Désormais, je les ignore.

— Excuse-moi, répéta-t-elle. Je n'avais pas réalisé que c'était aussi lourd.

Ted mit le clignotant et tourna vers le parking du funérarium.

— La plupart du temps, ça va, admit-il. Je n'ai eu que quelques harceleurs et, en fait, c'était de ma faute, je n'aurais pas dû leur parler.

— N'as-tu jamais pensé aller voir une sorcière spécialisée? demanda Kitty. Elle pourrait t'aider à gérer tes fantômes.

— Non.

— Ah, pourquoi pas?

— Kitty, je ne tiens pas à crier sur les toits ce dont je suis capable! déclara Ted, un peu sèchement. La nécromancie est strictement illégale et parler aux morts y ressemble un peu trop à mon goût. Je ne tiens pas à finir en prison à cause de fichus fantômes qui pètent un câble pour des détails sans le moindre intérêt. Franchement! Qui se soucie de sa tenue pour être enterré!

Ted disait vrai. La nécromancie était interdite par la loi et considérée comme taboue. Tout ce qui avait trait à cette ancienne magie avait été détruit ou s'était perdu au fil du temps. Pourtant, elle survivait, si l'on en croyait les rumeurs. Ted soupçonnait fort que des pratiquants y travaillent encore en secret.

Sinon, comment expliquer qu'il y ait encore des goules? Le processus, long, dangereux et illégal, consistait à attacher l'âme d'un humain décédé à un clone de son corps, prolongeant ainsi sa vie jusqu'à ce que ce substitut cède et pourrisse. Les goules étaient rares, mais Ted en avait déjà croisé.

Communiquer avec les morts comme il le faisait était encore plus rare. Ce n'était pas illégal, mais très réglementé. Cette branche de magie avait même droit à une licence spécifique. Ted avait donc évité de révéler son talent. Il préférait ne pas attirer l'attention ou les complications.

— D'accord, déclara Kitty.

Elle attendit que la camionnette s'arrête pour sortir pour aller ouvrir la porte du garage du funérarium.

Ted recula pour qu'ils puissent décharger la civière, soulagé que Kitty abandonne le sujet. Une fois à l'intérieur, ils installèrent le défunt dans la chambre froide, signèrent la paperasserie, et ce fut terminé.

Ted était prêt à rentrer chez lui.

Alors qu'ils fermaient les portes du funérarium, Kitty demanda :

— Tu as congé demain, non ?

Ted vérifia sa montre et sourit.

— Il est une heure du matin. On est déjà demain. Oui, j'ai pris ma journée. Et je compte bien la passer à dormir.

— Doris sera inconsolable, plaisanta Kitty. Elle comptait t'apporter des cupcakes et je sais qu'elle en a fait aux fraises rien que pour toi.

— Tu lui transmettras mes regrets, mais même ses gâteaux ne suffiront pas à m'arracher à mon lit. J'espère juste ne pas recevoir d'appel au cours des prochaines heures, ensuite, c'est la quille pendant deux jours !

Kitty éclata de rire.

— D'accord, fais un bon dodo, mon nounours !

Elle agita la main sur le parking et s'éloigna vers sa voiture.

— Bonne nuit, Kitty ! cria Ted en retour.

Il monta dans sa voiture, s'installa au volant et s'apprêta à démarrer. Il ne leva même pas les yeux lorsqu'il entendit un léger rire à l'arrière.

— Coucou, bonhomme, lança-t-il.

Il entendit un froissement de tissu, puis plus rien.

Il enchaîna calmement :

— Quelle route on prend ce soir ? La foldingue ?

Il reçut une petite tape sur l'épaule.

C'était une acceptation.

Ted sourit.

— C'est parti.

Pour retourner à l'appartement qu'il partageait avec Jay, il avait deux options. La première était la route plus directe, elle passait par le centre-ville. La seconde faisait le tour par les falaises, elle ajoutait vingt bonnes minutes, mais le panorama était superbe et la descente vertigineuse.

Le petit garçon adorait cette route !

Pour amuser son passager, Ted veilla, chaque fois qu'il le put, à prendre des virages serrés et à rebondir sur les nids-de-poule, il souriait en entendant des rires ravis derrière lui.

— Attention, bonhomme ! Voilà un vrai cratère !

Bien que le petit garçon soit avec lui depuis des mois, Ted ignorait d'où il venait. De par son métier, il avait croisé pas mal d'enfants décédés, malheureusement, mais pas celui-ci.

Non, l'enfant était arrivé une nuit dans sa chambre et depuis, il ne le quittait plus.

Il n'était pas gênant, il ne demandait pas grand-chose, il cachait toujours son visage. Ted n'avait vu de lui qu'une petite silhouette et une écharpe épaisse. En revanche, il entendait sa voix.

Surtout dans la voiture, le soir, quand il rentrait chez lui.

Ted s'était beaucoup attaché au petit garçon. Quand il se sentait seul, il appréciait d'avoir un ami. Après de longues journées de travail, il était parfois tenté de s'effondrer et de pleurer, mais alors, une petite main se posait sur son épaule ou une balle rouge roulait vers lui.

Parfois, il trouvait dans sa chambre de jolis dessins ou des petites voitures. Ted avait découvert quelle musique préférait le petit garçon, aussi mettait-il souvent des rocks classiques pour l'entendre taper du pied en cadence.

C'était réconfortant, même s'il ne pouvait en parler à personne. Qui l'aurait compris ? Même Kitty n'était pas au courant.

Quand Ted se gara devant son appartement, le petit garçon avait disparu. Où allait-il ? Ted l'ignorait, il savait juste que son petit compagnon reviendrait bientôt.

Ted entra le plus discrètement possible dans son appartement. Il était affreusement tôt et il ne voulait pas réveiller son colocataire. Il écouta, tous ses sens en alerte, cherchant son ennemi : le félin de Jay.

Dire qu'il avait trouvé sa vie compliquée quand il n'avait à se soucier que des fantômes odieux et du stress constant d'être confronté à la mort ! En vérité, il avait découvert le véritable sens de «damnation» le jour où Jay a ramené le chat à la maison.

M. Ben.

L'énorme félin noir que Jay avait adopté et dont il était vite devenu dingue. Ce foutu animal avait un soir suivi Jay jusqu'à chez lui et s'était depuis lors incrusté. Jay ne pouvait plus s'en passer et réciproquement.

C'était déjà étrange que la bestiole soit arrivée avec de petites lunettes de soleil à sa taille, accrochées à ses petites oreilles.

C'était déjà étrange qu'il insiste pour suivre Jay partout.

Dès qu'il voyait Jay, Ben miaulait, ronronnait et démontrait par mille autres façons son adoration fanatique.

Ted ne recevait pas le même traitement.

S'il tentait d'approcher Jay, Ben lui sautait dessus, toutes griffes dehors. Quand Jay s'absentait, Ben s'acharnait sur Ted et faisait de sa vie un enfer. Il se mettait dans ses jambes et le faisait trébucher, il vomissait dans ses chaussures, pissait dans son placard et déposait des souris mutilées sur son oreiller.

Jay avait tenté d'expliquer cet atroce comportement en parlant d'un traumatisme d'abandon, il avait aussi promis de remplacer tout ce que le chat avait détruit.

Un fait restait indéniable : Ben détestait Ted.

Et réciproquement.

Ted traversa l'appartement sur la pointe des pieds sans voir le monstre à fourrure. Peut-être dormait-il dans la chambre de Jay…

Non ! Quand une ombre effleura ses jambes, Ted jura. Il aurait encore préféré un fantôme.

Il passa dans sa chambre, enfila un survêtement et se sentit ensuite le courage de retourner dans la cuisine. Merde quoi ! Il avait soif et ne comptait pas laisser un chat caractériel faire la loi chez lui !

Il ouvrit le frigo, y récupéra une canette de soda et profita de la lumière de la porte pour scruter la cuisine et le salon. Il ne vit pas le chat. Pourtant, il hésita un moment à refermer le frigo, inquiet à l'idée de plonger l'appartement dans l'obscurité. Il finit par le faire.

Il retourna vers sa chambre d'un pas aussi prudent que s'il traversait un champ de mines. Malgré ses précautions, il heurta du pied une très grosse boule de fourrure alors qu'il contournait le canapé.

Ben feula de rage et lui mordit la cheville.

— Aie ! grogna Ted. Crétin de chat !

Très agacé, il voulut arracher sa jambe aux dents du chat. Son pied partit en avant, projetant Ben contre le mur. Horrifié de sa brutalité, Ted alluma et avança.

— Merde ! Je t'ai fait mal ? Excuse-moi, c'est parti tout seul !

Le chat le fixait d'un regard noir par-dessus ses lunettes de soleil, il feulait aussi fort qu'un tigre.

Soudain, un portail s'ouvrit au milieu du tapis du salon avec de vives lumières clignotantes et des vents violents.

Ted se figea, le regard braqué dans le gouffre noir qui béait devant lui. La capacité de créer un portail était un don très rare et c'était la première fois que Ted assistait au phénomène.

— Qu'est-ce que… ?

Comme si question étrangeté, le portail ne suffisait pas, voilà que Ben se transformait en un jeune homme très grand, très maigre et très nu. Son sourire félin exhiba des dents pointues.

— Enfoiré ! feula-t-il. C'est le dernier coup de pied que tu me donneras !

— Je ne t'ai pas shooté délibérément ! protesta Ted, indigné. C'était un accident, je…. Oh, putaiiiiiiiiiin !

Sa protestation s'acheva dans un long cri inarticulé : Ben venait de le pousser la tête la première dans le portail.

C'était comme… glisser sur un toboggan rempli de pudding.

Ted ne sentait pas d'air autour de lui, pas exactement, mais c'était quelque chose d'épais et de suffocant. La lumière autour de lui était si brillante qu'elle l'aveuglait, il crut qu'il allait mourir.

Son estomac se rebella à la vitesse de la chute, mais Ted n'était même pas certain qu'il tombait. Il poussa un grognement en heurtant quelque chose à la fois solide et humide, ses poumons se vidèrent de leur oxygène sous l'impact. Le souffle coupé, Ted hoqueta, les yeux fixés sur un haut plafond voûté.

Il vit donc en direct le portail se refermer au-dessus de lui.

Encore assommé, il releva la tête pour voir où il se trouvait. Il était allongé dans une flaque poisseuse, et la pièce évoquait la salle du trône d'un ancien château.

Très hauts plafonds, beaucoup de vitraux, trône richement orné…

Ted était aussi cerné par des monstres. Des créatures géantes dotées de tentacules, des êtres humanoïdes, le front couronné de cornes en spirale, de souples félins aux dents acérées et des vers-poissons formaient un cercle autour de lui.

Ted voulut se relever, mais il glissa dans la flaque dans laquelle il était étendu. Il sentait l'humidité dans son dos et ses mains n'adhéraient pas au sol, elles ne cessaient de glisser. Puis Ted se heurta à une masse froide. Étonné, il se retourna.

Il découvrit un cadavre derrière lui.

Une créature féline, ses yeux sans vie devenus laiteux, baignait dans une mare de…

Oh, mon Dieu !

C'était du sang.

Une voix basse et profonde renvoya des échos dans la grande salle :

— Poussez-vous, laissez-moi passer ! Écartez-vous ! Cette affaire devient officiellement royale, alors, bougez-vous le cul !

Ted cherchait à contrôler sa nausée tandis qu'il regardait un homme écarter les monstres pour s'approcher de lui.

Oui, c'était bien un homme, pas très grand, mais très large, très trapu, avec un sourire arrogant et des dents pointues. Sinon, il avait l'air à peu près normal. Des cheveux d'un jais noir, coupés courts, une barbe soignée poivre et sel et de magnifiques yeux dorés.

L'homme se pencha sur Ted et le toisa comme un mets savoureux.

Il portait un costume trois-pièces, mais bien plus flashy que ceux que Ted arborait au travail. La veste et le pantalon étaient noirs, la cravate d'un violet exagérément brillant et une scintillante chaîne de montre coupait le brocart violet du gilet assorti.

— Hé, tu es à croquer ! Comment t'appelles-tu, mon chou ?

— Je… je… bégaya Ted.

Il jeta un regard affolé autour de lui. Les monstres avaient reculé. Qui que soit cet homme, il avait une autorité incontestable. Mais Ted n'aimait pas trop l'avidité du regard posé sur lui. Sans trop savoir pourquoi, il rougit et son cœur battit plus vite.

Il déglutit et chercha à retrouver sa voix.

— Ted, dit-il enfin. Je m'appelle Ted.

Était-il mort ? se demanda-t-il. Ou faisait-il un cauchemar ? Son esprit n'arrivait pas à accepter la réalité de ce qu'il vivait.

— Où suis-je ? ajouta-t-il. Que s'est-il passé ?

— Bienvenue à Xenon, mon chou. Je suis Thiazi Grell. J'ai été envoyé ici pour activités illégales et détenu pour remplacer mon prédécesseur, la très charmante Miss Pretty Pétunia Pageant, avide joueuse de Tetris et championne incontestée des deux derniers siècles. En clair, je suis le roi de Xenon, bien évidemment.

— Hein ? couina Ted.

12

— Veux-tu boire quelque chose? proposa Grell. Un alcool fort, ce serait plus sage, histoire de te calmer un peu et de mettre de la pilosité sur cette délicieuse poitrine. Ensuite, nous parlerons de ton crime.

— De mon... *quoi*? hurla Ted.

II

— TU ES accusé de meurtre, mon joli, répéta Grell.

Pour illustrer son propos, il désigna le sang.

— Putain! cria Ted. Je rêve! Ce n'est pas vrai! Je n'ai rien fait! Je n'ai tué personne!

Il parvint enfin à se relever, bien que ses orteils pataugent dans le sang. Le remarquant, il s'écarta précipitamment.

— Tu as du sang plein les mains, déclara Grell. D'après les lois des Asras, tu es accusé de meurtre jusqu'à ce que tu prouves ton innocence.

Un murmure d'approbation courut parmi les monstres.

— Je n'ai jamais rien entendu de plus con de toute ma vie! aboya Ted. Vous n'allez pas me coller cette mort sur le dos, espèce de demeuré! Je viens juste d'arriver, merde!

Le silence s'éternisa, plus personne ne pipait mot.

Un peu calmé, Ted demanda :

— C'est quoi un Asra?

Grell désigna le hideux cadavre qui gisait aux pieds de Ted.

— Notre race, déclara-t-il. C'était un Asra, j'en suis un aussi, même si j'ai pris forme humaine pour toi.

Son sourire exhibait toutes ses dents.

Ted rougit et balbutia :

— D'accord, excusez-moi, mais je ne comprends plus rien. Pourriez-vous m'expliquer? Comme je vous le disais, je débarque, merde!

— Tu es sûr de ne pas vouloir un verre? demanda Grell. Tu sembles un peu nerveux.

— Vous êtes cintré, ça se confirme! railla Ted. Vous m'accusez de meurtre et m'offrez un verre? Pourquoi… euh, pourquoi ne pas m'arrêter et me coller au trou?

Grell paraissait s'amuser beaucoup.

— Un trou… mmm… J'adore, mon mignon, ne me tente pas. Pourquoi me donnerais-je la peine de t'arrêter? Tu n'as aucun moyen de t'échapper. Et même si tu essayais, tu n'irais pas très loin.

14

Ted déglutit. D'après lui, cette phrase sibylline était une menace. Et puis toutes ces dents, c'était flippant !

Il leva les mains en signe de reddition.

— D'accord, d'accord. Je veux bien une bière. Non, pas de bière, se corrigea-t-il aussitôt. Un truc plus fort, bien plus fort.

— J'ai ce qu'il faut.

Grell claqua des doigts et un verre plein d'un liquide sombre apparut dans la main de Ted.

Sans hésitation, Ted le vida cul sec.

L'alcool lui brûla la gorge. C'était chaud et un peu sucré. Et tout à fait délicieux. Surpris de voir le verre se remplir par magie, Ted cligna des yeux. A posteriori, il se rendit compte qu'il n'était pas très intelligent de sa part d'accepter une boisson inconnue offerte par un parfait étranger.

Pire encore, un étranger capable de lancer des sorts en n'utilisant que ses mains. À de très rares exceptions près, la magie requérait au moins une incantation. Ted comprit alors qu'un homme – ou un Asra – capable de lancer un sort d'un claquement de doigts était un puissant magicien.

— Merci. C'est… euh, c'est bon.

Ted s'agita nerveusement, sa peau était froide là où le sang séchait, son regard affolé passa de l'une à l'autre des étranges créatures qui s'attardaient encore autour de Grell et lui. La terreur l'engourdissait.

Ou peut-être était-ce l'effet de l'alcool.

Soudain, Grell tourna la tête et montra ses dents.

— Que le tribunal se retire à présent ! aboya-t-il. Le procès commencera demain.

— Allez-vous représenter le criminel, Votre Altesse ? couina l'un des vers-poissons.

Grell haussa les épaules.

— Pourquoi pas ? Ça pourrait être marrant.

— Très bien, répondit le ver-poisson. Dans ce cas, nous vous verrons au procès, Votre Altesse.

Un par un, les monstres disparurent, soit par des portails, soit par des arcades physiques. Très vite, Ted et Grell se retrouvèrent seuls.

Avec le cadavre.

— Un *procès* ? répéta Ted. Quel genre de procès ?

— Procès pour meurtre, évidemment.

— Allez, arrêtez les conneries !

15

Grell se mit à tourner autour de Ted comme un tigre s'apprêtant à bondir sur sa proie.

— Dis-moi un peu, comment un adorable humain dans ton genre a-t-il pu atterrir dans mon humble demeure ? As-tu lu des livres maudits récemment ? Ou as-tu fait du tort à un petit chat ?

Ted eut une illumination. Ses souvenirs lui revenaient.

— Le chat ! s'écria-t-il. Bien sûr ! Tout est de la faute de ce foutu chat ! Il a ouvert un putain de portail et… En plus, ce n'était même pas un vrai chat ! Il s'est transformé en gringalet et il m'a poussé dans le trou !

Grell fit claquer sa langue.

— C'est bien ce que je pensais. La lecture, ce n'est sûrement pas ton truc.

Ted le fusilla des yeux.

— N'importe quoi ! Il m'arrive de lire !

— La composition de ton savon pendant que tu chies, ça ne compte pas, ricana Grell.

Dressé de toute sa taille, Ted toisa le nabot.

— Va te faire foutre, enculé ! Tu ne sais rien de moi !

Grell éclata de rire.

— Mmm, je sais que tu es grossier, comestible, que tu as un sacré culot et une grande gueule. Tu es diablement rafraîchissant ! En plus, rien qu'à te regarder, j'apprends beaucoup sur toi. Ton petit pantalon a plus de trous qu'une putain Vulgoriane, tu pues l'après-rasage et la mort, et cette peur dans tes yeux…

Ted se raidit, son cœur battait dans ses oreilles, son estomac était si noué que c'en était douloureux.

Grell pencha la tête avec un sourire narquois, puis il enchaîna :

— Tu es mort de peur, pourtant, tu t'efforces de le cacher, tu continues à faire le mariole. Et tu es beau, très beau. Dix sur dix, je te baiserais sans hésiter. Mais tu es toujours terrifié.

Ted ouvrit la bouche pour riposter, mais il ne trouva rien à dire. Alors, il serra les dents tandis que la chaleur montait dans son cou.

Rêvait-il ou était-ce la réalité ?

Il sirota son verre avec un grognement de défi.

— Va te faire sucer !

— Avant, laisse-moi t'offrir un bon dîner, persifla Grell.

Ted haussa les épaules, furieux de rougir autant. Il était écarlate, il le savait, il le sentait.

— Sans blague ! Tu me dragues ?

— Ah, il y a donc un cerveau dans ce joli crâne épais ! rétorqua Grell.

Ted se lécha nerveusement les lèvres.

— Tu es d'un chiant !

— Hé, j'y suis bien obligé, admit Grell. Ceux qui font ami-ami avec tout un chacun ne restent pas roi très longtemps.

Ted frissonna quand Grell avança vers lui. Il avait un mal fou à ne pas se troubler devant le regard intense des yeux dorés.

— Alors, euh… bredouilla-t-il. Rappelle-moi où je suis ?

Grell claqua des doigts, faisant apparaître un autre verre dans sa main.

— À Xenon, dit-il. Tu veux que je parle plus lentement ?

— Non, grogna Ted. J'avais entendu la première fois, mais ça ne me dit pas grand-chose. Je croyais que Xenon était un pont !

Grell fronça les sourcils.

— C'est consternant, grinça-t-il. Les humains ont-ils donc vraiment tout oublié des anciennes traditions ? Remarque, ça date de quelques siècles. J'oublie toujours que toi et les tiens vivez si peu longtemps !

Ted vida son verre.

— Écoute, les petites réflexions théologiques, c'est bien sympa, mais ça ne répond pas à ma question. C'est quoi, Xenon ?

Grell roula des yeux.

— C'est le pont entre Eon et Zebulon, déclara-t-il.

Il fit signe à Ted de le suivre alors qu'il sortait par une petite porte latérale.

Ted hésita et regarda autour de lui avec méfiance.

Cette porte existait-elle seulement une seconde plus tôt ?

De toute façon, il n'avait pas d'autre option que suivre Grell, quel que soit l'endroit où il le conduise.

La porte donnait sur une grande terrasse de pierre, et quand Ted découvrit le panorama qui s'étendait au-delà de la rambarde, il manqua s'étrangler.

— Bordel de merde !

Il faisait nuit et le ciel était illuminé d'un million d'étoiles brillantes et de galaxies qui formaient d'éblouissants tourbillons. Il faisait sombre, bien sûr, mais une douce lueur violette éclairait jusqu'à l'horizon. Les arbres d'un blanc irisé étaient aussi lumineux que des éclairs jaillissant du sol.

Ted se trouvait bel et bien dans un château, une gigantesque bâtisse en pierre couleur lavande qui surplombait la forêt étincelante. Des vrilles de fleurs grimpaient le long des murs, donnant à l'air un parfum épicé. On dirait de la cannelle, pensa Ted.

Reportant son regard sur la forêt, il sursauta. Un pont géant se profilait au-dessus des arbres. Comment diable l'avait-il raté dès le premier coup d'œil ? se demanda-t-il, éberlué. Le pont était encore plus grand que le château.

Mais alors, sous ses yeux, le pont s'assombrit et disparut.

Quelques instants plus tard, il se ralluma. Cette fois, Ted nota le flux des orbes lumineux qui le traversait. Le pont était si massif qu'il était impossible de déterminer son début et sa fin, mais toutes les lumières avançaient dans le même sens. L'effet était hypnotique et étrange, c'était comme retrouver un rêve familier qui s'effaçait toujours au réveil. C'était fantastique, incroyable et pourtant magnifique.

— Alors, Eon, c'est… la Terre ? demanda Ted avec hésitation.

— En partie. C'est le monde des mortels, avec toutes vos planètes, vos étoiles et le reste, répondit Grell.

Il désigna le pont gigantesque et ajouta :

— Une fois mort, votre âme traverse ce pont pour atteindre Zebulon, la demeure des dieux.

— Les dieux ?

— Azaethoth le Grand, Babbeth, Baub ?

Quand Grell remarqua les yeux écarquillés de Ted, il soupira.

— Ces noms ne te disent rien ? Je présume que tu es Lucian !

— Oui, plus ou moins, admit Ted, mais je connais quand même tous les dieux Sagittaires ! C'est juste que j'ai du mal à admettre… Attends, tu essaies de me faire croire que ces vieilles légendes à la con sont vraies ?

Grell désigna l'immense construction au-dessus de leurs têtes.

— Aussi vrai que ce pont, mon chou.

— Putain ! marmonna Ted.

Il regarda encore, suivant des yeux les petites lumières qui avançaient. Il avait le vertige, il ne savait plus que penser. Peut-être rêvait-il ! se répéta-t-il. Bien que Lucian, il n'avait jamais été très pratiquant, mais quand même, il se considérait comme un croyant. Il avait été baptisé enfant, il avait accepté les Rites de la Lumière en grandissant, mais plus rien ne semblait compter dorénavant.

— Alors, le Seigneur de la Lumière est un mythe ? bredouilla Ted. Il n'existe pas ?

Grell haussa ses larges épaules.

— Personnellement, je ne l'ai jamais rencontré, répondit-il. J'ai entendu dire qu'un visionnaire était venu et qu'il avait beaucoup prêché avant de disparaître. Je n'en sais pas plus, mon chou.

Ted fronça les sourcils.

— Qu'arrive-t-il aux Lucians après leur mort ? Vont-ils ailleurs ?

— Non, répondit Grell d'un ton calme, toutes les âmes défuntes traversent le pont, qu'elles aient prié les dieux Sagittaires ou des autres. Même les dieux passent par là !

— Oh ! s'étonna Ted. Les dieux peuvent mourir eux aussi ? En as-tu vu passer, Grell ?

Grell éclata de rire.

— Oui, un petit bonhomme effronté doté de gros sourcils nous en a envoyé un, il n'y a pas si longtemps. La lumière était nettement plus forte, je peux te l'assurer. En fait, on aurait cru à une fusée ! Il est passé à toute allure !

Ted posa son verre et agrippa la balustrade du balcon.

— Ça fait... un choc, tu sais, toutes ces informations.

— Oui, je sais. Bois !

Ted regardait le pont.

— C'est tellement beau !

— Oui, chuchota Grell.

Il ne regardait pas le pont, il fixait Ted.

Gêné, Ted se frotta l'oreille.

— Et toi, tu... tu es le roi de tout ça ?

— Oui, je suis le roi de Xenon et l'Asra suprême.

Voyant que Ted ouvrait la bouche pour réclamer des explications, Grell enchaîna :

— Nous autres, les Asras, sommes la première race créée, les dieux voulant être servis. Mais comme ils étaient bien trop exigeants, nous en avons vite eu marre d'être leurs esclaves et nous nous sommes rebellés.

— Waouh ! Vous vous êtes battus contre des dieux ?

— Et nous avons gagné, déclara Grell avec fierté. Pour mettre fin à la guerre, Azaethoth le Grand nous a donné Xenon en apanage et, afin de garantir à notre peuple sa liberté, il a promis qu'aucun dieu vivant n'y pénétrerait jamais. Alors, voilà, Xenon est à nous depuis des milliers d'années.

— Plutôt sympa de sa part, dit Ted.

Il fit un pas en avant et grimaça de dégoût : ses pieds poisseux restaient collés au sol de pierre.

Il se tourna vers Grell et demanda un peu hésitant :

— Euh, ta majesté ? Je veux te demander une faveur ?

— Pourquoi pas, si c'est dans la limite du raisonnable.

— Je voudrais que tu claques tes petits doigts pour nettoyer cette merde que j'ai partout sur moi. Ce sang, quoi, expliqua-t-il.

Grell lui jeta un regard horrifié.

— Tu es fou ! Je ne peux pas effacer les preuves flagrantes de ta culpabilité ! Je te rappelle que ton procès commence demain !

— Eh merde ! gémit Ted, résigné à endurer son inconfort.

— Par les dieux, que tu es crédule ! railla Grell.

— Hein ?

— Allez, viens, je vais te donner l'occasion de te rafraîchir. Je ne veux pas que tu te plaignes de mon hospitalité. Suis-moi.

Ted fit un pas en avant pour obtempérer, mais soudain, tout crépita autour de lui, l'image s'effaçait comme dans ces vieux DVD mal enregistrés.

Une seconde plus tard, ils n'étaient plus sur la terrasse, mais devant une piscine remplie d'une eau chaude qui fumait. D'étranges anguilles bioluminescentes nageaient dans le bassin, donnant à l'eau une teinte irréelle.

— Putain, c'était quoi ? s'étonna Ted. Comment as-tu fait pour nous…

— J'ai ouvert un portail, expliqua Grell. D'après ce que je sais, les mortels ont aussi accès à cette magie, non ?

— Euh… oui, effectivement, mais pourquoi n'ai-je pas vu un trou noir qui tourbillonnait comme le portail qui m'a attiré ici ?

— Parce que je travaille plus proprement que mon fils. Je suis d'ailleurs ravi que tu aies expérimenté les deux, tu es donc à même de nous comparer.

Ted ouvrit de grands yeux.

— Quoi ? *Ton fils* ? Ce chat odieux… ce freluquet malingre, c'est… ton fils ?

— Oui, mon seul et unique héritier, admit Grell, amusé.

Il avança vers la piscine. En un clin d'œil, ses vêtements disparurent.

Ted s'était figé, ne sachant pas s'il était censé suivre le roi. Il ne pouvait pas détacher ses yeux du corps qui s'offrait à son regard, de larges épaules, la toison noire qui couvrait le torse puissant, le ventre bardé de muscles, le…

Oh, putain !

Ted déglutit et détourna brusquement la tête, certain que son visage était sur le point de prendre feu.

Grell glissa dans l'eau avec un sourire narquois.

— Si j'en juge à ta tête, le spectacle t'a plu, mmm ?

Écarlate d'embarras, Ted préféra ne pas répondre à la question.

Il approcha et regarda les anguilles avec suspicion.

— Ce n'est pas dangereux, ces bestioles ?

Grell sirota sa boisson et lui fit un clin d'œil.

— Pas plus que moi.

Ted grimaça.

Peu enclin à se déshabiller devant un étranger, il décida d'entrer dans la piscine avec son survêtement. À peine les orteils plongés dans l'eau chaude, il gémit de plaisir et s'immergea complètement.

C'était divin.

Ted trouva un rebord où il s'assit, ce qui lui permit de se détendre, de l'eau jusqu'au cou. Son verre était à portée de sa main, il renversa la tête sur le rebord de la piscine. Les anguilles nageaient sans lui prêter attention. Ted soupira d'aise, heureux de sentir se dissiper la tension qui raidissait ses muscles.

Le sang qui le maculait se dissipa dans l'eau, Ted n'eut même pas à se frotter. Jamais il ne s'était senti aussi propre, aussi rafraîchi. Il comprit alors que l'eau avait sans doute des propriétés magiques. Aucune importance, c'était vraiment bon.

La voix de Grell le ramena à la réalité.

— Alors, demanda sévèrement le roi, dis-moi un peu, Ted d'Eon, puisque tu es mortel, comment se fait-il que tu sentes à ce point la mort ? Et je dirais même plus, les morts ! Serais-tu un tueur en série ? Ou un justicier, peut-être, un vengeur, un superhéros ? J'adorerais te voir en costume spandex bien moulant.

— Je travaille dans un funérarium.

— Ah, un embaumeur ? Tu prépares les morts comme une Eldress ?

Ted n'osa pas révéler qu'il ignorait ce qu'était une « Eldress ».

— Non, je ne suis que chauffeur-homme à tout faire, mon rôle est essentiellement d'aller chercher les défunts et de les ramener au funérarium. Les gens meurent un peu partout, tu sais, dans les hôpitaux, dans les maisons de retraite, ou même chez eux. Il m'arrive aussi d'aider à les habiller et de les mettre dans un cercueil, rien de plus.

— Je vois. Tu n'es pas un embaumeur.

S'agissait-il d'une critique visant à le rabaisser ? Ted se hérissa.

— Non. Mes parents avaient d'autres ambitions pour moi, ils m'ont envoyé à l'université, ils me voyaient déjà cadre supérieur, mais je détestais les cours, je n'apprenais rien. Et je ne suis pas con pour autant, hein ? Je bosse, je bosse même à plein temps. Voilà, tu es content ?

— Ravi ! affirma Grell, avec un sourire suffisant.

— Ben voyons ! s'emporta Ted. Pour toi, tout est facile, tu vis bien peinard dans ton petit monde magique, tu es le roi, tu trouves normal que ton connard de fils se débarrasse des gens en les poussant dans un putain de portail ! Et je parie que ta reine est canon, c'est ça ?

Grell se figea, son amusement disparut.

Ted comprit qu'il venait de commettre un impair.

— Quoi encore ? demanda-t-il.

Grell remplit son verre et le vida cul sec.

— Et si on se concentrait plutôt sur ton procès pour meurtre, hmm ? Tu es censé préparer ta défense pendant un cycle lunaire. Ici, ce n'est pas un mois, c'est un jour et…

Ted fit une grimace.

— Attends, *un jour* ? Je n'ai qu'un putain de jour pour prouver mon innocence alors qu'il est évident que ce… cet Asra était déjà mort depuis un bail quand je lui suis tombé dessus ?

Grell haussa les épaules.

— La loi, c'est la loi. Tu présenteras ta défense au tribunal, et ils décideront si tu es innocent ou coupable.

— Si le tribunal me déclare coupable, que va-t-il se passer ?

— Tu seras condamné à mort.

— Quoi ?

Sous l'effet de la panique, Ted perdit la capacité de respirer.

Grell se mit à rire. Il serra sa poitrine à deux mains, secoué de spasmes d'hilarité.

— Tu verrais ta tête ! Ha, ha, ha ! Tu m'as vraiment cru ! Pfut ! Les humains sont tellement barbares ! Ici, tu ne mourrais pas vraiment.

Bien que soulagé, Ted était furieux que Grell se foute de lui.

— T'es con ou quoi ? aboya-t-il. Tu te trouves drôle ?

— Oui.

— Ce n'est pas mon avis, tu es cintré ! Réponds à ma question, que se passerait-il vraiment ?

— Eh bien, tu passerais l'éternité dans le donjon.

— Génial ! grogna Ted. Je crois que je préférerais une mort rapide. Bon, puisque je n'ai qu'un jour pour comprendre ce qui s'est passé, ne perdons pas de temps. Qui était le mort ? Avait-il des ennemis ?

— Il s'appelait Sergan Mire, répondit Grell. C'était mon cousin germain et je le détestais, c'est un vrai connard. Et oui, il avait beaucoup d'ennemis.

— Et c'est… c'était un Asra ?

— Oui.

Ted revit le cadavre du monstre félin.

— Alors, toi aussi, tu es… comme lui quand tu ne te déguises pas en humain ?

Grell gloussa.

— Je te plais, hein ? Nous autres, Asras, nous pouvons nous métamorphoser à volonté, mais la transformation est plus facile quand nous choisissons des créatures qui nous ressemblent.

— Comme les chats ?

— D'après ce qu'on dit, les premiers chats d'Eon étaient des Asras inconscients, qui se sont amusés à se rétrécir au point qu'ils n'ont jamais pu retrouver leur vraie forme.

— Ah ! Cela expliquerait bien des choses, déclara Ted, pensif, d'abord que les chats soient aussi égoïstes et capricieux, ensuite qu'ils voient les fantômes… Au départ, c'étaient des magiciens branleurs, comme toi, capables d'ouvrir des portails !

Grell rit et leva son verre en guise de salut.

— Effectivement.

Ted s'inquiéta soudain pour Jay Tintenfisch.

— Au fait, puisqu'on parle d'Asras qui vivent sur Eon, tu pourrais m'expliquer ce que fout ton connard de fils chez mon colocataire ? Va-t-il aussi essayer de le pousser sur Xenon ?

— Non, le rassura Grell. Mon fils est là-bas pour protéger Jay.

Ted se redressa, alarmé.

— Le protéger de quoi ? Qu'est-ce qui se passe ?

— Jay court un grave danger, affirma Grell, presque gentiment. Et tu n'es pas équipé pour y faire face, mon joli. Aie confiance en mon fils, malgré ses défauts, il fera tout ce qui est en son pouvoir pour protéger ton ami.

— Je ne suis pas rassuré du tout, avoua Ted.

— Pense plutôt à ton procès, insista Grell.

— Alors, c'est vrai ? Je suis piégé ici et je dois prouver ne pas être un meurtrier ?

— Bravo ! persifla Grell. Tu as tout compris ! Quel magnifique sens de la déduction ! Tu vas peut-être t'en sortir après tout !

— Enculé ! grogna Ted.

Grell éclata de rire.

— Ne te mets pas en colère ! Je ne cherche qu'à t'aider.

— Sans blague ? Laisse-moi te dire que ça n'a pas été flagrant jusqu'à présent.

Grell cligna des yeux et feignit d'être blessé.

— Comment peux-tu dire ça ? Je t'ai donné à boire et des tas de conseils. Que veux-tu de plus ?

— Des réponses !

— Je ne vois pas de quoi tu parles, répondit Grell.

Ted passa ses doigts dans ses cheveux.

— Putain, t'es chiant !

— Tu parles toujours comme ça aux rois ?

Ted tendit la main pour récupérer sa boisson.

— Tu es le premier que je rencontre, admit-il. Bien, revenons-en au dénommé Mire, c'était un félin, comme toi, et il avait beaucoup d'ennemis, je…

— Es-tu marié, Ted d'Eon ?

— Hein ?

Ted n'était pas certain d'avoir bien entendu.

— As-tu un partenaire ? Un compagnon ? insista Grell.

— Non, pas en ce moment. Ça fait un bail que je…

Il se racla la gorge et changea de sujet :

— Arrête de détourner mon attention ! protesta-t-il. Je suis sérieux à présent. Qui a trouvé le corps ?

— Moi, répondit Grell. Alors, tu es célibataire, libre comme l'air, c'est ça ?

— Oui, et je vois mal en quoi ça te regarde, bordel ! Pourquoi détestais-tu Mire, pourquoi était-ce le cas de tout le monde ?

— Parce que c'était un chieur ! Il posait pour un vertueux, la sale petite vermine ! De plus…

— Quoi ? haleta Ted.

Grell inclina la tête, la mine curieuse.

24

— Je ne comprends pas pourquoi tu es célibataire !

Ted soupira.

— Tu comptes m'emmerder jusqu'à ce que je te réponde ?

— Oui.

— Tu traites de cette façon tous les prisonniers que tu es censé aider ?

— Non, susurra Grell, seulement ceux qui sont très beaux, très costauds et très paumés, comme toi.

Ted ne put retenir un éclat de rire. Oui, il était baraqué, du coup, rares étaient ceux qui osaient une séduction aussi agressive envers lui. C'était même le contraire, en général, c'était lui qui faisait les avances.

Et au pieu, c'était le même topo : étant le plus fort, il était censé faire le plus gros du… travail. Parfois, c'était lourd. Du coup, Ted trouvait l'attitude de Grell aussi intrigante que plaisante.

Il décida de tester le terrain : lui aussi avait quelques questions qui le démangeaient.

— Dis-moi, ta majesté, essaierais-tu de dire que je suis ton genre ? Hé oh, tu es le roi, quand même ! C'est de régner qui te fatigue tellement ? Tu rêves d'être une princesse et d'avoir un homme grand et fort qui s'occupe de toi et fasse vibrer ton petit monde ?

Grell gloussa, mais son sourire devint franchement démoniaque.

— Tu es un cas, précieux petit humain ! Non, non, mon joli, je règne dans tous les aspects de ma vie, et si tu as la chance de finir dans mon lit, tu verras que c'est ton monde à toi qui non seulement vibrera, mais sera même carrément chamboulé. Et plus d'une fois !

Il passa sa langue sur ses lèvres avec un clin d'œil.

Ted déglutit péniblement. L'esprit envahi de visions torrides, il commençait à bander. Heureusement qu'il avait gardé son pantalon !

Grell enchaîna :

— Vous autres, les humains, vous ne connaissez rien, alors mieux vaut ne pas essayer de vous mettre dans la peau d'un éternel ! En fait, tu m'as révélé tes désirs enfouis, mon joli, c'est toi qui aimerais être une princesse, c'est toi qui rêves d'avoir un mâle pour se charger de toi, te baiser et te faire tout oublier, y compris ces peurs qui te hantent.

— Non, je…

Grell continua comme si Ted n'avait pas parlé :

— Tu crèves d'envie d'aimer et d'être aimé tel que tu es, sans compromis. Ta plus grande peur, c'est de finir tout seul… Oui, la solitude te terrifie bien plus que le sort qui t'attend à Xenon.

Ted ne comptait pas reconnaître que Grell disait vrai.

— Et alors ? grommela-t-il.

Pour bien montrer qu'il se fichait de tout, il vida son verre.

Grell eut un sourire narquois.

— Alors, rien.

— Écoute, ta majesté, la nuit a été longue. Je rentrais chez moi après mon travail, j'espérais me pieuter, pas être envoyé chez les dingues et accusé de meurtre. Je suis vanné de chez vanné ! Tu n'as pas une cellule où je pourrais poser le corps ?

— D'accord, comme il te plaira. Je vais te laisser te reposer. Nous repartirons à zéro à ton réveil. Nous aurons un peu de temps pour travailler ta défense. Le procès ne commencera pas avant que les Phedres perdent leurs ailes et que les fleurs de lune s'épanouissent.

— Hein ?

— Pas avant dix heures ! précisa le roi.

— Oh, d'accord.

Grell eut un sourire lascif.

— Mmm, veux-tu que je vienne te border ?

Mentalement, Ted ordonna à sa queue d'arrêter les conneries. Ce n'était vraiment pas le moment de se mettre au garde-à-vous, surtout pour un roi félin complètement dingue.

— Ça va aller, merci.

— Tu ne sais pas ce que tu perds.

Grell fit la moue et claqua des doigts.

Le monde bougea et Ted se retrouva assis sur un lit moelleux. Il avait son verre à la main, à nouveau plein, sans une goutte de renversée. Son pantalon et ses cheveux étaient secs.

Ted se releva d'un bond pour examiner la pièce.

Ce n'était pas une cellule de prison, mais une simple chambre avec un lit, une table de chevet et une porte. Ted l'ouvrit et trouva derrière une petite salle de bain. C'était la seule porte de la pièce, il n'y avait pas de fenêtre... et donc aucune issue.

Il était enfermé.

— Génial ! marmonna-t-il.

Il déposa son verre sur la table de chevet et se laissa tomber sur son lit. La lumière diminua d'elle-même, comme par magie, comme si la chambre devinait combien il était fatigué. Ted se dit qu'avec un peu de chance, il allait dormir et découvrir à son réveil qu'il avait rêvé.

En même temps, il s'inquiétait pour Jay et ce qui allait se passer quand sa disparition serait remarquée.

Allait-il survivre à ce procès grotesque?

Il évoqua alors des yeux dorés brillants et un sourire sardonique... et son cœur se mit à battre plus vite.

Non!

Ted bloqua aussitôt son fantasme et se frotta le visage à deux mains.

Ce n'était certainement pas ce qu'il avait prévu pour son jour de congé!

III

QUAND TED ouvrit les yeux, la pièce resta sombre, ce qu'il apprécia, car il avait une migraine carabinée. Un orchestre entier tambourinait sous son crâne. Il avait mal dormi, ce qui n'était pas nouveau.

L'esprit embrumé, il constata néanmoins qu'il ne portait plus son vieux pantalon, mais un superbe pyjama en soie. Il tenta de se retourner et de se rendormir, furieux de constater qu'il était toujours prisonnier.

Apparemment, ce n'était pas un mauvais rêve, mais la triste réalité.

Quelque chose lui toucha le pied.

Ted sursauta et se rassit dans le lit, s'attendant à moitié à voir Grell à son chevet, arborant un sourire suffisant.

Rien.

Personne.

Surpris, Ted regarda autour de lui. Depuis qu'il était assis, il faisait plus clair dans la chambre. Il nota donc que son nouveau pyjama était rose vif avec des petits cœurs. De plus, il était seul. Et la chambre spartiate ne permettait aucune cachette.

À moins que…

Ted rampa jusqu'au bord du lit et glissa la main dessous.

— C'est toi, bonhomme?

Des petits doigts s'accrochèrent aux siens.

Incrédule, Ted rendit doucement la pression.

— Hé! Qu'est-ce que tu fous là? Comment as-tu réussi à me suivre?

Le petit garçon ne répondit pas. En revanche, il tira avec urgence sur la main de Ted.

— Écoute, je vais faire mon possible pour que nous retrouvions nos pénates, affirma Ted. Je suis dans une merde noire, mais je vais tout tenter pour élucider ce mystère, je te le promets. Laisse-moi un peu de temps, d'accord?

Le petit garçon le lâcha, puis disparut. Ted vit alors un mouvement sur l'un des murs : un bras mince dépassait des pierres et une petite main lui faisait signe de venir.

— Que fais-tu?

Il quitta son lit en bâillant, se frotta les yeux et fit quelques pas.

— Bonhomme, reprit-il, je ne suis pas un fantôme. Je ne peux pas traverser un mur.

Le garçon repassa la tête un instant et pointa vers le sol avec insistance.

Ted fronça les sourcils et s'approcha.

— Qu'est-ce que c'est? Qu'essaies-tu de me montrer?

Le garçon tendit la main, il attrapa celle de Ted et tira vers l'avant. Déséquilibré, Ted avança avec une protestation étouffée. Il allait se casser le nez sur le mur, il en était certain…

Pas du tout, il passa de l'autre côté et se retrouva dans un long couloir. Il se retourna et toucha le mur qu'il venait de franchir, sa main glissa sur la pierre scintillante. Le mur paraissait solide, mais Ted sentit un appel d'air. Effectivement, il retrouva l'ouverture, cachée en pleine vue, ses doigts passèrent à travers.

— C'est futé!

Un sifflement attira son attention. Ted tourna la tête et vit le petit garçon courir dans le couloir.

— Hé, attends! Où vas-tu?

L'enfant s'arrêta à un angle du couloir, il vérifia que le passage était libre, puis il agita la main et disparut. Grommelant entre ses dents, Ted se lança à sa poursuite. Il ne savait pas comment le fantôme l'avait suivi jusqu'ici, il savait encore moins ce que son petit ami tentait de faire.

Quand il tourna au coin, il vit un autre long couloir. Il n'y avait aucune porte ni d'un côté ni de l'autre, mais au vu de sa récente expérience, Ted se douta qu'elles existaient, probablement cachées comme celle de la chambre dans laquelle il avait dormi.

À quelques mètres devant lui, une petite main jaillit du mur et lui fit signe. Ted approcha, il effleura le mur, trouva la porte et entra en inspirant un grand coup.

Il découvrit une bibliothèque, une vaste salle remplie de grandes étagères qui débordaient positivement de parchemins et de livres. Le moindre espace disponible était plein à craquer. Ted huma l'odeur apaisante du vieux papier.

Deux énormes sièges rembourrés trônaient au centre de la pièce. Derrière eux, une portion de mur n'était pas occupée par des livres, mais par un portrait. Ted reconnut la créature représentée, c'était un Asra, avec une grande couronne sur la tête. Le félin portait de longues boucles d'oreilles en perles et des capuchons en or sur ses canines les plus proéminentes. Le cadre semblait plus récent que les sièges usés et les étagères antiques, sans doute avait-il été ajouté postérieurement.

Ted regarda autour de lui, cherchant le petit garçon et se demandant pourquoi il l'avait amené ici.

Avant qu'il puisse explorer davantage, la voix amusée de Grell retentit derrière lui :

— Eh bien ! Voilà une surprise à laquelle je ne m'attendais pas ! Tu as plus de ressources que je le pensais.

Un sourire aux lèvres, Ted se retourna pour faire face au roi.

— Et tu n'as pas tout vu ! Je… oh ! Putain !

Il perdit son sourire en réalisant que Grell était nu.

La large poitrine et le ventre dur étaient couverts de poils noirs, la toison descendait jusqu'à…

Non ! Ça n'allait pas recommencer !

Les joues brûlantes, Ted se força à détourner le regard. Après tout, le plafond était particulièrement fascinant !

— Quoi ? ricana le roi.

— Tu es… euh, tu ne portes rien.

— Oh, effectivement !

D'un claquement de doigts, Grell revêtit un autre costume voyant, rouge et noir cette fois. Au lieu d'une veste, il portait une cape de fourrure cramoisie qui lui descendait jusqu'aux genoux.

— C'est mieux ? ricana-t-il.

Gêné, Ted tira sur le col en soie de sa veste de pyjama ridicule.

— Je présume que ce vêtement vient aussi de toi ?

Grell se rengorgea.

— Il te plaît ? Le magenta fait ressortir le vert de tes yeux.

— Où est mon pantalon de survêtement ?

— Je l'ai fait incinérer.

— Hé ! protesta Ted. Pourquoi, bordel ? J'y tenais beaucoup !

— C'était indispensable, vraiment. Cette abomination était une honte pour le coton. À présent, dis-moi, comment es-tu sorti de ta chambre ?

Les yeux dorés se rétrécirent avec suspicion.

Ted tenta de ne pas trop regarder les dents acérées de Grell, ou la façon dont les pectoraux tendaient le gilet rouge.

— Tu comptes continuer longtemps à me casser les couilles, ta majesté ? se plaignit-il. Je croyais que nous devions travailler sur ma défense !

— Tes couilles… hmm, non, j'ai d'autres projets pour elles !

— Arrête ! Tu ne fais que flirter ou dire des bêtises alors que j'ai des choses sérieuses en tête !

— Je vois mal pourquoi nous serions obligés de nous cantonner à une seule activité, répliqua Grell avec suffisance.

— D'accord, je te propose un deal, je te pose une question, tu réponds sans faire le clown. Ensuite, c'est ton tour. C'est correct, non ? Je commence : j'ai faim, que me proposes-tu comme petit déjeuner ?

Ted entendit un claquement de doigts et aussitôt, un plateau bien garni apparut, flottant dans les airs. Ted se mit à saliver en voyant un plat d'œufs brouillés moelleux, des saucisses grillées et d'épaisses tranches de bacon. Ça sentait divinement bon !

— Merci, dit Ted.

Il s'empara d'une fourchette et commença à se goberger tandis que le plateau restait suspendu devant lui, comme par magie.

— À moi, déclara Grell. Comment diable es-tu sorti de ta chambre ?

— J'ai tâté le mur, j'ai trouvé une ouverture, j'ai traversé.

— Et comme par hasard, tu as ensuite trouvé le chemin de la bibliothèque ? s'écria Grell, sceptique.

Ted leva le doigt et déglutit.

— Tu n'as droit qu'à une seule question !

— Tu as une chance folle que je te trouve comestible, grogna Grell, renfrogné.

Une fois encore, Ted se sentit rougir, ça devenait ridicule !

Il tenta de remettre la conversation sur les rails :

— Tu disais avoir trouvé le corps de Mire, comment est-ce arrivé ?

— Je suis entré, j'ai trouvé son cadavre, c'est tout. À moi, comment es-tu entré ici ?

Ted ricana.

— J'ai tâté le mur, j'ai trouvé une ouverture, je suis entré, c'est tout. Si tu veux des réponses plus élaborées, tu vas devoir me donner plus de détails !

Il profita du silence stupéfait de Grell pour mordre dans une saucisse épaisse. Au bout d'un long moment, le roi céda :

— D'accord. Il était tard, j'ai reçu un message indiquant que Mire voulait me voir, que c'était important. Quand je suis arrivé au tribunal, j'étais seul et lui était déjà par terre, mort. Il avait été poignardé à plusieurs reprises, mais je n'ai pas vu d'arme à proximité du corps. J'ai appelé les gardes, tous ont prétendu n'avoir rien vu, rien entendu, merde ! J'ai convoqué les membres de mon tribunal, chacun d'eux venait d'affirmer ne rien savoir non plus quand tu es arrivé.

— Ah.

— Maintenant, rugit Grell, raconte-moi *en détail* comment tu parviens à te déplacer dans mon château.

— Ch'est grâche à un chpectre, répondit Ted, la bouche pleine.

Grell grimaça de dégoût.

Conscient de son incorrection, Ted mâcha rapidement et avala avant de s'expliquer :

— Excuse-moi. Voilà la vérité : j'ai toujours été une bille en magie, j'ai bien failli être catalogué comme vacant. C'est quand j'ai commencé à travailler au funérarium que tout a changé, en particulier le jour où j'ai vu mon premier mort. Et quand je dis « vu », je parle au sens littéral, parce qu'il était debout à côté de son cadavre. C'est là que j'ai compris : je voyais les spectres, les fantômes, les défunts quoi. Je les vois tout le temps, ils me parlent, ils me houspillent, ils m'engueulent. Certains sont odieux, d'autres plutôt gentils, mais chaque fois que j'en parle, je passe pour un dingo.

— Tu as la vision des étoiles !

Grell s'approcha et écarta le plateau.

— Hé, j'ai encore faim ! protesta Ted.

Grell le considérait pensivement.

— Comment un précieux petit mortel comme toi a-t-il reçu un tel don ? Surtout venant de dieux auxquels tu ne crois même pas !

Ted passa sa langue sur ses dents pour les nettoyer.

— Euh… je ne sais pas. Un coup de bol sans doute. C'est quoi au juste ce truc : la vision des étoiles ?

— Un don qui vient tout droit d'Azaethoth le Grand. Il se manifeste de différentes façons. Certains voient l'avenir, certains lisent le langage des dieux, certains voient les morts, d'autres voient tout ce qui est caché.

Ted s'agita.

— Waouh ! Euh… tu pourrais me dire à quoi tu penses, là ? Parce que tu as une drôle de façon de me regarder, ça me fout la frousse !

— Puis-je te toucher, Ted d'Eon ?

— Oui, bien sûr… hein ? Non ! Pourquoi veux-tu me toucher ?

Ted s'en voulut d'être totalement incohérent, mais comment faire autrement alors que son pouls battait la chamade. Le regard de Grell était féroce, dangereux, avide… Ted se sentait perdre pied.

32

La main de Grell approchait déjà de sa poitrine.

— Je serai doux, c'est promis, déclara le roi. Enfin, je crois.

— Euh… d'accord.

Ted baissa les yeux à temps pour voir les boutons de sa veste de pyjama s'ouvrir, comme par magie, puis la main royale atterrit lourdement sur son pectoral, juste au-dessus du cœur.

Grell semblait chercher quelque chose, mais quoi ? Ted n'en savait rien. Et il hésitait aussi à bouger, à parler. La main était chaude, c'était vraiment agréable d'être ainsi touché. Si Grell avait été plus grand, Ted aurait pu l'embrasser.

En fait, il n'avait qu'à se pencher et…

Quelle idée ridicule ! Il essaya d'échapper à la tentation. D'autant plus que l'expression de Grell devenait inquiétante.

Oubliant ses fantasmes, Ted posa la main sur celle de Grell et demanda prestement :

— Qu'est-ce qui ne va pas ?

De sa main libre, le roi prit la mâchoire de Ted en coupe, ses longs doigts arrivant jusque sous l'oreille.

— Qui es-tu, Ted d'Eon ? demanda-t-il. Qui es-tu… *vraiment* ?

Ted ferma les yeux et laissa peser son visage dans la paume du roi.

— Ted, répondit-il à mi-voix, juste Ted.

Grell inclina la tête et, du pouce, il caressa la joue de Ted.

— Tu es incroyable ! Tu ne sais pas encore à quel point. Je n'ai jamais rencontré quelqu'un comme toi. Personne n'ose me parler comme tu le fais, je suis le roi, et toi, tu as une grande gueule, vraiment, et des couilles en béton. Tu vibres de passion, c'est indéniable…

Ted ne pouvait plus résister à la force d'attraction magique qui brûlait entre eux. S'il se penchait un peu, ils s'embrasseraient.

Il déglutit et fixa les lèvres de Grell, ces lèvres qui s'entrouvraient, ces lèvres qui attendaient. Oui, Ted allait embrasser Grell, un roi, un être d'une autre espèce, un félin monstrueux, mais également le mâle grâce à qui il se sentait le plus bel homme au monde.

Il se sentait petit tout à coup, fragile et vulnérable, et l'air autour de lui était chargé d'électricité statique.

Ted n'aurait pas su expliquer la force de cette nouvelle énergie, pas plus qu'il ne pouvait détourner le regard des yeux dorés si brillants.

Grell était magnifique, bien qu'il soit plus âgé que Ted. Pas de la génération de son père, quand même, juste assez pour être expérimenté.

Ted appréciait les fils d'argent qui marquaient les tempes et la barbe royale, coupée court. Grell avait un nez étrange, petit et rond, comme celui d'un chat, dans un visage triangulaire aux pommettes larges.

Plus le temps passait, plus Ted s'habituait aux longues dents, il les trouvait même séduisantes à leur manière. Il se demandait l'effet qu'elles auraient sur sa peau.

Oh, mais le plus somptueux, c'était les yeux ! Ces prunelles dorées le faisaient vraiment frissonner. Plus encore que les dents pointues, les yeux brillants rappelaient à Ted que le roi n'était pas humain. Jamais un mortel n'aurait hérité d'une couleur aussi chatoyante, d'une attraction aussi hypnotique.

— Grell, dit Ted d'une voix épaisse et tendue, veux-tu…

— Oui, Théodore ?

Ted sourit et secoua la tête.

— Je ne m'appelle pas Théodore, c'est…

Ils furent interrompus quand un gigantesque Asra jaillit du mur voisin, les dents découvertes.

— Votre Altesse ! J'ai des nouvelles urgentes !

Ted sursauta et fixa l'énorme créature féline. Jusqu'ici, l'affolement l'avait empêché de réfléchir, mais il remarquait désormais la vraie nature de ces monstres fabuleux.

L'Asra avait la musculature d'une panthère et la taille d'un étalon Clydesdale [1]. Les épaules et les pattes avant étaient particulièrement volumineuses, le dos arqué à un angle contre nature et la longue queue se séparait en plusieurs tentacules épais. D'autres tentacules plus petits jaillissaient des énormes oreilles pointues.

L'Asra qui venait d'entrer portait une grosse perle finement sculptée autour d'un tentacule auriculaire. Ted réalisa alors s'être trompé : ce qu'il avait pris pour des boucles d'oreilles sur le tableau de la bibliothèque était en fait des perles enfilées sur ces petits tentacules d'oreille.

Ces bijoux avaient-ils une signification ? Ted l'ignorait, mais il préférait s'occuper l'esprit plutôt que paniquer en regardant l'énorme bouche pleine de dents pointues.

Les sourcils froncés, Grell s'était retourné pour fixer l'intrus.

---

1 Race de chevaux écossais, croisements entre des étalons flamands et des poulinières locales.

34

— Tu as intérêt à ne pas m'avoir dérangé pour rien, rugit-il. J'étais occupé et je m'apprêtais justement à passer aux choses sérieuses !

Ted rougit et détourna la tête. Il aurait dû être soulagé que rien ne se soit passé, il le savait, mais en vérité, il était aussi déçu et contrarié que Grell.

— Je suis désolé, Votre Altesse, s'empressa de dire l'Asra. La cour est impatiente de commencer le procès sans attendre, et Humble Visseract a déjà enregistré les déclarations des témoins. Il m'a envoyé vous convoquer avec le prisonnier !

Grell grimaça et se frotta le visage de ses mains, comme s'il essayait de se calmer. Son corps sembla enfler, ses épaules étaient si tendues qu'elles menaçaient de faire éclater le tissu de son gilet.

— Nous avons encore treize putains d'heures et cette tête de nœud ose m'envoyer une convocation *à moi* ? Va dire de ma part à ce sinistre connard que le procès commencera quand j'en aurai décidé, pas avant !

L'Asra se recroquevilla et rentra sa longue queue entre ses pattes.

— Oui, Votre Altesse.

— Et pour le punir d'être un emmerdeur et un furoncle purulent, dis à ce cher procureur que le procès commencera lorsque la lune sera au plus haut et les Mousselis auront fini leur ambroisie !

— Alors… minuit ? couina l'Asra.

— Oui, minuit.

Grell prit une profonde inspiration et rugit :

— Maintenant, dégage ! Avant que je décide de t'étriper et de bouffer tes entrailles encore chaudes !

— Oui, Votre Altesse !

Quand l'Asra eut disparu à travers le mur, la fureur de Grell s'estompa. Il respira un grand coup et son corps reprit ses proportions d'origine.

— Eh merde !

Ted se souvenait vaguement d'un monstre en forme de poisson avec de gros yeux noirs globuleux et un long corps de ver immonde.

— Ce Visser-machin, il était bien au tribunal hier ?

Grell lissa son manteau.

— Oui, répondit-il. C'est un Vulgorian. D'après ce que je sais, un banc assez nombreux vit dans votre fosse des Mariannes.

Ted ne put s'empêcher de ricaner.

— Attends, tu cherches à me faire gober que des monstres marins vivent dans l'océan ?

— Si tu réfléchissais deux minutes avant de pondre une connerie pareille? Je vais faire semblant de n'avoir rien entendu. Question suivante!

Vexé, Ted se renfrogna.

— Tu es vraiment con quand tu t'y mets, grogna-t-il. Je suis bien content que tu ne m'aies pas embrassé.

Grell éclata de rire.

— Pardon? Tu as l'esprit troublé, c'est évident, car c'est toi qui t'apprêtais à m'embrasser.

— Foutaise! aboya Ted. Je te rappelle tes paroles à ton laquais : *je m'apprêtais à passer aux choses sérieuses!* Tu étais dans tous tes états et tu réclamais un baiser.

— Moi, sûrement pas!

— Tu te fous de moi, c'est ça? Je t'emmerde, ta majesté!

Grell battit des cils.

— Je suis désolé de t'avoir donné de faux espoirs, mon chou. Je pourrais te baiser jusqu'à te faire oublier ton nom, c'est certain, mais je ne cherche pas une nouvelle relation.

Ulcéré d'être rejeté, Ted le prit de haut.

— Une nouvelle relation? Peuh! Et ta reine, alors? Serait-elle jalouse? Va-t-elle aussi s'en prendre à moi et m'accuser d'un autre meurtre? Ou l'as-tu larguée dans une fosse bien profonde?

— Ma reine est morte, répondit Grell d'un ton glacé.

Ted oublia instantanément sa colère.

— Quoi? Morte?

Grell désigna le portrait sur le mur.

— Il est mort, il y a plus de trois cents ans. Les Asras sont éternels, mais pas immortels. Il nous arrive de tomber malades, de nous blesser…

Il ne termina pas sa phrase.

— Toutes mes condoléances, commença Ted.

Il connaissait la douleur des endeuillés, il la rencontrait constamment dans son métier. Sa phrase lui sembla sonner creux, sans doute parce qu'il ne cessait de la répéter au travail. Il ne savait que dire d'autre.

Pourtant, une question s'échappa de ses lèvres :

— Ta reine, c'était un mec?

Grell esquissa un sourire fatigué.

— Les Asras s'accouplent, mais nous avons tous la capacité de donner la vie ou de la porter. Les humains ont une conception terriblement limitée du genre, pas vrai ? Nous autres sommes ce que nous voulons être. Parfois « il », parfois « elle », parfois « iel ».

Ted fronça les sourcils, attristé que Grell devienne de plus en plus sombre. Il regarda le tableau et déclara doucement :

— Je ne veux pas t'offenser avec mes questions, ta majesté. J'essaie juste de comprendre. Chez vous, la reine est la personne mariée au roi, c'est ça ? Son sexe importe peu ?

— Exactement.

— Comment savoir s'il faut dire « il », « elle » ou « iel » ? s'inquiéta Ted. C'est compliqué quand même !

Grell leva les yeux au ciel.

— Si tu as un doute, pose la question !

— D'accord, commençons par toi ? Tu ressembles à un homme, euh... ça veut-il dire que tu préfères être traité en homme ?

— Oui, mais pour une fois, ta question n'est pas idiote. Rares sont les Asras qui prennent forme humaine, aussi mieux vaut-il éviter de se fier aux apparences. Quand nous sommes au naturel, ce sont les bijoux que nous portons qui expliquent qui nous sommes.

Ted se souvint des perles du tableau et de la bague de l'Asra que Grell avait engueulé un peu plus tôt.

— Ces petits trucs qui vous pendouillent aux oreilles ? demanda-t-il.

— Oui. La toute première perle à droite est la plus significative.

— J'ai vu des gribouillis dessus, indiqua Ted. Je n'ai pas compris ce que ça disait !

Grell revint lentement vers lui.

— Je t'apprendrai, si tu veux.

— Euh... oui. D'accord.

Il déglutit et reboutonna sa veste de pyjama.

— Et si nous nous mettions au travail, ta majesté ? ajouta-t-il.

— À quel sujet ?

— Je suis accusé de meurtre, putain ! s'emporta Ted. Nous n'avons que jusqu'à minuit et Visse-Machin semble très impatient de me condamner !

— Visseract, corrigea Grell. Il est l'héritier du plus grand banc de Vulgorians, mais c'est surtout une sale fouine et un puritain au cul serré. Ne t'inquiète pas de lui. Pour commencer, je suis le seul à pouvoir ouvrir un procès. Être roi a quand même certains avantages ! En plus, je suis ton avocat de la défense. Quelle chance tu as !

— Pourquoi un Vulgorian que je ne connais ni d'Eve ni d'Adam tient-il tant à me condamner? insista Ted. Tu ne trouves pas ça louche?

Grell resta pensif un moment.

— Si, un peu, admit-il.

— Tu disais avoir reçu un message cette nuit-là pour rencontrer Mire. Qui t'a transmis le message? Était-ce Visse-truc?

— Non, c'était Thulogian Silas.

Ted alla récupérer le plateau de nourriture qui flottait toujours.

— Les Asras ont des noms sacrément bizarres! marmonna-t-il.

— Tu es gonflé de dire ça, s'esclaffa Grell. Personnellement, je ne comprends pas l'intérêt des surnoms dont les humains sont si friands. Pourquoi déformer Théodore en Ted ou James en Jim? C'est ridicule!

— Et Richard en Dick? ricana Ted. Dick, ça veut dire «queue»!

— Oui, je sais, c'est de l'humour potache. La vraie séduction, ce n'est pas ça, il faut inviter un homme à dîner, lui faire passer un bon moment, lui offrir des fleurs.

Ted roula des yeux en finissant son petit déjeuner.

— Alors, où est ce Silas?

— *Elle* vit seule dans la forêt à l'extérieur du château.

Grell claqua des doigts, le plateau disparut et Ted, en baissant les yeux, vit qu'il portait un tee-shirt neuf et un jean.

— Euh, merci.

Il passa les mains sur son jean, vraiment très serré.

Grell eut un sourire sirupeux en lorgnant son cul.

Ulcéré, Ted lui lança un regard noir.

— Change-moi ça! protesta-t-il.

Grell prit l'air innocent.

— Changer quoi?

— Mon pantalon! aboya Ted.

Grell battit des cils.

— Pourquoi le changer? Il te va très bien.

— Non, grogna Ted. Il est trop serré!

— Quoi donc?

Ted secoua la tête, résigné. La bataille était perdue d'avance.

Oubliant son pantalon, il changea de sujet :

— On y va?

— Où ça? demanda Grell.

Ted leva les yeux au ciel.

— Voir Silas dans la forêt !

— Nous allons demander à Vizier Ghulk de nous accompagner, déclara Grell. Silas déteste les visites inattendues. Elle risque de nous avaler tout cru si nous ne sommes pas escortés par Ghulk.

Ted se gratta la tête, complètement perdu.

— Mais c'est elle qui t'a apporté le message de Mire ?

— C'est vrai. J'ai même trouvé ça bizarre. Elle affirmait que c'était important.

— Et elle n'a pas voulu t'en dire plus, c'est ça ?

— Oui, confirma Grell.

La bibliothèque disparut et Ted se retrouva dans la salle du tribunal. Il vit quelques Asras, un ver-poisson Vulgorian et d'autres monstres dont il n'avait pas encore les noms. Il resta collé à Grell qui, bien que plus petit que lui, faisait un excellent bouclier.

Le corps de Mire, toujours étalé dans sa mare de sang noirci, commençait à sentir. Ted y jeta un coup d'œil. Il remarqua alors les perles sur les tentacules d'oreille, des bijoux d'Asrans, d'après Grell.

Il en manquait un sur le côté. Ted s'en aperçut quand un miroitement violet attira son attention. Il répugnait à s'approcher du corps à cause du sang répandu, mais ce n'était pas une perle complète, juste un éclat qui restait du bijou. Où était le reste de la perle originelle ? Avait-elle été cassée avant la mort de Mire ? Y avait-il eu lutte ?

Un cri retentit dans le tribunal, arrachant Ted à ses réflexions.

Il se retourna. Une grande bête avec d'énormes défenses lui jeta un regard haineux et s'écria :

— Pourquoi cet humain n'est-il pas dans le donjon ?

Le ver Vulgorian glissait vers lui à son tour.

— Notre bien-aimé Mire ne mérite-t-il pas justice ? Devons-nous jeter nous-mêmes le coupable en prison ?

— Regardez ! insista le monstre-morse. L'assassin jubile sur le théâtre de son triste exploit ! Roi Grell, nous demandons justice !

D'autres voix se joignirent à lui et au Vulgorian. Un par un, les membres du tribunal se transformèrent en émeutiers revendicateurs et agressifs. Ted avait souvent assisté à des situations émotionnellement chargées avec des familles bouleversées de chagrin. Il comprit très vite que la situation risquait de dégénérer et qu'il serait écrasé par l'impressionnante faune locale. Repousser un oncle ivre ou un conjoint en deuil, il s'en sentait capable, mais affronter une meute de monstres ? Il ne misait pas lourd sur ses chances.

Il afficha un air bravache et tenta de dissiper la tension :

— Hé, du calme, du calme ! Je n'ai pas encore été jugé ! Que faites-vous de la présomption d'innocence ? Je ne suis pas coupable jusqu'à preuve du contraire, c'est la loi.

À titre de précaution supplémentaire, il saisit Grell par les épaules et le plaça devant les monstres qui commençaient à avancer sur lui.

Grell lui jeta un coup d'œil amusé.

— Notre loi diffère un tantinet de celle des humains, tu sais. Ici, tu es coupable jusqu'à ce que tu aies prouvé ton innocence.

— Je m'en fous, merde ! Arrête de chipoter !

Grell s'adressa au tribunal :

— Votre attention, je vous prie, nobles citoyens de Xenon !

Il attendit que les rugissements se calment avant de poursuivre :

— Si vous n'êtes pas pleinement satisfaits de la façon dont je gère le procès et traite notre prisonnier, mettez vos objections par écrit et déposez-les dans la boîte à suggestion de la salle du trône. Je ne les lirai certainement pas, mais ça vous calmera !

— Pourquoi le prisonnier n'est-il pas enchaîné, Votre Altesse ? protesta le Vulgorian.

Grell afficha un air lubrique.

— J'ignore si c'est un adepte du BDSM, mais je vais me renseigner. Dès que j'en sais davantage, je vous tiens au courant.

Ted fut très tenté de lui donner un coup de pied.

— Maintenant, beugla Grell, d'un ton menaçant, nous avons encore quinze heures pour préparer notre défense et je ne tolérerai pas plus longtemps votre ingérence, c'est compris ? À Xenon, même un criminel endurci a droit à un procès équitable. Vous voulez la justice ? Moi aussi, mais cela prend du temps de mener une enquête et de préparer le procès conformément à nos lois. Si ce mortel a assassiné Sergan Mire, je jure de le traîner au cachot moi-même.

La foule murmurait, domptée, mais pas convaincue. Ted vit des tentacules dressés, des griffes sorties. Par chance, la promesse de Grell semblait avoir momentanément apaisé les plus belliqueux. Aussi étrange que soit ce roi, sa cour semblait le respecter. Malgré la tension persistante, personne ne pipa mot. Peu à peu, les monstres commencèrent à se disperser, même si plusieurs fixèrent Ted jusqu'au dernier moment, les dents découvertes en un rictus vengeur.

Ted se sentait un peu plus optimiste quant à ses chances de survie.

C'était déjà ça.

Grell frappa dans ses mains.

— Bon, maintenant que ce petit différend est réglé, revenons à nos moutons. Vizier Ghulk ! Où es-tu ?

Il regardait la cour qui s'en allait.

Une voix profonde répondit :

— Ici, Votre Altesse.

Une grande et terrifiante créature équine avança lourdement vers le roi. Le corps était visqueux et glabre, comme si toute sa peau était tombée, la crinière constituée de cornes acérées de taille décroissante, la plus longue sortait du front de la bête, et les dents qui hérissaient les mâchoires tordues ressemblaient à de fines aiguilles.

Ted se crispa de dégoût.

— Qu'est-ce que c'est ? On dirait un zombie licorne !

Grell l'attrapa par le col.

— C'est une Eldress. Va m'attendre en bas.

— Hein ? gémit Ted. T'attendre où ?

À peine avait-il parlé que le monde bougea autour de lui.

Ted se retrouva devant d'énormes grilles en fer forgé. Le château était derrière lui et devant, à travers les grilles, il vit la forêt et ses arbres-foudre.

Il était seul.

Il croisa les bras.

— Génial ! D'un côté, ne plus voir de monstres est une nette amélioration. Au point où j'en suis, autant m'en contenter.

Une voix agacée lui répondit :

— *Je ne vois pas de quoi vous vous plaigniez, mon garçon ! Il y a des sorts nettement pires !*

— Hein ? s'écria Ted.

Il regarda tout autour de lui et ne vit personne. Il soupira. Ce n'était pas la première fois qu'il croisait des fantômes incapables de reprendre une forme physique.

— Hé, appela-t-il. Qui est là ? En quoi votre sort est-il pire que le mien ?

— *Co... comment ?* s'écria la voix, nettement plus enthousiaste. *Vous m'entendez ? C'est vrai ?*

— Oui, répondit Ted. Salut, je m'appelle Ted. Mon don magique, c'est de parler aux morts. Mais là, j'ai pas trop le temps, je suis un peu occupé en ce moment…

— *Vous êtes ce mortel venu d'Eon !* s'exclama la voix. *Celui qu'ils accusent de meurtre !*

— Comment diable le savez-vous ? s'étonna Ted.

— *Je me suis échappé du pont. Depuis des mois, j'erre dans ce château et j'écoute…*

— Qui êtes-vous ?

— *Je suis le professeur Emil Kunst [2]. Il faut absolument que vous m'écoutiez. Vous ne pouvez pas faire confiance au roi.*

— Et pourquoi devrais-je *vous* faire confiance ?

— *Vous êtes mêlé à une histoire qui dépasse largement votre entendement !* cria Kunst. *Les âmes des Muets ! Elles ont toutes disparu ! Elles disparaissent depuis des semaines, et le roi a envoyé son fils pour découvrir la vérité !*

— Waouh ! s'exclama Ted. Il a dit avoir envoyé son fils pour protéger mon ami ! Mon colocataire !

— *Votre colocataire est-il un Muet ?*

Ted hésita.

— Euh… oui, mais je ne vois pas le rapport…

— *Sombre idiot !* explosa Kunst. *Des esclaves ! Ils prennent les âmes des Muets et en font des esclaves ! Le roi ne va pas protéger votre ami, au contraire, il va sans doute…*

— Attendez, attendez, je ne comprends rien ! coupa Ted. Expliquez-moi plus clairement. Reprenez tout du début !

Il gémit, certain que sa migraine allait repartir de plus belle. Putain, pourquoi n'avait-il jamais droit à cinq minutes de paix !

— Un problème ? susurra une voix douce.

Grell affichait un sourire narquois.

Ted déglutit avec difficulté.

— Euh…

— Mon cher Théodore ! À voir ta tête, je jurerais que tu viens de rencontrer un fantôme.

---

2 Voir tome 1, *Amour Tentaqueulaire*, même auteur, même éditeur.

IV

— *NE DITES rien!* lança Kunst d'un ton impérieux. *Pas encore!*

— Que se passe-t-il? insista Grell. Dis-moi!

Si l'Asra ne voyait pas Kunst, il devinait néanmoins que Ted était troublé. Ses yeux perçants le fixaient comme s'ils cherchaient à transpercer son crâne pour y lire ses secrets.

— Il y a… beaucoup de fantômes ici, répondit Ted avec nervosité.

Grell pencha la tête, intéressé.

— L'un d'eux serait-il Mire, par hasard? Il pourrait nous dénoncer son assassin!

Ted esquissa un sourire crispé.

— Non, lui, je ne le vois pas.

— *Je viendrai vous voir plus tard, quand vous serez seul,* chuchota Kunst, comme s'il craignait que Grell l'entende. *Je vous expliquerai tout à ce moment-là. N'oubliez pas mon avertissement : vous n'êtes pas en sécurité avec le roi Asran!*

C'était super rassurant, vraiment!

Grell fixa Ted pendant un moment, le visage crispé, il ne cachait même pas sa suspicion.

— Tu es sûr que tu n'as rien à me dire, petit humain? Tu sembles… troublé.

— Oui, c'est normal quand même! s'emporta Ted. Je viens d'affronter une meute de monstres en colère! Ils veulent ma peau! C'est effrayant.

— C'est vrai.

Bien que Grell garde des doutes, il n'insista pas. Il se contenta de claquer des doigts et la licorne zombie se joignit à eux.

— Tout est prêt? demanda le roi.

— Bien sûr, Votre Altesse, répondit Ghulk. Mettons-nous en route sans attendre. La justice réclame la célérité.

Il trotta vers la porte et l'ouvrit avec son museau.

Ted ne cacha pas sa contrariété.

— Quoi? Nous y allons à pied? Pourquoi ne pas simplement nous téléporter là-bas, ta majesté? Tes portails magiques ne marchent pas dans la forêt?

Grell éclata d'un rire moqueur.

— Théodore! Ne me dis pas qu'une belle baraque comme toi n'est pas fichue de faire un peu d'exercice?

— Là n'est pas la question, rétorqua Ted, vexé. Je croyais que nous étions pressés. Je vois mal l'intérêt de perdre du temps à arpenter ces bois bizarres!

— Tu as raison, mon joli, rétorqua Grell, avec sarcasme, ces bois sont effectivement *bizarres* et leurs propriétés magiques perturbent l'énergie du portail. Si nous tentions de forcer le passage, tu risquerais de finir éparpillé, quelques morceaux au château et le reste sur le pont.

Ted fit la grimace en s'imaginant découpé.

— Berk!

— Précisément! lança le roi.

— Nous devons être très prudents, intervint Ghulk. Silas n'aime pas les visiteurs et tout particulièrement ceux qui la dérangent aussi tôt.

Aussi tôt? Ted leva les yeux vers le ciel nocturne et se demanda comment était déterminé le passage du temps à Xenon.

Hésitant, mais résigné, il emboîta le pas à Grell et s'engagea dans la forêt.

Il n'entendait plus Kunst. Sans doute le fantôme avait-il préféré rester au château. Tout à coup, Ted regretta de ne pas en savoir plus sur les croyances Sagittaires. Par exemple, la particularité du passage sur le pont de Xenon des âmes des Muets en route pour Zebulon, la maison des dieux. Il se souvenait avoir entendu quelque chose sur le sujet, mais sans se rappeler quoi.

Il oublia sa préoccupation en s'enfonçant plus profondément dans la forêt, hypnotisé par sa beauté et ses anomalies par rapport à tout ce qu'il connaissait. Les arbres clignotaient à leur passage, le sol lumineux s'assombrissait sous leurs pas. Ted se retourna : effectivement, ils laissaient derrière eux des empreintes noires qui peu à peu reprenaient leur luminosité d'origine. N'allaient-ils pas se perdre? se demanda-t-il. Pour le moment, il se repérait à peu près grâce au château, dont il voyait les tours apparaître par-dessus la ramée.

— Ton nouvel ami fantôme t'a-t-il appris quelque chose d'intéressant? demanda Grell, tout à coup.

Bien que la voix soit soigneusement contrôlée, les yeux dorés qui reflétaient la lueur scintillante des arbres dévoilaient l'intérêt du roi.

— Il prétend s'être échappé du pont, répondit Ted. Il a donc conscience d'être mort, ce qui n'est pas le cas le plus fréquent chez les fantômes que je rencontre.

— Oh, vraiment?

Ted se baissa pour éviter une branche basse.

— Oui, répondit-il, la plupart sont désorientés, ils ne comprennent pas ce qui leur arrive, ils pensent parfois à une blague. Chaque fois que j'ai essayé de les aider, c'est parti en couille.

Grell eut un sourire démoniaque.

— Crois-moi, ils finissent tous par comprendre.

Ted ricana.

— Parce que tu te prends pour un expert en ce qui concerne les âmes?

— Bien sûr! Les âmes des défunts finissent toutes à Xenon, elles ne peuvent résister éternellement à son appel. Certaines résistent au début, elles s'accrochent à la Terre et hantent les vivants, parfois avec agressivité, mais un jour ou l'autre, elles arrivent ici, chez moi. Les petits salopiots qui échappent au pont sont rares. Dans ces cas-là, ils profitent du fait que personne ne les voie pour arpenter le château en faisant chier tout le monde. Parfois, ils se lassent et retournent prendre leur place sur le pont, et pouf! On en est débarrassé. D'autres s'obstinent à jouer aux poltergeists, ils hurlent, ils tapent sur les murs, ils vident les placards et armoires. L'un d'eux s'amusait à chanter en boucle une chanson stupide sur un cocu et ses femmes. Je n'ai pas ton pouvoir de discuter avec un fantôme en cavale, alors je suis obligé de recourir à un exorcisme pour le renvoyer sur le pont.

Ted réfléchit avant de formuler sa question:

— Les âmes peuvent-elles quitter Xenon?

Grell éclata de rire.

— Non. Une fois qu'elles sont là, elles sont coincées, et leur seule porte de sortie, c'est le grand vieux pont qui décide ou non de les expédier à Zebulon.

— Et si les âmes sont enlevées?

Grell s'arrêta net et fixa Ted, le front plissé.

— Quelle curieuse question, Ted d'Eon! Pourquoi l'avoir posée? Que sais-tu au juste?

— Rien de particulier, mentit Ted, je pensais juste à ce petit garçon, mon ami, celui qui me suit partout. Je veux être sûr qu'il viendra avec moi quand je m'en irai.

— Oh, oui, bien sûr, répondit Grell.

— Comment peux-tu en être certain, ta majesté ? insista Ted.

— Je connais les âmes. Je te l'ai dit. Celle de ce garçon est liée à la tienne.

Perplexe, Ted fronça les sourcils.

— Liée ? Qu'est-ce que ça veut dire ?

— En nécromancie, expliqua Grell, un sorcier crée une goule en reliant son âme à un objet, un corps en l'occurrence, eh bien, ce petit fantôme a été lié à toi. C'est un cas très rare, d'ailleurs. En principe, on ne peut lier une âme à un vivant. Dis-moi, mon précieux petit humain, as-tu été mêlé à un accident traumatique récent ? As-tu agi en héros audacieux ?

Ted ne comprenait plus rien.

— Non, absolument pas. J'ignore qui est cet enfant, je n'ai jamais vu son visage. Un jour, il était là, c'est tout.

Grell lui jeta un regard intrigué.

— Voyons, tu y crois vraiment ?

Ted était paumé, loin de tout ce qu'il connaissait, il était frustré et il en avait ras la casquette. Il sentit sa colère monter.

— Oui ! explosa-t-il. C'est la vérité, putain ! Toi qui te prétends expert, si tu sais quelque chose, pourquoi ne pas l'exprimer clairement au lieu de te contenter d'allusions ineptes ?

— Si tu n'as gardé aucun souvenir, je ne peux rien te dire.

— Tu me fais chier ! hurla Ted. Et tu voulais savoir ce que m'a dit le fantôme que j'ai croisé aux grilles du château, hein ? Eh bien, il affirme que tu es un menteur et que je ne dois pas me fier à toi, voilà !

Les yeux de Grell s'étrécirent.

— Oh ? Que t'a-t-il conseillé d'autre, hmm ?

Aveuglé par la colère, Ted perdit la tête.

— De te demander une turlutte, connard !

— J'en doute beaucoup, répliqua calmement Grell, mais si tu y tiens, je me plierai volontiers…

Ted pivota sur lui-même et affronta le roi.

— Ça suffit ! Je veux des réponses !

Grell esquissa un rictus sardonique.

46

— Tu es certain que tu ne veux que ça? susurra-t-il. Quand je te vois frétiller du cul, je pense plutôt…

— Arrête avec ces conneries, putain de merde! hurla Ted.

— Quelles conneries? demanda Grell, l'air innocent.

Ghulk leur jeta un coup d'œil par-dessus son épaule, il poussa un bruyant soupir et continua à marcher sans les attendre.

Ted dominait Grell de toute sa taille.

— Tu sais très bien de quoi je parle! Pourquoi me draguer? Tu crois que j'ai la tête à ça? Je suis accusé de meurtre, merde, dans un endroit où je ne connais pas les règles, dans un château peuplé de monstres assoiffés de sang! Tu te fous de moi et tu me fais perdre le peu de temps qu'il me reste!

— Je ne comprends rien à ce que tu dis.

— Putain, j'y crois pas, grogna Ted, tu es infoutu d'être sérieux une minute…

Il se tut quand Ghulk les héla. La licorne-zombie tendait sa grosse tête hideuse vers un grand trou qui s'ouvrait dans le sol de la forêt.

— Voici le repaire de Silas! annonça Ghulk.

Grell cligna de l'œil et tapota le menton de Ted.

— Nous terminerons plus tard cette passionnante conversation, promit-il. Viens, allons voir Silas.

Il s'éloigna d'un pas altier pour rejoindre Ghulk. Ted resta un moment figé à le regarder, tellement en colère qu'il en avait le souffle coupé. Il finit par inspirer un grand coup et lâcha une bordée de jurons.

— Théodore? appela Grell. Dépêche-toi, tu perds du temps! Je te croyais impatient de travailler ta défense?

— J'arrive, putain, grogna Ted, écœuré.

Il rejoignit les deux autres au bord du trou et se pencha pour regarder. Un chemin escarpé s'enfonçait dans la terre et une faible lumière scintillait dans ses profondeurs. Ted s'agita un peu sur le rebord instable et son pied descella une motte de terre incandescente.

Elle tomba tout droit dans le trou. En réponse, un rugissement inhumain jaillit du tunnel. Le sol trembla sous les pieds du trio et la lueur des arbres avoisinants s'assombrit momentanément.

— Putain, c'est quoi ce cri? haleta Ted, terrifié.

À son grand chagrin, il avait fait un bond en arrière pour se coller à Grell.

Le roi lui prit le bras.

— N'aie pas peur, je suis là. Tu ne risques rien.

Compte tenu des circonstances, Ted préféra y croire. Il se laissa entraîner et se rapprocha du trou.

— Bonjour, Silas. C'est moi, Vizier Ghulk !

Un autre rugissement, Ted se mit à claquer des dents.

— Essaie encore, Ghulk, ordonna le roi.

— Silas ! implora Ghulk. Je t'en prie ! C'est moi, Ghulk, ton ami ! J'ai à te parler.

Un autre rugissement sourd fit trembler le sol.

Puis une voix cria :

— D'accord. Entrez !

— Venez vite ! jeta Ghulk.

Passant le premier, il plongea dans le trou et disparut.

Ted fit claquer sa langue.

— J'y crois pas ! Je suis devenu fou, c'est évident ! Pourquoi suivre une licorne-zombie dans un tunnel effrayant qui mène à la tanière d'un monstre rugissant ! C'est dingue ! Complètement dingue !

— Au moins, il ne pleut pas, déclara Grell avec entrain.

Il serra gentiment le bras de Ted avant de se glisser avec une grâce souple derrière Ghulk.

— *Au moins, il ne pleut pas*, répéta Ted en imitant la voix du roi.

Il ne pouvait rester seul, décida-t-il. Aussi serra-t-il les dents et s'introduisit-il à son tour dans le trou en maudissant son jean trop serré. Il trébucha, bien entendu, et tomba la tête la première et dévala la pente comme un sac de patates.

Il atterrit enfin, à moitié sonné, ne sachant pas où il était.

Les mains fortes de Grell l'attrapèrent et l'aidèrent à se lever.

— Ça va ?

— Génial ! mentit Ted.

Le tunnel menait à une grande grotte. La lumière qui rougeoyait au-dessus d'eux projetait des ombres pâles sur les parois. Sinon, l'espace n'était éclairé que d'une simple bougie vacillante.

Ted plissa les yeux, il ne voyait pas grand-chose.

Il entendit en revanche un grognement furieux :

— Tu as amené un humain stupide, Ghulk ? Et le roi ?

— Silas, je t'en prie, répéta Ghulk. Ils ont à te parler !

Silas rugit et avança.

Alors seulement, Ted vit qu'elle était une Asra. Sa fourrure striée de gris était emmêlée, les tentacules des oreilles chargés de billes colorées.

48

Malgré la pénombre ambiante, Ted vit la perle supérieure à l'oreille gauche de Silas : d'un pourpre brillant et lumineux, aussi irisée que de la nacre, mais éclairée de l'intérieur. Elle brillait dans les ténèbres, c'était magnifique !

Et familier, bien que Ted ne se souvienne pas où il avait déjà vu cet éclat.

Silas se cambra, ce qui tordit sa colonne vertébrale à un angle improbable.

— Non ! gronda-t-elle. Je n'ai rien à leur dire ! Tu m'as menti, Ghulk, tu es entré chez moi sous de faux prétextes.

Ted se jeta en avant :

— Je vous en prie, j'ai besoin de votre aide !

Silas feula et projeta comme un fouet sa longue queue tentaculaire. Les parois de la grotte tremblèrent violemment, de la poussière tomba sur leurs têtes.

Ted serra les dents et insista :

— Écoutez-moi, merde ! Oui, je suis un humain, oui, je suis stupide, mais je ne suis pas un assassin et vous seule pouvez m'aider à le prouver !

— Tu n'as pas tué Mire, cracha Silas. Sinon, j'aurais senti ta puanteur sur lui. Tu es innocent.

Ted esquissa un sourire nerveux.

— Bien, merci au moins pour ça. J'ai quelques questions à vous poser, ça pourrait aider ma défense, si vous avez encore une minute, euh… madame ?

Silas s'assit sur ses pattes arrière et le toisa, la mine renfrognée.

— Que veux-tu savoir, humain ?

— Pourquoi Mire voulait-il voir le roi ?

— Pour une affaire très urgente.

— À quel sujet exactement ? insista Ted avec patience.

— Une urgence.

Ted se frotta le front.

— D'accord, ça ne m'avance pas beaucoup.

— C'est pourquoi Mire m'a envoyée au roi. Il ne faisait confiance à personne d'autre !

Ted tenta une autre approche :

— D'après vous, il aurait été tué parce qu'il comptait communiquer au roi une information vitale ? On a cherché à le faire taire, c'est ça ?

— Oui !

Silas paraissait satisfaite.

— Pourquoi n'est-il pas allé voir le roi directement ?

— Trop d'espions au palais, répondit Silas avec un claquement de dents. Il y a des yeux partout.

Ted se décida à une question directe, espérant de meilleurs résultats.

— Savez-vous qui a tué Mire ? demanda-t-il.

— Tout ce que je sais, c'est que tu ne l'as pas fait, répondit l'Asra. De toute façon, ce sera bientôt sans importance.

— Pourquoi ? s'étonna Ted.

Elle eut un sourire de Sphinx.

— Parce que sans cadavre, il n'y a pas de procès.

Le roi intervint :

— Qu'est-ce que tu racontes, Silas ? Vas-tu te lancer dans la nécromancie ?

— Non, répondit-elle, c'est inutile. Quelqu'un va m'aider. Je vais obtenir ce dont j'ai besoin et plus rien n'aura d'importance.

— Vous aider à quoi au juste ? insista Ted.

— À obtenir ce dont j'ai besoin.

Furieux, Ted se tourna vers Grell.

— On tourne en rond ! Et nous avons perdu un temps précieux. Nous ferions mieux de retourner au château.

— À mon avis, répliqua le roi, tu ne vaux pas tripette en interrogatoire.

Ted se renfrogna.

— Vas-y, si tu te crois meilleur, ta majesté, je suis aux premières loges pour apprendre d'un maître !

Grell avança vers l'Asra.

— Silas, dis-moi, cette affaire aurait-elle un lien avec les rumeurs qui courent sur la Kindress, hein ?

Silas montra les dents et rugit :

— Sortez ! Je n'ai plus rien à vous dire ! Ce sera à moi, tout à moi et Mire reviendra ! Ils reviendront tous !

Ghulk se recroquevilla contre le mur de la grotte.

— Silas ! Je t'en prie, ne te mets pas en colère. Nous allons prendre congé.

Grell, lui, ne semblait pas effrayé par la colère de l'Asra. Il roula des yeux et pointa le doigt sur elle :

— D'accord, nous partons, mais si je découvre que tu m'as caché quelque chose concernant la Kindress, je serai contrarié, Silas, et en représailles, je t'enverrai là où aucune magie, aussi puissante soit-elle, ne pourra jamais te ramener, c'est une promesse.

Silas grogna et recula dans la grotte.

— Je n'ai rien d'autre à dire !

— Alors, nous partons.

Grell tourna les talons et remonta le tunnel. Quand il vit les difficultés qu'avait Ted à suivre dans l'étroit passage, il le prit par la main et le hissa sans effort. Une fois dehors, il garda un moment la main de Ted dans la sienne et le fixa dans les yeux.

Le souffle coupé, Ted ne sut lire le regard étincelant posé sur lui. Trop vite, le moment prit fin, et Ted se racla la gorge, très gêné.

D'ailleurs, Ghulk bondissait déjà du trou comme une gazelle effrayée, il s'inclina devant son roi, tête basse.

— Je suis désolé, Votre Altesse, que Silas ne se soit pas montrée plus coopérative. Mais cela aurait pu être pire, comme vous le savez.

— Ça aurait aussi pu être mieux, intervint Ted, frustré. Je n'ai rien compris à ce qu'elle disait. Compte-t-elle réellement essayer la nécromancie ?

Ghulk trottait déjà vers le château, ses yeux laiteux évaluèrent Ted des pieds à la tête avec un léger mépris.

— La nécromancie est un art respectable, mais c'est une très ancienne magie qui s'est perdue depuis des lustres. Silas a clairement perdu la tête. Personne ne peut ressusciter un mort une fois que l'âme a passé le pont.

Ted suivait Ghulk et Grell marchait à ses côtés.

— Tant mieux ! s'exclama Ted. C'est déjà ça… Au fait, c'est quoi une Kindress ?

— La Kindress est l'enfant premier-né d'Azaethoth le Grand.

— Le grand manitou, si j'ai bien suivi ? lança Ted.

Grell se mit à entonner d'un ton pénétré :

— Azaethoth le Grand a toujours été, il est toujours, il sera toujours. La Kindress était son enfant, un être entièrement pur, créé de la lumière des étoiles. Elle est morte dans les bras de son père…

Il fut interrompu par un craquement dans les arbres, à quelques mètres du petit groupe. Plusieurs branches s'assombrirent et un grondement sourd émana de cette même direction.

Ted sentit ses cheveux se hérisser d'effroi.

— Putain ! Quoi encore ? s'écria-t-il.

Grell scrutait la forêt.

51

— C'est étrange !

Le bruit cessa.

Ghulk semblait tendu.

— Votre Altesse ? Pourriez-vous ouvrir un portail et nous ramener au château ? En tant qu'Eldress, je ne risque rien, l'humain n'y survivra sans doute pas, mais…

— Tais-toi, dit Grell.

Il fit un pas vers l'obscurité, il semblait attendre quelque chose.

— Ta majesté, arrête de déconner ! protesta Ted. Je suis du même avis que le zombie, essayons de rentrer au plus vite, d'accord ?

Une ombre noire fonça à travers les arbres et sauta sur Grell.

— Bordel ! cria Ted.

Horrifié, il regarda l'ombre entraîner Grell et disparaître dans la forêt. Ghulk poussa un hennissement hystérique et partit au grand galop.

— Non, mais ça va pas ? hurla Ted avec fureur. Qui m'a foutu un trouillard pareil ! Tu n'es pas un poney, connard, reviens ici, reviens défendre ton roi !

Ghulk ayant disparu, Ted regarda nerveusement autour de lui. Il ne voyait plus Grell, pire encore, il ne l'entendait plus. D'autres grondements résonnaient non loin, d'autres ombres glissaient vers lui. Il me faut une arme, pensa-t-il. N'importe laquelle ! Il leva le bras et cassa une branche incandescente. Aussitôt, le bois s'assombrit, mais Ted avait néanmoins dans les mains une massue solide. Il la brandit au-dessus de sa tête et fit quelques moulinets.

— Vous voulez la bagarre, enfoirés ? hurla-t-il. Je vous attends.

Il comptait défendre chèrement sa vie.

Après un frémissement frénétique, les ombres se révélèrent enfin. C'étaient des vers-poissons géants, comme ce Visseract que Ted avait vu au tribunal. Ils avaient un corps gras, mou et serpentin, de très nombreux bras et une horrible gueule de poisson des profondeurs, avec des yeux globuleux, des crocs géants et une mâchoire disproportionnée.

— Pourquoi ces foutus monstres ont-ils tous des dents de sabre ? se plaignit Ted.

Un des Vulgorians était à sa portée. Ted lui balança un coup de massue sur le côté du crâne, assez satisfait de l'étendre pour le compte. Mais déjà, sa victime se redressait et plantait les dents dans son mollet.

Ted hurla de douleur.

— Putain ! rugit-il, enragé. Ça fait mal ! Lâche-moi, saleté !

Il se mit à marteler frénétiquement son agresseur. Un autre Vulgorian venait droit sur lui. Ted comprit alors qu'il allait être submergé. Il adressa une pensée émue au petit garçon et son cœur se serra quand une petite main lui tapota la hanche.

Un puissant rugissement fit trembler la forêt. Le sol fut agité d'un mouvement sismique, les arbres s'éteignirent tous à la fois et l'obscurité tomba comme un pesant manteau. Le ver-poisson accroché à la jambe de Ted lâcha prise et tenta de filer. Il n'alla pas loin.

Le plus gigantesque Asra que Ted ait jamais vu bondissait à travers les arbres qu'il cassait dans son sillage comme des brindilles. Il referma les mâchoires sur le Vulgorian et le coupa en deux.

Sous le choc de cette vision, Ted perdit l'équilibre et tomba en arrière. D'une main, il tenait toujours sa branche, de l'autre, il essayait d'empêcher sa jambe de saigner. Il ne pouvait détourner le regard de la bête majestueuse qui déchiquetait les Vulgorians comme des pantins.

Un par un, les arbres se rallumèrent, permettant à Ted de constater que la bête qui l'avait sauvé avait des yeux dorés luminescents.

C'était le roi Grell !

Son corps Asran était élégant et souple, son pelage noir avec des touches d'argent derrière les oreilles et autour des yeux. Ses tentacules couverts d'or et de joyaux brillaient de dizaines de perles et de boules scintillantes.

Même ceux sur la queue étaient décorés. De ce fait, le corps gigantesque étincelait tandis que les dents continuaient à déchirer les vers-poissons.

Ted recula et pressa son dos contre un arbre voisin, il haletait, le souffle court. Sa tête tournait, il avait froid, il se sentait tout étourdi. Il vit le sang qu'il avait laissé sur le sol en se traînant jusqu'à son arbre. Serrer les doigts sur sa branche lui devenait de plus en plus difficile.

Une petite voix lui murmura à l'oreille :

— *La bibliothèque...*

Gémissant de douleur, Ted lâcha sa massue et faillit basculer sur le côté. Il tenta de serrer à deux mains la plaie saignante de sa jambe, sa respiration était faible et sifflante.

— La bibliothèque ? Et... quoi ? haleta-t-il.

— *C'est dans la bibliothèque... vas-y...*

Ted ferma les yeux et le bruit de la bataille s'estompa.

Il entendit le cri d'une mouette et la houle de l'océan. Ça ne pouvait être réel, il le savait bien. Pourtant, il sentait le contact du sable sous lui et la chaleur du soleil sur son visage.

Il chercha à se souvenir de la dernière fois où il était allé à la plage. C'était… il y avait des années, non?

— *La bibliothèque,* insista la petite voix. *C'est là…*

— Quoi… qu'est-ce qu'il y a là-bas? souffla Ted, ahuri.

— Théodore?

Cette fois, c'était la voix de Grell, un grondement inquiet, urgent, menaçant.

— Oh, non! cria le roi. Non, non, non! Chaton, ne fais pas ça! Réveille-toi! Ouvre tes jolis petits yeux! Chaton!

— Mmm…?

Un nez froid et humide lui heurta la joue. Ted sursauta, il s'étrangla et chercha à détourner la tête.

— Sommeil… bredouilla-t-il. Fatigué…

— Réveille-toi! Ne sois pas idiot! Ted, mon chou, tu ne peux pas t'en aller déjà, pas comme ça!

— Mais j'ai… Il me faut de la crème solaire…

Il bougea les paupières, vaguement conscient des pattes chaudes qui le soulevaient. Quelle étrange sensation que cette douce fourrure tout autour de lui! Grell le portait, bien sûr, pourtant, Ted avait toujours l'impression d'être ailleurs.

Il fouillait dans un sac de plage, il cherchait sa crème solaire.

La journée était parfaite, si belle, si chaude.

Ted vit un petit garçon courir et se jeter dans les vagues…

Impossible, ce ne pouvait être vrai.

Comme c'est bizarre! pensa-t-il avant de s'évanouir.

V

QUAND TED ouvrit les yeux, il était blotti contre un corps chaud et doux. Il se demandait s'il rêvait. C'était tellement agréable et confortable qu'il ne voulait pas bouger. Ses doigts jouaient avec quelque chose de soyeux, c'était de la…

Fourrure ?

La voix de Grell ronronna au-dessus de sa tête :

— Bonjour, chaton. Tu as bien dormi ?

Ted s'écarta d'un sursaut… et le regretta instantanément. Une vague de douleur le déchira des pieds à la tête.

— Oh, putain !

— Reste tranquille, l'apaisa Grell. Tu es en sécurité. Tout va bien désormais.

Ted jeta un coup d'œil autour de lui, il reconnut la lumière violette et l'absence de portes. Il se trouvait donc au château. Il était allongé contre Grell dans un lit massif. Le roi était encore sous sa forme d'Asra, tenant Ted dans ses pattes avant, la tête contre sa large poitrine.

Ted ne chercha pas à se dégager une seconde fois. Il aurait bien aimé prétendre avoir l'esprit affaibli par la douleur et l'épuisement, mais en vérité, il appréciait d'être tenu. Il baissa les yeux sur sa jambe blessée : elle était bandée. Il piqua un fard en constatant être à moitié nu, il ne portait qu'une longue tunique faisant office de chemise de nuit.

— Euh… merci, marmonna-t-il. Merci de m'avoir sauvé et soigné.

Grell frotta le nez contre son épaule.

— De rien. Tu as dormi toute la journée, tu sais, je commençais à m'inquiéter.

Ted fit un nouveau bond, le souffle coupé.

— Merde ! Et mon procès ! Quelle heure est-il ? Où est la lune au juste ?

Grell lui tapota gentiment la tête.

— Du calme. Le tribunal t'a accordé une prolongation pour circonstances exceptionnelles. Nous avons deux jours de plus. Enfin, non, nous avions deux jours de plus *hier*, mais puisque nous sommes aujourd'hui, donc, le lendemain, il nous reste jusqu'à demain minuit.

— D'accord. Tout va bien. Enfin, non, tout ne va pas bien du tout, puisque je reste accusé de cette couillonnade, mais tant que je ne suis pas condamné, je garde un petit espoir que tout s'arrange. Quelle heure est-il?

— Une heure du matin. Tu as quarante-huit heures avant ton procès. Ou plutôt quarante-sept.

Ted leva sur lui un regard étonné.

— Il est si tard que ça? Et tu… tu as veillé sur moi depuis que nous sommes revenus de la forêt?

— Oui. Pourquoi tires-tu cette tronche? Ça te fout les jetons?

Ted ne put résister à son envie de taquiner le roi.

— Pas du tout! Je trouve ça adorable. Qui aurait cru que sous ces airs de terreur, ce gros minou était en fait une guimauve?

— Grr.

Ted lui éclata de rire au nez.

— Inutile de jouer les durs, ta majesté, je n'ai pas peur de toi.

Le roi afficha un air hautain.

— La morsure d'un Vulgorian est venimeuse, déclara-t-il, la mine sombre. Ta jambe va cicatriser en quelques heures, mais tu mettras plus de temps à éliminer le venin.

— J'ai reconnu ces horribles poiscailles quand ils sont sortis de la forêt, peu après que tu as disparu, déclara Ted.

Grell se renfrogna.

— Ghulk avait déjà filé, je présume? C'est un lâche. J'aurais bien aimé qu'un Vulgorian lui bouffe le cul!

Ted se fichait du sort de la licorne-zombie, il revint à leur agression :

— Tu disais qu'ils vivaient dans la fosse des Mariannes. Pourquoi nous ont-ils attaqués? Pourquoi ont-ils essayé de nous tuer?

Saisi de peur rétrospective, il sentait son pouls battre plus vite.

Grell enroula sa longue queue autour de lui.

— Chut, je suis là. Oui, ils voulaient nous tuer, c'est certain, mais j'ignore pourquoi. En revanche, je suis sûr que c'est lié à la mort de Mire, d'une façon ou d'une autre.

— As-tu fait des prisonniers, ta majesté? demanda Ted. Nous pourrions les interroger et en savoir davantage.

— Hum… Non, je les ai tous mangés.

— Tu… *quoi*?

— Je les ai mangés, répéta Grell.

Ted n'en croyait pas ses oreilles.

— Tu les as mangés! couina-t-il.

Grell souleva sa grosse tête pour le regarder.

— Tu comptes te reconvertir en écho?

Ted fit une grimace écœurée.

— Ne plaisante pas! C'est répugnant! Comment as-tu pu manger des vers aussi… énormes et monstrueux! Non, mais ça va pas la tête! Tu es le roi! Tu n'es pas censé boulotter tes sujets, même quand ils tentent un régicide! Attends un peu…

Ted se redressa, les yeux étrécis, et toisa le roi.

— Comment se fait-il que tu puisses tuer sans passer en jugement? Tu as droit à un régime particulier?

— Non, répondit Grell, amusé, mais notre loi reconnaît la légitime défense. Ils nous ont attaqués, je te le rappelle.

Ted sentit naître en lui une étincelle d'espoir.

— Ben, voilà, la solution! Je vais déclarer que Mire m'a attaqué et que j'ai dû le tuer en légitime défense? Plus d'accusation, plus de procès! Je n'ai plus Visseract au cul!

Grell secoua la tête.

— C'est absurde, ça ne marchera jamais. Un, tu n'aurais jamais vaincu un Asra, deux, il est mort longtemps avant ton arrivée.

Ted gémit de déception. Une vive migraine lui martela le crâne.

— Justement! Puisqu'il est mort avant que j'arrive, je suis innocent!

— Et puisque tu as évoqué ton cul, enchaîna Grell avec entrain, je…

Ted ne l'écoutait pas.

— Tu sais, c'est vraiment débile d'avoir bouffé nos seules sources de renseignements. Comment va-t-on faire maintenant pour découvrir qui les avait envoyés?

Grell afficha un air gêné, il baissa la tête.

— Je n'ai pas réfléchi, je l'admets. Te voir dans un aussi sale état m'a mis un tantinet en rogne.

Ted cacha le plaisir qu'il ressentit à cet aveu.

— Je suis sûr que tu vas avoir une indigestion!

Il tenta de se retourner et grimaça une fois encore de douleur.

— Ah, putain! geignit-il.

Grell pressa une patte géante contre sa poitrine pour l'immobiliser.

— Arrête de gesticuler, idiot, tu vas finir par te faire mal ! Je t'ai dit qu'il allait te falloir un moment pour évacuer ce putain de venin. Par les cornes d'Azaethoth, tu n'écoutes rien ! Tu es vraiment têtu !

— Waouh ! Une mère poule déguisée en tigre, ricana Ted.

Il leva la tête vers le roi et sourit. Il posa aussi la main sur la patte de Grell, serrée contre lui, et son cœur rata quelques battements. Il aurait dû être terrifié d'être ainsi tenu par un monstre sanguinaire, mais au contraire, il ressentait un profond sentiment de bonheur et de sécurité.

Et une totale déconnexion.

Il n'avait pas à s'inquiéter que son téléphone sonne à quatre heures du matin et qu'on lui demande d'aller chercher une pauvre âme décédée dans sa salle de bain, ou de gérer une famille en larmes et désemparée. À Xenon, les fantômes ne le harcelaient pas pour obtenir des réponses qu'il ne possédait pas.

De plus, c'était la meilleure nuit qu'il ait passée depuis des lustres. Sa routine déprimante avait disparu, remplacée par un nouveau sens de l'aventure et une excitation constante, sans parler des surprenantes avances d'un roi aussi séduisant sous sa forme d'Asra qu'en humain.

Ted était plongé dans une situation folle – et même pire – mais il avait aussi la sensation d'être exactement à sa place.

Grell finit par grogner :

— Je n'ai rien d'une poule, mais je ne supporterais pas qu'il t'arrive malheur. Ce n'est pas tous les jours que je défends quelqu'un dans une affaire de meurtre, tu sais.

Ted lui éclata de rire au nez.

— Pour le moment, tu as fait un sacré boulot, il n'y a pas à dire !

— Quoi ? Nous avons de nouvelles pistes intéressantes !

Ted oublia sa bonne humeur et commença à s'énerver.

— Pistes intéressantes ? Mon cul ! Cette visite à Silas n'a servi à rien, elle n'a fait que nous baratiner des énigmes à la con ! Tu as boulotté nos agresseurs, et je ne sais toujours pas ce qu'est une Kindress !

— Calme-toi et je te raconte tout.

— Je suis calme ! hurla Ted. Je n'ai jamais été aussi calme ! Putain !

Grell ne paraissait pas convaincu.

— Je devrais peut-être attendre que ton procès soit passé, histoire que tu te sentes plus à ton aise à Xenon…

— Non !

Ted respira un grand coup et tenta une autre approche.

— Écoute, c'est… sacrément effrayant tout ce qui m'arrive, je n'avais rien demandé, moi, je comptais dormir deux jours de suite, je rentrais chez moi crevé et voilà que je tombe dans un portail et sur un cadavre ! Je ne connaissais pas l'existence de Xenon, je doutais même des dieux Sagittaires !

Grell inclina la tête pensivement.

— Et maintenant, hmm ?

Ted ferma les yeux et, machinalement, il se mit à caresser la patte de Grell.

— Maintenant, je me réveille dans le lit d'un chat gigantesque après avoir été attaqué par des poissons. Je doute parfois de mon état mental, je me sens constamment confus et frustré. En toute franchise, c'est nettement plus intéressant que mon ancien métier, mais quand même, ça craint.

Grell inclina la tête et posa le nez sur les cheveux de Ted.

— Ne t'inquiète pas, j'irai jusqu'au bout de cette histoire et je te rendrai ta liberté. C'est une promesse.

Ted, qui caressait toujours Grell, sourit quand la grosse patte se resserra autour de lui.

— Tu sais, tu es plutôt gentil quand tu t'en donnes la peine.

— Ne le dis à personne, murmura Grell. J'ai une réputation à maintenir.

Ted renversa la tête en arrière.

— Parle-moi de la Kindress et de l'intérêt que lui porte Silas, d'accord ?

— Je ne peux rien te refuser, mais avant, mon cher ami Lucian, es-tu bien certain de comprendre la vraie nature d'Azaethoth le Grand ?

— C'est le grand chef de votre panthéon, c'est ça ?

— Exactement, répondit Grell. La plupart des fidèles croient que ses premiers enfants ont été les jumeaux Etheril et Xarapharos, qui sont à l'origine de tous les autres dieux.

Ted s'efforçait de suivre.

— Mais en fait, c'était cette Kindress, celle qui n'a pas vécu ?

— Oui, une enfant créée à partir de la lumière des étoiles, elle est morte dans les bras d'Azaethoth le Grand avant même d'avoir pris son premier souffle.

— Oh, c'est terrible !

— Azaethoth n'a pas du tout apprécié, ça, c'est sûr. Son chagrin a été proportionnel à sa puissance, et ses larmes menaçaient de noyer l'univers.

Alors, une fontaine spéciale a été bâtie pour les contenir et cachée dans un lieu secret.

Ted fit la grimace.

— Berk. Une fontaine pleine de larmes ? C'est une étrange idée, non ? L'eau doit être… euh, salée.

— Ces larmes ont une terrible et dangereuse puissance, souligna Grell. Venant d'Azaethoth le Grand, leur potentiel magique est presque infini. Pour être franc, elles ont un rôle bien défini.

— Ah, bon ? Lequel ?

— Tuer la Kindress.

— Attends, le bébé des étoiles ? Mais je pensais… Ne viens-tu pas de dire qu'elle est morte à sa naissance ?

Grell fronça les sourcils.

— C'est vrai, gronda-t-il, mais même les dieux commettent des erreurs par amour. Et Azaethoth le Grand s'obstine à ressusciter son enfant.

Ted était absolument horrifié.

— Et une fois qu'il a réussi, il la tue ? Avec ses larmes ? Quelle affreuse idée ! Ils sont tous fous tes dieux ou quoi ?

Grell eut un sourire triste.

— Non, mais le pouvoir corrompt, et le deuil est une maladie qui vous ronge de l'intérieur. Azaethoth le Grand ressuscite la Kindress pour apaiser sa douleur, mais cette même douleur, par sa noirceur, a d'ores et déjà corrompu la lumière des étoiles. Alors, la Kindress devient un monstre instable et mortellement dangereux, elle tente de détruire l'univers. Et son père l'en empêche… en la tuant.

— Je n'ai jamais entendu d'histoire plus déprimante, grommela Ted. Et vu que je travaille dans un funérarium, la déprime, je connais.

— Oui, c'est terrible, admit Grell. Plus important encore, c'est la vérité. Les Sages se mettent dans tous leurs états quand on évoque la petite fille des étoiles, mais ce n'est ni une légende ni un mythe.

— Et Silas veut la Kindress ?

— C'est très probable. La Kindress a de nombreux pouvoirs magiques. Entre autres, elle peut rendre la vie aux morts. Et inversement, elle vole la vie des vivants. Comique, non ?

Ted était pensif.

— Silas voudrait demander à la Kindress de ressusciter Mire, tu crois ?

— Mmm.

— Où est-elle cachée, putain ?

Grell haussa ses larges épaules, ce qui fit remuer le lit.

— Aucune idée. La dernière fois qu'on a parlé d'elle, c'était il y a presque vingt ans, je n'ai pas entendu d'autres rumeurs depuis. Elle se cache peut-être ou alors, elle est déjà morte, qui sait ?

Ted le toisa avec scepticisme.

— Tu parlais de rumeurs, non ? Que sais-tu *vraiment* ?

Grell ricana en exhibant toutes ses dents.

— Ah, tu es un petit malin, toi !

— Pas du tout, mais tu as parlé devant moi et je ne suis pas sourd. Allez, raconte !

Manifestement agacé, Grell fit virevolter sa longue queue de droite à gauche.

— D'accord ! La Kindress est comme Azaethoth le Grand. Elle a toujours été, elle est toujours, elle sera toujours. Son cycle de renaissance et de mort est à la fois éternel et impossible à prévoir, mais il semblerait qu'elle préfère mourir juste après un événement céleste marquant. Nous ne savons jamais quand elle est vivante et dangereusement agitée, tu vois, mais nous savons quand elle meurt.

— Comment ? s'étonna Ted.

— C'est parce que son âme, contrairement à celles des autres dieux, obscurcit complètement le pont de Xenon lors de son passage. Il lui faut des mois pour se rallumer. Il y a dix-neuf ans, il y a eu un événement céleste assez impressionnant, une occasion parfaite pour que la Kindress disparaisse, mais il ne s'est rien passé. L'an dernier, il y a eu une autre opportunité du même genre et une fois encore, nada absolu.

— Et tu en déduis ? haleta Ted.

Grell secoua la tête.

— Je ne déduis rien, je constate juste qu'il se passe des choses très étranges, des événements que nous n'avions pas vus depuis des siècles. Certains dieux se réveillent et marchent sur Eon. Par les cornes d'Azaethoth le Grand, l'un d'entre eux s'est même fait *tuer* ! Sans parler de toutes les foutues âmes qui disparaissent sur le pont…

— Quoi ? hoqueta Ted. Des âmes disparaissent ?

Il fronça les sourcils et se souvint des avertissements de Kunst. Il les avait oubliés suite à l'agression des Vulgorians, ému par la gentillesse et les attentions de Grell. C'était même un peu trop facile.

Sur le papier, Ted n'avait aucune raison de se fier davantage à Kunst qu'à Grell, mais d'après son expérience, un fantôme ne mentait jamais.

Soudain gêné de sa position contre l'Asra gigantesque, Ted tenta de s'en écarter. Dès qu'il bougea, une vague de douleur le traversa tout entier, il gémit.

— Oh, putain !

Grell frotta le nez sur son épaule.

— Qu'est-ce qui ne va pas ? demanda-t-il, clairement inquiet.

— Rien ! Je veux dire, tout ! J'ai mal partout, bordel ! Et arrête de m'étouffer ! Grosse brute !

Ted s'agitait, cherchant une position qui le soulage de son agonie.

Grell resserra son étreinte sur lui pour l'empêcher de bouger.

— Je ne t'étouffe pas, feula-t-il, contrarié, je t'empêche de faire des conneries, c'est différent. Arrête de gigoter ! Tu vas finir par te blesser pour de bon.

— J'arrêterai si je veux ! cria Ted. Enlève tes grosses pattes de là. En fait, pourquoi es-tu sous cette forme ? Pourquoi ne pas redevenir humain ?

— Comme tu veux.

En finissant sa phrase, Grell rétrécit soudain, sa belle fourrure disparut et il retrouva la forme humaine sous laquelle Ted l'avait connu.

Ted était maintenant plaqué contre une large poitrine velue et il n'éprouvait plus la moindre envie de s'écarter. Il appréciait la chaleur du corps pressé contre le sien et la douceur avec laquelle les fortes mains royales caressaient son dos. Il piqua un fard.

— C'est mieux ? demanda Grell.

Pour une fois, il n'était ni sarcastique ni arrogant, juste sincère et préoccupé.

— Oui... euh... oui, oui.

Ted n'osait pas baisser les yeux. Il savait déjà que Grell était nu et il préférait ne pas aggraver sa situation déjà gênante. En y réfléchissant, d'ailleurs, son embarras s'atténuait, Ted se détendait. Il se sentait en sécurité. Il y avait quelque chose dans le regard de Grell qui lui donnait envie de s'abandonner sans plus y penser.

Grell haussa un sourcil.

— Tu es calmé ?

Ted se racla la gorge.

— Oui. Euh... parle-moi de ces âmes qui disparaissent.

— Que veux-tu savoir ?

Agacé, Ted se raidit.

— Oh, ne recommence pas à être chiant et à délayer sans fin tes réponses, merde ! Pour une fois, je commençais à croire que nous avions un véritable échange ! Je déteste que tu répondes à une question par une autre question !

Grell afficha un air hautain et sardonique.

— Pour obtenir les bonnes réponses, encore faut-il poser les bonnes questions !

Ted esquissa un petit sourire suffisant.

— Ces âmes dont tu parlais, ne seraient-elles pas celles des Muets ?

Il fut ravi de constater que sa question avait fait mouche.

Grell ne plaisantait plus du tout.

— Comment peux-tu être au courant ? gronda le roi, les sourcils froncés. Oh, bien sûr, je vois. Apparemment, ton nouvel ami fantôme n'a pas uniquement discuté de fellation !

Il en parlait avec un tel naturel que Ted trouva le mot presque obscène. Il se lécha les lèvres et déglutit.

— Peut-être, bredouilla-t-il. Et toi ? Tu y penses ?

— À quoi ? demanda le roi.

Ted soupira.

— Tu sais très bien de quoi je parle !

Il rougissait de plus belle, ce qui rendit à Grell le sourire.

— À te tailler une turlutte ? C'étaient bien tes mots, non ? Pourquoi es-tu aussi embarrassé d'évoquer un acte aussi agréable ?

— Laisse tomber, grogna Ted. Revenons-en plutôt aux âmes des Muets et au fait que ton fils taré est tout seul avec mon colocataire. Que lui veut-il au juste ? Pourquoi l'as-tu envoyé surveiller Jay ?

Grell gloussa tandis que ses doigts remontaient le long de la colonne vertébrale de Ted.

— D'accord, ton petit fantôme est à la fois bien renseigné et très bavard ! Mmm… Tu tiens vraiment à en discuter, mon chou ?

— Oui, aboya Ted.

— Dans ce cas, déclara Grell avec un grand sérieux, j'aimerais t'inviter à dîner avant de passer aux plaisirs charnels.

— Oh, merde !

Quand Ted voulut rouler sur lui-même, il hurla de douleur et proféra une longue litanie de jurons colorés.

Grell le berça en riant comme un bossu.

— Théodore chéri ! Excuse-moi, je n'ai pas pu résister, je ne pensais pas que tu réagirais avec une telle brusquerie. Du calme, voyons, ça va passer.

— Connard ! rugit Ted. C'est entièrement de ta faute !

Il était encore plus collé à Grell qu'auparavant.

— C'est exact, je n'ai aucune excuse.

Son sourire rayonnant enlevait beaucoup de crédibilité à son acte de contrition. En plus, Grell caressait chaleureusement le dos de Ted.

Épuisé, encore secoué de spasmes de douleur, Ted ferma les yeux et s'abandonna, la tête contre l'épaule de Grell. Était-ce un signe de reddition ? Oui, sans doute.

— J'abandonne, marmonna Ted.

— Alors, tu dînes avec moi ?

— Hein ?

— Dîne avec moi, répéta Grell du tac au tac. Nous parlerons de ce que tu veux, des âmes, des monstres, des dieux… mmm, quoi d'autre ?

Ted hésita.

— Grell, nous n'avons pas beaucoup de temps. Je doute que…

Le roi continua comme s'il n'avait rien dit :

— Oh, de fellation, bien sûr !

Ted sursauta quand une troisième voix colérique se mêla au débat :

— *Sérieusement ? Je cherche à vous préserver de son influence et vous ne trouvez rien de mieux que coucher avec lui ?*

Ted sentit son visage s'enflammer. Comment se défendre devant le fantôme ? Il préféra ignorer Kunst et remettre sur rails sa conversation avec Grell.

— Dis-moi en quoi les âmes des Muets sont-elles si importantes ?

Ce fut Kunst qui répondit d'un ton hargneux et impatient :

— *Parce que ce sont leurs pas qui alimentent le pont.*

Grell répéta quasiment les mêmes mots avec une seconde de décalage :

— Ils sont la source d'énergie qui maintient le pont en marche. Maintenant, réponds : acceptes-tu mon invitation à dîner ?

— Seulement si tu réponds à une autre question : en quoi ces âmes manquantes posent-elles un tel problème ?

— Au cas où tu n'aurais pas remarqué, mon mignon, le pont est un peu sombre ces derniers temps. Le problème n'est pas tant que les âmes des Muets aient été enlevées, c'est surtout qu'aucune d'entre elles ne passe plus par ici. C'est sur Eon qu'il y a un problème : les Muets ont cessé de mourir.

Quant à celles qui sont déjà sur le pont, dès qu'elles dépassent le siècle, plus personne ne vient les remplacer.

— Le siècle, quel siècle ? demanda Ted, perdu.

— *Toutes les âmes des Muets…* commença Kunst.

La voix de stentor du roi effaça celle du spectre. Kunst grogna d'agacement. Grell ne l'entendit pas.

— Toutes les âmes des Muets arpentent le pont pendant un siècle. Ils n'ont pas de magie, vois-tu, alors ils doivent gagner leur passage et il leur faut un siècle pour avoir l'énergie de monter à Zebulon. Maintenant, si nous organisions notre dîner de ce soir ?

Ted ignora cette dernière question.

— Alors, les Muets, ce ne sont pas des esclaves ? insista-t-il.

Grell ne cacha pas que cette suspicion le blessait.

— Non, bien sûr que non !

— *Ah ! Il ment !* s'exclama Kunst. *Demandez-lui ce que Visseract et Gronoch ont fait ! Parlez-lui des fosses !*

Ted posa la main sur la poitrine de Grell.

— Je vais être franc avec toi. Tu te souviens de ce fantôme dont je t'ai parlé ?

Kunst hoqueta de rage.

— *Non, non ! Ne faites pas ça ! Taisez-vous ! Si vous êtes avec moi, nous allons pouvoir agir et aider ces malheureux…*

Ted continua, mais il dut élever sa voix pour s'entendre, parce que Kunst continuait à protester.

— Celui qui m'a dit de ne pas te faire confiance ? Eh bien, il est ici en ce moment et il affirme que tu mens. Il m'a demandé de t'interroger sur Visseract et Gronoch, et des putains de fosses.

— Gronoch ? répéta Grell, manifestement choqué.

Ses yeux s'écarquillèrent, mais cela ne dura pas.

— Qui c'est ? insista Ted.

— Le dieu de la guérison et de la contrition, fils cadet de Salgumel et d'Urilith.

— Oh, je vois, dit Ted. Eh bien, ça ne paraît pas si grave.

— Bien sûr que si ! tonnèrent en même temps Kunst et Grell.

Ted, furieux, se tourna vers Kunst.

— Vous, fermez-la ! On ne s'entend plus ! Vous devenez franchement chiant !

Kunst hoqueta d'horreur.

— *Vous êtes d'une vulgarité !*

Ted inspira un grand coup pour tenter de se calmer.

— Bon, d'accord, reprenons, Gronoch est un dieu dangereux et Visseract, c'est bien le poisson pas frais qui insiste pour que je sois condamné, c'est ça ?

— Oui, gronda Grell. Précisément.

— *Oubliez ces broutilles !* aboya Kunst. *Occupez-vous des fosses ! Demandez-lui ! Je sais ce que j'ai vu !*

— Ta gueule, rétorqua Ted, exaspéré. Mon procès n'a rien d'une broutille et je me fous de tes fosses !

Ted était prêt à s'arracher les cheveux de frustration. Il devait avoir l'air d'un fou à parler ainsi avec un fantôme que Grell ne pouvait pas voir.

— Une minute, intervint Grell.

Il claqua des doigts. Un grand globe de verre apparut dans sa main, il le leva en l'air.

— Viens voir, petit fantôme, susurra le roi. Jette un coup d'œil à l'intérieur et nous pourrons converser plus aisément.

— *C'est un piège,* grogna Kunst.

— Il dit que c'est un piège, répéta Ted.

— Bien sûr que c'est un piège ! lança Grell avec insolence. Il a même été spécifiquement créé pour attraper les spectres. Ton fantôme sera coincé dedans, mais ça ne l'empêchera pas de parler.

Il regarda autour de lui, essayant peut-être de détecter la présence de Kunst.

— Ça te plairait, petit fantôme ? ajouta-t-il. Toi qui sembles avoir tant à dire sur moi, pourquoi ne pas m'affronter face à face ?

— *Oh, je vais le regretter !* s'exclama Kunst.

Il grogna de frustration, mais l'orbe fut soudainement illuminé d'une lumière bleue laiteuse.

Et la voix de Kunst résonna haute et claire :

— Maintenant, écoutez-moi, Votre Altesse Royale ! Je suis le professeur Emil Kunst et j'ai vu de mes yeux les démons les plus odieux conspirer dans les fosses !

— Je vous en félicite ! persifla le roi. Au cas où vous ne l'auriez pas remarqué, conspirer fait partie des activités les plus populaires de Xenon. Il y a même un club, les membres ont un tee-shirt.

— C'est quoi les fosses, putain de merde ? demanda Ted.

Grell répondit rapidement :

— Des canaux interdimensionnels souterrains qui passent sous Xenon. Certains d'entre eux font partie de Xenon, d'autres sont bien au-delà, et le reste est entre les deux.

Ted n'avait rien compris.

— Hein ?

Grell lui tapota l'épaule.

— Il s'agit d'espaces entre les mondes, mon chou.

— D'accord, mais je ne vois toujours pas ce qu'un dieu et un ver-poisson ficheraient là-bas !

Ce fut Kunst qui répondit, il était en colère au point que son orbe clignotait.

— Ils prenaient des dispositions pour les âmes des Muets ! Je les ai entendus ! Gronoch a trouvé le moyen de transformer les Muets en esclaves et il en réclamait davantage à Visseract !

Grell ricana.

— N'importe quoi ! Personne ne peut retirer une âme de Xenon une fois qu'elle y est arrivée. De plus, nous sommes un peu à court ces temps-ci. Vous avez mal compris.

— Non, je les ai entendus ! fulmina Kunst. Et je sais que les accès sont surveillés, sauf pour les membres de la famille royale ! Donc, c'est vous qui les avez laissés entrer ! Vous avez vous-même violé le traité qui interdisait à un dieu vivant de mettre les pieds à Xenon !

— Avez-vous d'autres accusations diffamatoires et excitantes à me transmettre ? demanda sèchement Grell.

— Vous devez bien savoir que quoi que manigance Gronoch avec les âmes des Muets, son but ultime est de réveiller Salgumel et de détruire le monde actuel. Son frère, Tollmathan, a déjà essayé récemment, et c'est pour l'en empêcher que j'ai dû mourir. Je ne permettrai pas que cela se reproduise, pas tant que je peux encore lutter !

— Tragique, vraiment. Merci pour ce petit exposé très instructif. Nous discuterons plus longuement très bientôt. En attendant, j'ai à faire. Bye !

Grell claqua des doigts et l'orbe disparut.

— Quel roquet arrogant ! lança-t-il.

— Hé ! protesta Ted. Pourquoi l'as-tu viré ? Ce qu'il racontait paraissait important, non ?

— Ce qu'il racontait ? répéta Grell. C'est-à-dire ?

Ted leva les yeux au ciel.

— Si les dieux envisagent de déclencher l'apocalypse, il me semble que nous devrions nous y intéresser !

Grell agita la main.

— Holà ! Du calme ! lança-t-il d'un ton sardonique. Une crise à la fois. Nous avons à nous concentrer sur notre nouveau suspect dans le meurtre de Mire.

— Hein ? Qui ?

— Humble Visseract vient de passer en tête de liste, répondit Grell. Fantômas avait raison sur un point : seuls les membres de la famille royale peuvent entrer dans les fosses. Mais…

— Mais *quoi* ! hurla Ted.

Grell leva un doigt.

— … mais j'avais récemment accordé à Mire une clé spéciale pour enquêter sur certaines des anciennes cryptes qui se trouvent là-bas.

— Si tu ne les as pas laissés entrer, si ton taré de fils peut également être exempté – vu qu'il était occupé à me casser les couilles –, il reste donc un seul coupable possible : Mire.

Grell soupira et se frotta le front, comme pour tenter de soulager une migraine.

— Oui, admit-il. Soit il était de mèche avec eux, soit, et c'est plus probable, il a été leur victime.

Ted fronça les sourcils.

— Pourquoi tu tires cette tête ? Je suis innocent, c'est déjà un point de gagné, non ? Où est le problème ?

— Je dois décider si je déclare ou non la guerre à Zebulon.

Ted sentit une nausée lui tordre le ventre.

— La guerre ? Tu es fou ?

Grell esquissa un rictus.

— Non, déclara-t-il, aucun dieu vivant n'est autorisé à mettre les pieds à Xenon. C'est dans le traité signé par Azaethoth le Grand quand il nous a donné ce monde en apanage. Les dieux peuvent néanmoins venir, bien entendu, ils en ont le pouvoir, mais leur intrusion est considérée comme un acte de guerre.

— La guerre ! répéta Ted, atterré. Tu veux te battre contre les dieux ? Tu plaisantes, j'espère ?

— Non, je suis très sérieux, déclara Grell.

Ted tenta de s'asseoir et grommela en sentant ses muscles se contracter. La douleur lui coupa le souffle, mais il continua à lutter.

Grell regardait ses efforts avec consternation.

— Arrête, petit mortel ! Rien que te regarder me fait mal.

Ted retomba sur le dos avec un cri d'agonie.

— Ah, merde ! Les fosses !

— Je t'ai dit d'arrêter ! grogna Grell.

Il se retourna et plaqua Ted au lit.

Ted eut beau se débattre, il ne faisait pas le poids.

— Écoute-moi ! aboya-t-il, furieux et affolé à la fois. La guerre, c'est trop horrible ! Il doit y avoir un autre moyen !

— C'est mon problème, pas le tien, grogna Grell.

— Les fosses… haleta Ted. Tu disais que certaines n'étaient même pas à Xenon, c'est bien ça ?

Grell le dévisagea avec suspicion, comme s'il se méfiait d'un piège.

— Oui, répondit-il d'un ton prudent. Et alors ?

— Et alors, Gronoch peut très bien avoir été dans les fosses tout en évitant Xenon ! lança Ted, plein d'espoir. Dans ce cas, tu n'as pas à déclarer une guerre absurde !

Grell sourit.

— Theodore, je te savais déjà adorable, voilà maintenant que tu te révèles un stratège génial. J'ai envie de t'embrasser !

— C'est vrai ?

Ted fixa les lèvres de Grell et déglutit difficilement. En ce moment, il se fichait complètement d'être appelé par un nom qui n'était pas le sien.

Il ne pensait plus qu'à une chose : Grell était nu et pesait sur lui, et Ted réagissait à cette troublante proximité. Il se sentait vulnérable et faible, mais aussi en sécurité.

Il se sentait… *désiré.*

Une sensation qu'il n'avait pas connue depuis bien longtemps.

Très vite, l'air se chargea d'électricité. Grell le dévorait des yeux, comme s'il le voyait pour la première fois. Il se pencha et s'arrêta à un souffle des lèvres de Ted. Le nez royal frotta le sien.

— Oui, répéta Grell, j'ai envie de t'embrasser… à condition que tu sois d'accord, bien sûr.

Ted émit un petit rire tremblant.

— Euh, tu t'es lavé les dents après avoir mangé les poissons ?

— Bien sûr.

La bouche de Grell attendait, si tentante, si proche. Ted sentit le désir lui tordre le ventre – c'était bien plus agréable que la nausée ! Une fois déjà, dans la bibliothèque, ils avaient failli s'embrasser. C'était il y a quelques heures à peine, pourtant, c'était aussi dans une autre vie.

Ted n'était pas certain qu'embrasser le roi soit sage ou sensé. Merde, quoi ! Il avait failli mourir, il venait de convaincre Grell de ne pas déclencher une guerre, devait-il encore tenter le sort avec un baiser ?

— Hmm ? Où en es-tu de tes réflexions, chaton ?

Grell se lécha les lèvres et Ted frissonna de tout son corps en voyant sa langue.

Oh, merde ! pensa-t-il.

Il souleva la tête, repoussa la douleur qui le traversait à ce geste brusque et posa ses lèvres sur celles du roi dans un baiser passionné.

VI

GRELL LUI rendit son baiser avec férocité. Il poussa Ted dans ses oreillers et dévora sa bouche, sa langue rugueuse en explorant la moindre cavité. Ce baiser s'avérait encore plus sensuel que tout ce dont Ted avait rêvé. Il savait déjà qu'il garderait ce moment gravé dans sa mémoire tout le reste de sa vie.

Quelques jours plus tôt, il se plaignait d'un train-train quotidien épuisant, d'un travail déprimant, il était hanté – au sens littéral – par des fantômes et désespérait de trouver un jour l'âme sœur, tout en étant prêt à faire des concessions pour obtenir un peu d'affection. Aujourd'hui, il embrassait un roi magnifique dans un château lumineux qui flottait parmi les étoiles.

D'accord, il restait accusé de meurtre, et le roi était en réalité un félin gigantesque, mais Ted n'en jugeait pas moins sa situation nettement améliorée.

Avec un gémissement fébrile, il s'accrocha aux épaules de Grell. Le contact enivrant de sa langue glissant contre la sienne lui montait à la tête. Il n'en revenait pas qu'un être aussi puissant et magique ait des lèvres si douces, des mains si caressantes pour explorer son corps.

Ted fut tenté de s'enrouler autour de Grell, mais...

Ouille, ouille, ouille!

Eh merde!

Il avait encore oublié ce putain de venin Vulgorian!

Les spasmes douloureux l'obligèrent à rompre le baiser.

— Excuse-moi, grogna-t-il, dès que je bouge, j'ai mal partout!

— Ne t'excuse pas, je comprends, rétorqua le roi.

Il parlait d'une voix très chaleureuse et son sourire détendu le rajeunissait de plusieurs décennies. Il caressa doucement la joue de Ted et déposa un doux baiser sur le bout de son nez.

— Voilà ce que je te propose, ajouta-t-il. Tu restes étendu, tu ne bouges pas, tu te détends. Et moi...

— Et toi, quoi? demanda nerveusement Ted.

— Je m'occupe de tout, répondit Grell, avec un clin d'œil lubrique.

Ses prunelles dorées brillant de mille feux, il fixa la poitrine de Ted, il la caressa à travers le fin tissu de la tunique, trouva un mamelon et le pinça.

Ted gémit et frissonna, il bandait comme un malade et son vêtement ne dissimulait pas son état. Me détendre ? Mon cul ! pensa-t-il. D'après son expérience dans le domaine du sexe, c'était à lui de diriger les ébats, de renverser Grell et de…

— Grell, bredouilla-t-il, je crois que…

Le roi lui jeta un coup d'œil.

— Theodore, si tu me demandes d'arrêter, je le ferai, mais exprime-toi clairement. Si mes attentions te plaisent, allonge-toi, ferme les yeux et laisse-moi te faire découvrir une jouissance que les petits mortels ne découvrent que rarement. Hmm ?

Ted desserra les poings.

— Oh ! D'accord.

Le roi semblait songeur.

— Le rôle passif est nouveau pour toi, tu te sens en porte-à-faux, tu n'as pas l'habitude. Et pourtant, chaton, depuis combien de temps rêves-tu de te soumettre, hein ? C'est un désir enfoui en toi !

Il fit glisser un doigt du pectoral de Ted jusqu'à sa hanche, et la tunique disparut comme par magie.

Sidéré par ces paroles, Ted ne put que hoqueter en voyant Grell se pencher et déposer une pluie de baisers sur son ventre. Son sexe pleurait déjà des larmes de joie. Ted réfléchissait : était-il capable de se *soumettre* à Grell, de céder le contrôle, de se laisser faire, de s'abandonner totalement à des plaisirs inconnus ?

La réponse s'imposa à lui :

— Oh, oui !

Grell embrassait toujours son ventre, il avait dépassé le nombril, il descendait.

— Parfait, dans ce cas, laisse-moi faire. Je vais prendre soin de toi.

— Euh… comment au juste ? demanda Ted, à la fois excité et curieux.

— As-tu vraiment besoin de poser la question après toutes tes allusions sur la fellation, la pipe, la turlutte ? railla Grell. Il n'est jamais prudent de provoquer un Asra, mignon petit mortel !

Il caressa les cuisses musclées de Ted, les écarta et s'installa entre elles. Il se lécha les lèvres et toisa Ted pour étudier l'effet de ses paroles.

72

Ted ne pouvait détourner les yeux de la langue de Grell. Elle avait une taille… inhabituelle, non? Comment ne l'avait-il pas remarqué plus tôt? Le roi pouvait-il en modifier la longueur à volonté?

Remarquant son intérêt, le roi cligna de l'œil.

— Oui, les Asras ont une langue faite pour le plaisir charnel!

— Enculé! haleta Ted.

— Plus tard, promit Grell. Pour le moment, j'ai un autre mets en vue. Tu sens bon, je sais déjà que ton foutre sera un vrai nectar.

Il baissa la tête et frotta son nez sur le sexe érigé de Ted, le humant avec un soupir voluptueux.

— Je… je… bredouilla Ted.

Il ne parvint pas à exprimer sa pensée, son cerveau avait déraillé, il n'en était pas moins un peu inquiet à l'idée de mettre sa queue dans une bouche pleine de dents, des crocs qui avaient récemment déchiqueté plusieurs vers-poissons… il aurait voulu dire : «*fais attention, va doucement, sois doux*», mais les mots restaient coincés dans sa gorge contractée.

En même temps, il était tellement excité qu'il doutait de tenir plus d'une seconde ou deux avant de jouir. Allait-il se ridiculiser?

Le roi se mit à rire.

— Ne tire pas cette tête, mon chou. Je te respecterai toujours demain matin!

Sur ces mots, il ouvrit grand la bouche, poussa un rugissement et engloutit la queue érigée.

Ted frôla l'infarctus sous l'afflux de sensations : la brusquerie du geste, le grondement qui vibrait tout le long de son membre, la chaleur humide, la force préhensile… C'était presque trop.

Il poussa un long cri inarticulé et se raidit, puis s'abandonna en se souvenant que bouger lui était encore interdit. Pas question de laisser la douleur le priver d'un tel plaisir!

Il était bien membré, pourtant, Grell l'avait avalé tout entier et il ne semblait pas avoir de problème. Ted en béa d'admiration.

— Putain de merde! C'est tellement bon!

Tiens, il avait retrouvé sa voix.

Et son vocabulaire «tellement vulgaire»!

Grell le suça avec une lenteur savante, sa langue s'enroulant de la base du membre au méat. Au début, Ted trouva la rugosité de cette langue féline un peu bizarre, mais très vite, cette sensation s'ajouta aux autres stimuli.

Une fois encore, Ted craignit de jouir trop vite. Il chercha à contrôler la montée de sa jouissance, inspira plusieurs fois…

Il perdit le souffle quand Grell accentua la pression, Ted évoqua un boa enroulé autour d'un arbre et serrant… serrant…

Il crispa les doigts sur le drap.

— Aargh !

Il n'avait jamais rien connu d'aussi intense ! Il se perdit dans un monde de sensations, chaleur, pulsation, pression, intimité…

Il ouvrit un œil, Grell le regardait, surveillant la montée de son plaisir. Ted n'en revenait pas d'être enfoncé aussi loin dans la gorge royale. C'était… inhumain.

Mais justement, le roi était un Asra.

Sans réfléchir, Ted souleva les hanches. Son prochain cri mêla plaisir et souffrance.

D'une ferme pression, Grell le plaqua sur le lit. Ted haleta, il ne pouvait plus bouger, il était aux mains d'un mâle plus fort que lui.

C'était nouveau. C'était effrayant.

C'était follement excitant.

Il ne put résister longtemps à l'orgasme, ses couilles se contractèrent, ses reins s'enflammèrent. Et Grell devait le sentir, pourtant, il ne fit qu'accélérer ses caresses. En même temps, il malaxait les cuisses de Ted, ses hanches, ses fesses.

Sa bouche brûlante, divine dispensait la meilleure pipe imaginable !

Ted tenta de prévenir le roi d'une irruption imminente :

— Grell ! Aaah !

Trop tard, l'orgasme explosa. Ted se tordit dans le lit, des éclairs éclatant sur l'écran de ses paupières closes, son plaisir dura, dura, il se vida dans la gorge royale en longues giclées extatiques.

Avec un grondement possessif, Grell le maintenait en place, les hanches décollées du matelas, ses mains crispées sur le cul ferme, avalant tout ce que Ted avait à donner.

— Argh ! hurla Ted.

Il entendit sa voix de très loin. Il la jugea à moitié hystérique. Mais comment faire autrement alors qu'il jouissait toujours ? Ses orteils se recroquevillèrent alors que Grell continuait à aspirer, encore et encore, tirant sur des réserves que Ted ignorait posséder.

Ted était certain que l'agonie de l'hyperstimulation finirait par lui voler son plaisir, mais ce ne fut pas le cas. La langue de Grell devait avoir des propriétés magiques, car l'orgasme semblait sans fin.

Ted se mit à pleurer, à sangloter, les mains toujours crispées sur les draps.

Alors seulement, Grell le libéra et la folle sensation s'estompa.

Ted retomba de son nuage avec la légèreté inconsistante d'une plume flottant dans la brise. Il était totalement vidé, épuisé.

Grell le recoucha doucement et se redressa. Ted, qui le fixait d'un regard vitreux, vit sa langue Asrane dans toute sa splendeur.

— Oh, mon Dieu !

Il lui sembla que son corps désossé s'enfonçait dans le matelas.

Grell se pencha et déposa un baiser sur ses lèvres. Ted se laissa faire, tout frémissant encore de son fantastique orgasme. Sa peau était tout électrifiée.

Quand Grell se redressa, il avait retrouvé son arrogance coutumière.

— Je savais bien que ça te plairait !

— Mmm…

Grell se lécha les lèvres.

— Ton goût est encore meilleur que je l'avais prévu, Théodore.

Ted sentit son visage s'enflammer.

— Mmm.

Apparemment, il se répétait, mais il n'avait pas encore accès à toutes ses facultés.

Grell sourit, très fier de lui.

— Tu seras encore plus secoué et assouvi quand tu auras droit à mes queues !

Cette fois, Ted retrouva sa voix.

— Au pluriel ? s'étrangla-t-il.

Il avait dû mal comprendre. Après tout, son cerveau était encore en surchauffe. Ou alors, Grell s'était mal exprimé. Il était impossible d'avoir…

Grell hocha la tête.

— Oui. Les Asras ont deux queues !

— Oh, putain !

D'instinct, Ted serra les fesses. Il ne survivrait sans doute pas à l'expérience, mais ce serait… jouissif d'essayer, non ?

Une autre pensée lui vint.

— Grell, tu n'as pas… Veux-tu que je… ?

Incapable de formuler sa proposition, il agita nerveusement la main. Grell gloussa et s'étendit à ses côtés.

— Mmm, tu es encore affaibli, petit mortel, tu n'es pas en état d'en faire plus pour le moment. Ne t'inquiète pas pour moi, chaton. J'ai beaucoup apprécié ce petit intermède.

Ted sourit.

— C'est vrai ?

— Oui, confirma Grell.

Il feula, avec la satisfaction évidente d'un félin repu.

— Comment te sens-tu, amour ? ajouta le roi.

Amour ? Ted se demanda s'il avait bien entendu. Ensuite, il fit un bref inventaire de son corps, encore frissonnant des endorphines de l'orgasme.

— Bien… ta majesté, je vais être franc : je n'avais jamais *jamais* connu un truc pareil ! C'était… fou !

Grell éclata de rire.

— Si tu es content, mon but est atteint. Et on recommence quand tu veux !

Il claqua des doigts et un verre d'alcool apparut dans sa main.

— Je suis resté seul très longtemps, avoua Ted. Je me sentais… rouillé.

Était-ce le bon moment pour échanger des confidences sur l'oreiller ? se demanda-t-il. Les Asras le pratiquaient-ils seulement ? Il venait de vivre une expérience unique, mais était-il le seul à le penser ? Que représentait au juste ce qui venait de se passer pour Grell ?

Une aventure sans lendemain ?

Ou le début d'une vraie relation ?

Grell claqua des doigts une seconde fois pour donner un verre à Ted.

— Moi aussi, je suis seul depuis longtemps, déclara-t-il. Malgré mon charisme évident, j'inspire plus la peur que le désir, et quand les gens m'approchent, c'est le plus souvent pour me soutirer une faveur.

— Bien sûr, tu es le roi !

— Exactement.

Ted voulut s'asseoir pour siroter sa boisson et grimaça dès qu'il remua. Aussitôt, Grell fit apparaître une longue paille en spirale pour lui permettre de boire sans avoir à bouger.

— Merci.

Grell le regarda avec curiosité.

— Pourquoi es-tu seul, hmm ? Tu es magnifique. Tu ne sens pas trop mauvais, tu es même d'une conversation supportable.

— N'y va pas trop fort sur les compliments, ricana Ted, je risque de prendre la grosse tête !

— Je suis sérieux ! protesta Grell.

Ted sirota un moment sa boisson tout en réfléchissant. Pouvait-il se confier ? Il finit par décider que oui.

— Oh, j'ai eu des amants, commença-t-il, mais pas cette dernière année à cause d'une rupture… euh, problématique. Depuis, je ne parviens pas à retrouver une relation sérieuse.

— Que s'est-il passé l'an dernier ? Ton amant aurait-il brisé ton précieux cœur ? T'aurait-il trompé ?

Ted grimaça.

— Non, il m'a demandé en mariage.

Grell éclata de rire.

— Et c'est pour ça que tu as rompu ?

Ted s'enflamma.

— Je n'étais pas prêt ! se justifia-t-il. Nous nous connaissions depuis à peine un an et…

— Un an ? coupa Grell, sardonique. C'est long dans une vie humaine ! Vous avez quoi comme date de péremption ? Un demi-siècle ?

Ted commençait à s'énerver.

— N'importe quoi, la moyenne de vie, c'est quatre-vingts ans, et pas mal d'humains vivent centenaires ! Et ne te fous pas de moi ! Le mariage, c'est important. J'aimais bien Fred, mais pas au point de m'engager pour la vie. Je le lui ai dit, il m'a largué.

— Et ça t'étonne ?

Ted aspira sur sa paille, espérant que l'alcool lui éclaircisse les idées.

— Non, a posteriori, pas du tout. En fait, j'ai souvent regretté d'avoir été trop franc. C'était peut-être ma seule chance de me caser et j'ai tout fait foirer.

Grell fronça les sourcils.

— Ta *seule* chance ? Pourquoi dis-tu ça ?

— Parce que cette année, répondit tristement Ted, tous mes projets relationnels sont tombés à l'eau, soit je ne rencontre personne d'intéressant, soit ça m'arrive et mes horaires de travail me coupent l'herbe sous le pied. Les gars en ont marre de m'attendre, alors ils vont voir ailleurs.

— Enfoirés !

Ted enchaîna :

— Du coup, je regrette presque d'avoir refusé la proposition de Fred, si j'avais dit oui, je ne serai pas tout seul comme un con à envier les couples que je croise dans la rue. Bon, j'aurais toujours ce travail de merde, mais je serais plus pressé de rentrer chez moi le soir.

Grell sourit.

— Moi, ça me va très bien que tu aies refusé de te marier.

— Ah, bon ? Pourquoi ?

— Marié, tu n'aurais sans doute pas eu besoin d'un colocataire. Tu n'aurais donc pas agacé mon fils, il ne t'aurait pas jeté dans le portail. En clair, nous ne nous serions pas rencontrés.

Ted piqua un fard.

— Oh, c'est vrai.

Après un moment de silence, il sirota son verre et demanda :

— T'en penses quoi, toi ?

Surpris, Grell cligna des yeux.

— De quoi ?

— Du fait que je travaille tout le temps et que je pue le formol ! Les croque-morts, ce n'est pas très inspirant, tu sais. Alors, t'en penses quoi ?

— Moi aussi, je travaille tout le temps, répondit Grell, pour oublier mon chagrin, je présume. À la mort de ma reine, je suis resté longtemps très en colère. Je n'admettais pas de ne pas avoir pu la sauver malgré tout mon pouvoir.

Douleur ou pas, Ted bougea pour prendre la main de Grell dans la sienne.

Grell lui sourit et entrelaça leurs doigts tandis qu'il continuait :

— Il est mort de la peste. Il y avait une épidémie, les gens mouraient comme des mouches, et cet entêté a, néanmoins, continué à les visiter et à les soigner. Bien entendu, il a été contaminé ! L'idiot !

Grell eut un rire amer.

— Je suis désolé, dit Ted, en regrettant la banalité de sa phrase.

Grell sourit tristement.

— Personne ne pourra jamais se comparer à lui ! Il était ma lumière. Après sa mort, tout le royaume s'est trouvé assombri. Notre fils, lui aussi, a très mal supporté cette perte.

Le roi vida son verre.

— Vraiment ? remarqua Ted. Il était… euh, moins arrogant étant enfant ?

Grell éclata de rire.

— Oh, non, il a toujours été comme ça ! Une vraie teigne ! Mais il est devenu beaucoup plus pénible et vindicatif après la mort de Vael.

— C'était son nom ?

Du pouce, Grell effleura les jointures de Ted.

— Oui. Vael Crem. Nous sommes restés ensemble six cent cinquante-six ans.

Ted sursauta.

— Quoi ? Six cent... Bon dieu, mais quel âge as-tu ?

Grell battit des yeux.

— On ne demande jamais son âge à une dame, voyons.

— Les Asras vivent donc très longtemps, déclara Ted.

Le roi sourit.

— Oui. Et durant toute ma longue existence, je n'ai jamais rencontré un autre Vael... enfin, il y a toi.

Ted s'efforça de cacher qu'il était flatté du compliment.

— Moi ? Je ressemble à ton mari ?

— Oui. Tu es un chieur et un obstiné.

— Encore des compliments ! railla Ted.

Grell se pencha pour l'embrasser.

— En plus, tu me fais rire, dit-il d'un ton sincère. Ça faisait très longtemps que je ne riais plus. Ça faisait très longtemps que je n'avais pas ressenti... eh bien, ce que je ressens avec toi. Merci, chaton.

Une vive chaleur traversa la poitrine de Ted. Il leva sur Grell un regard plein d'étoiles.

— Oh, murmura-t-il, de rien.

Le sourire de Grell était si tendre que Ted quémanda un autre baiser. Il s'approcha aussi et grimaça de douleur.

— Merde !

Grell s'écarta aussitôt.

— Tu n'es pas en état de pratiquer d'autres activités charnelles ! trancha-t-il. Un peu de patience.

Ted marmonna, déçu, mais résigné. Il tressaillit en sentant une petite tape sur sa jambe. Il leva les yeux et vit l'ombre familière du petit garçon.

— Coucou, bonhomme.

Grell était assis et occupé à remplir son verre.

— Ton ami est là ? demanda-t-il.

79

Ted tournait la tête de droite à gauche, cherchant à comprendre où l'enfant était parti.

— Oui, confirma-t-il, et apparemment, il me demande de le suivre.

— Où ? Encore à la bibliothèque ?

Ted chercha à se concentrer.

— Peut-être… Attends… Merde ! Il a tenté de me dire quelque chose là-bas la première fois, puis tu es arrivé et… s'il insiste pour que j'y retourne, ce doit être important.

Grell paraissait intrigué.

— A-t-il fréquemment ce comportement avec toi ?

— Non.

Ted serra les dents dès qu'il essaya de bouger.

— Non, dit Grell, attends d'aller mieux pour enquêter.

— Je vais très bien ! tempêta Ted.

Grell secoua la tête.

— Non. Tu restes ici jusqu'à ce que j'en décide autrement.

— Tu n'es pas mon geôlier !

Grell sourit en frappant Ted sur l'épaule.

— Vraiment ? Dans ce cas, vas-y, suis ton petit ami fantôme. Je doute que tu ailles très loin !

Furieux, Ted s'obstina dans son idée, fermement décidé à rabattre le caquet de ce maudit roi. Il quitta le lit sans tenir compte des avertissements frénétiques de ses muscles contractés. Il fit trois pas, s'écroula à plat ventre et ne parvint plus à bouger.

— Alors, tout va bien ? railla Grell.

— Va te faire foutre ! marmonna Ted, le nez sur le tapis.

Grell le souleva et l'aida à se recoucher, il remonta les couvertures jusqu'à son menton.

— Tu restes au lit jusqu'à ne plus avoir une goutte de venin dans les veines, c'est compris ?

— Grr, répondit Ted.

Mais quand Grell l'agrippa pour le serrer contre sa large poitrine, il ne put retenir un sourire.

— D'accord, d'accord, j'attendrai, grommela Ted.

Il jeta un coup d'œil dans la pièce.

— Désolé, bonhomme. Je ne suis pas en état de marcher. Le roi a raison : il va falloir patienter.

Il crut entendre un petit soupir frustré.

— Hé, Grell! lança Ted. Rappelle-moi ce que tu disais…

Grell lui caressa les cheveux.

— À quel sujet? J'ai beaucoup parlé.

— À propos de moi et l'enfant, précisa Ted.

— Oh, ça!

Ted fit la grimace.

— Oui, ça! Dis-moi, tu te prétends un expert des âmes et tu disais qu'une âme ne pouvait se lier à un vivant, alors comment peux-tu dire que l'enfant et moi sommes liés?

Grell eut un sourire sardonique.

— Il y aurait bien une explication toute simple, répliqua-t-il. Tu n'es pas vivant.

— Pfut! N'importe quoi! Trouve autre chose!

Grell lui caressa le torse.

— Tu n'as aucun souvenir d'un accident mortel? Tu n'es jamais tombé d'une falaise? Tu n'as pas pris la foudre pendant un orage? Tu n'as pas grillé à une pompe à essence?

— Non, bien sûr que non! protesta Ted.

Il fronça les sourcils en regardant la main de Grell posée sur son cœur.

— D'ailleurs, ajouta-t-il, tu le sens, là, non? Tu sens mon cœur qui bat?

— Oui.

Ted eut un rire nerveux.

— Alors, pourquoi ces questions débiles? Je commence vraiment à flipper.

— Si Azaethoth le Grand en personne n'est pas intervenu, déclara Grell solennellement, je ne connais que deux façons pour lier une âme à un vivant. La première implique un Muet – ce que tu n'es pas. La seconde… eh bien, le vivant est optionnel.

Ted plissa le front.

— Je ne comprends rien! Qu'entends-tu par « *optionnel* »?

— La mort, répondit Grell sans hésitation.

Ted éclata de rire, certain que Grell se foutait encore de lui et de sa crédulité. Voyant que le roi ne partageait pas son hilarité, il cessa de rire et secoua la tête.

— Non! Je ne suis pas mort!

— Pour le moment, c'est exact, admit Grell. Je préférais quand même vérifier. Tu es bien vivant.

— Si j'étais mort, je m'en souviendrais, merde ! aboya Ted.

— Peut-être, mais ce n'est pas à cent pour cent certain.

Grell lui prit doucement la main et la posa sur la sienne, là où battait le cœur de Ted.

Ted sentit une bouffée de chaleur et un pouls. Il comprit que c'était le sien. Il battait bien plus vite que d'ordinaire, mais sans doute était-ce à cause de Grell, de son toucher, d'une part, de cette étrange conversation, de l'autre.

— Écoute bien ! ordonna Grell.

Il maintenait la main de Ted fermement en place, ses yeux dorés tout brillants. Ted s'efforça à obéir, il ferma les yeux et se concentra sur le tambourinement rapide, de plus en plus rapide. Tout à coup...

Un autre cœur ?

Oui, un autre battement s'entendait à côté du sien. Plus faible, mais perceptible, d'autant plus que le rythme cardiaque était différent.

Ted serra ses doigts sur ceux de Grell.

— Je ne comprends pas, murmura-t-il. Qu'est-ce que ça veut dire ?

— Je ne sais pas, chuchota Grell, je n'ai pas d'explication rationnelle. Un incident miraculeux, certainement embourbé dans la tragédie, vous a liés ensemble, ton petit ami et toi. Tu es mort avec lui. Vous êtes morts en même temps. Tu comprends ?

Ted sentit une nausée lui tordre le ventre.

— Pas du tout. Ce n'est pas possible ! Je ne suis pas de mort, putain ! Je suis vivant !

— Chut, calme-toi, l'apaisa Grell, tu es vivant, c'est vrai, parce que quelqu'un... ou quelque chose... t'a ranimé. Tu es revenu d'entre les morts.

— Quoi ? s'étrangla Ted.

Grell fit claquer sa langue.

— Maintenant que tout est éclairci, déclara-t-il, avec entrain, acceptes-tu mon invitation à dîner ?

VII

— JE VAIS vomir, annonça Ted avec horreur.

Grell lui sourit gentiment.

— Passons dans la salle de bain, si tu veux, je te tiendrai la tête.

Ted scruta son expression, cherchant la trace d'une plaisanterie de mauvais goût. Mais il ne trouva rien.

— Tu es sérieux! hoqueta-t-il. Tu penses vraiment que je suis mort et quelqu'un m'a ressuscité?

Du menton, Grell désigna leurs deux mains jointes qui reposaient toujours sur la poitrine de Ted.

— Je ne *pense* pas, je *sais* que c'est le cas, déclara-t-il. Je ne suis pas né de la dernière pluie, amour. Je n'ai pas oublié le prix d'une authentique nécromancie.

— C'est cher? bredouilla Ted.

— Il faut un sacrifice, corrigea Grell. Une vie pour une vie.

Le cœur au bord des lèvres, Ted retira brusquement sa main. Il essayait toujours d'assimiler les révélations de Grell.

— Quelqu'un… serait mort pour moi?

Grell lui caressa les cheveux.

— En partie, répondit-il. Quelqu'un t'a donné une partie de sa vie.

— Alors, je suis une goule?

— Non. Une goule est le signet d'une histoire déjà terminée.

— Et moi?

— Ton histoire a eu une suite.

Tout tremblant, Ted aspira bruyamment le contenu de son verre.

— Putain! murmura-t-il. C'est du lourd!

— Tes parents pratiquent-ils la magie? s'enquit Grell. Un de tes amis est-il féru d'anciens sorts interdits? Un de tes copains fantômes t'a-t-il révélé les secrets de la nécromancie?

Ted secoua la tête.

— Non, non et non! s'écria-t-il. Je mène la vie la plus ennuyeuse qui soit. Auto, boulot, boulot, boulot, auto, dodo, rien d'autre, et je répète ça tous les jours ! Il m'arrive de téléphoner à mes parents. Sinon, c'est juste le funérarium et la déprime !

— Vraiment ?

Pour cacher son profond désarroi, Ted esquissa un sourire et joua au bravache.

— Tout a changé récemment, admit-il. Me voilà au pieu avec un roi canon.

Grell roula des épaules avec fierté.

— Mmm, je suis irrésistible, je sais. Dans ce cas, je présume que tu vas accepter mon invitation ? Ton agenda mondain m'a l'air assez ouvert, non ?

Ted se mordit la lèvre inférieure.

— Pfut ! Il est même totalement vide. Si tu y tiens tellement, oui, dînons ensemble, mais ne devrions-nous pas continuer à travailler sur mon dossier ? Il nous reste quarante-six heures et des brouettes ! Et tu ne fiches rien !

Grell lui jeta un regard outré.

— Tu es gonflé de dire ça, petit humain ! J'ai travaillé pour toi ! Je te signale que j'ai déjà envoyé un mandat faire arrêter Visseract.

Ted fronça les sourcils.

— Hein ? Quand ?

— Juste après que le fantôme nous a parlé de ce qu'il avait vu dans les fosses, avant de te tailler une turlute.

— Non ! protesta Ted. J'étais là, je l'aurais remarqué !

Grell sourit.

— Si, si, c'est la vérité. J'ai envoyé l'équivalent d'un texto mental. C'est une astuce très pratique que j'ai apprise d'un Absola qui requérait mon arbitrage pour un litige immobilier. Nous passions un si bon moment, chaton, je n'ai pas voulu gâcher l'ambiance !

— C'est très attentionné de ta part ! grinça Ted, mi-figue, mi-raisin.

Grell ne releva pas son ton maussade.

— J'ai ordonné à Vizier Ghulk de procéder à une arrestation immédiate, déclara-t-il, mais il n'a pas trouvé Visseract. Ce cancrelat a dû réaliser qu'il était cuit et il se cache quelque part. Comme par hasard, les autres Vulgorians de la cour affirment tout ignorer. Ne t'inquiète pas. Nous le retrouverons.

— Pourquoi Visseract a-t-il tué Mire ? demanda Ted. Est-ce pour lui voler sa clé des fosses ou pour l'empêcher de te révéler ce complot avec… euh, le dieu Gro-machin ?

— Ce sont d'excellentes questions, déclara Grell, et nous ne manquerons pas de les poser à Visseract une fois qu'il sera entre nos griffes. Mon fils a eu récemment des visions annonçant la fin du monde, et toutes étaient liées à l'enlèvement de ton colocataire.

— Hein ? Les Asras peuvent prédire le futur ?

— Absolument pas, répondit Grell. Un Asra visionnaire est aussi rare qu'un humain qui papote avec les fantômes. L'un et l'autre sont des dons venant de la lumière des étoiles, vois-tu, une bénédiction des dieux. Les immortels la reçoivent parfois, les mortels bien moins souvent.

— Waouh ! s'exclama Ted. Maintenant, je comprends mieux ce qui t'a poussé à envoyer ton fils protéger Jay. Et à part annoncer l'apocalypse, ton fils t'a-t-il donné d'autres informations utiles ?

— Non, admit Grell. Mais les visions ne sont pas toujours très claires. En résumé, les Muets – et Jay en particulier – seront utilisés pour anéantir l'univers tel que nous le connaissons. Et vu que Visseract aide Gronoch dans ses sombres projets, il est un traître et probablement aussi un meurtrier. Il paiera son crime, mais pas avant de m'avoir expliqué ce qu'il manigance. La sécurité de Jay demeure une priorité. J'ignore encore ce qu'ils veulent faire de lui, mais ils ne l'auront pas.

— Merci, dit Ted. C'est mon ami, je me sens nul de ne rien pouvoir faire pour l'aider.

— D'une manière ou d'une autre, tout est lié, affirma Grell. C'est pourquoi je tiens tant à découvrir la vérité sur la mort de Mire, je dois comprendre pourquoi Gronoch tient tant à stocker les âmes des Muets.

— D'après Kunst, c'est pour en faire des esclaves, ajouta Ted. Mais tu disais qu'arracher une âme à Xenon était impossible. Il n'y a vraiment aucun moyen ?

— Si, un seul…

Grell s'arrêta pour réfléchir. Il reprit pensivement :

— Ce ne sont pas des âmes qu'ils cherchent dans les fosses.

— Ah, bon ? Qu'y a-t-il d'autre là-bas ?

— Des tombes, répondit Grell, d'anciens artefacts royaux et de très vieux grimoires. Je ne vois vraiment pas ce qui pourrait intéresser un dieu !

Ted vida son verre.

— Et si nous allions voir ? proposa-t-il. Je doute que Gronoch et Visseract aient risqué de provoquer une guerre pour se dire bonjour.

— Ça vaut le coup de vérifier, reconnut Grell. Mais pas tout de suite. D'abord, tu as besoin de repos, ensuite, tu m'as promis un dîner. Nous irons juste après, en guise de promenade digestive.

— Tu tiens vraiment à ce tête-à-tête, on dirait ! Au fond, tu es un romantique ! C'est marrant, je ne l'aurais jamais cru !

Ted éclata de rire devant le regard outré que le roi lui lança.

Grell claqua des doigts et fit disparaître leurs verres.

— Quoi ? Je n'ai pas droit à un moment de tendresse et de légèreté ?

— Si, si, bien sûr, marmonna-t-il. Tu es adorable, ta majesté, un peu dingo, mais adorable. J'ai très envie de découvrir tes queues.

Ted réalisa qu'il avait un peu trop bu. Ses yeux commençaient à se fermer et il retint de justesse un bâillement.

Grell déposa un baiser sur sa joue.

— Si tu es sage, tu y auras droit, promit-il, amusé. Dors, maintenant.

À peine avait-il prononcé ces mots que Ted sombra dans les bras de Morphée. Bien au chaud, câliné, protégé, il était en paix.

Il rêvait sans doute, car il entendait le rugissement de l'océan, il sentait le sable sous lui. Il était à nouveau sur la plage, mais il ne savait pas avec qui.

Il sentit qu'il y avait un problème : son estomac était noué, il avait mal au cœur. Il ne trouvait pas sa crème solaire dans son sac, mais ce n'était pas la raison de sa contrariété.

Quelque chose n'allait pas…

Il vit le petit garçon jouer au bord de l'eau, il eut soudain peur. En un éclair, l'enfant avait disparu et Ted entendait des cris.

Il se réveilla en sursaut, les poumons contractés, il battait des bras et des jambes pour ne pas tomber…

Pour ne pas couler…

Et pourtant, il se noyait.

— Théodore ?

La voix de Grell, ses mains fortes qui le secouaient.

— Grell ? haleta Ted.

Il tremblait de tout son corps.

Grell l'examina, le visage plissé d'inquiétude.

— Tu faisais un cauchemar ? demanda-t-il.

— Je… je ne…. Je ne sais pas. Je ne me souviens pas.

Ted découvrit alors qu'il n'avait plus mal quand il bougeait – c'était un net soulagement! Il se jeta sur Grell et se serra contre lui.

Grell lui caressa le dos et posa les lèvres sur ses cheveux.

— Chut, amour, calme-toi, je suis là.

Amour? Ted aimait entendre ce mot sur les lèvres du roi. Son cœur battait la chamade. Pourquoi ne ressentait-il pas l'affolement de l'an passé, quand Fred, son ex, avait tenté de lui déclarer sa flamme? Qu'est-ce qui avait changé? Il connaissait Grell depuis deux ou trois jours à peine, tout allait beaucoup trop vite. Pourtant, Ted se laissait emporter par le flot, sans résister.

Jusqu'à ce jour, il avait essayé de trouver le bonheur de façon «normale», il avait lamentablement échoué.

Peut-être n'était-il pas fait pour la normalité, peut-être lui fallait-il un énorme félin aux yeux brillants, à la langue râpeuse et aux dents acérées. Ted n'oubliait pas qu'il avait reçu de Grell la meilleure pipe de tous les temps.

— Il ne t'arrivera rien tant que je serai là, promit Grell.

Ted essaya de sourire.

— Je vois, si quelqu'un m'embête, tu le boulottes, c'est ça?

— Bien sûr. Vois-tu une meilleure façon de traiter les ennemis?

Ted gloussa et s'écarta enfin.

— Merci. Je suis désolé d'avoir… euh, un peu craqué.

Grell lui caressa la joue et le rapprocha de lui.

— Je ne crains pas les émotions, déclara-t-il.

— Vraiment? le provoqua Ted. Que faudrait-il que je fasse, alors, pour te détourner de moi?

Grell fit semblant de prendre la question au sérieux.

— Tousser sans mettre la main devant la bouche ou porter des chaussettes dépareillées.

Ted ouvrit de grands yeux.

— Sans blague? Au fait, quelle heure est-il?

— Presque seize heures…

— Quoi? rugit Ted. Et tu m'as laissé dormir?

— Bien entendu, tu avais besoin de repos. Comment va ta blessure?

Ted oublia sa colère. Il fléchit la jambe et se pencha pour vérifier son bandage. Dès qu'il l'effleura, le pansement disparut, révélant une peau saine et sans cicatrice.

— Oh ! Très bien, merci. Et si je compte bien, nous n'avons plus que trente heures jusqu'à mon procès ?

— Oui.

— Que s'est-il passé de passionnant pendant que je dormais ?

— La routine, répondit le roi. Ghulk est inconsolable, il raconte à qui veut l'entendre qu'il a failli être dévoré par des Vulgorians. Et nous n'avons toujours pas retrouvé ce cher et si fidèle Humble Visseract.

— Cette absence est presque une preuve de culpabilité, non ?

— Oui, si on veut.

Grell lui caressa les cheveux et embrassa doucement ses lèvres.

Ted soupira langoureusement et s'offrit au baiser. Il aurait dû penser à son procès, mais Grell était trop tentant. Ted n'avait pas réalisé à quel point il manquait d'affection, d'attention, de contact « humain ».

Il avait été seul bien trop longtemps !

Quand Grell s'écarta, Ted ne put retenir un gémissement plaintif.

Le roi le dévisagea avec attention.

— Comment tu te sens ? demanda-t-il. Sois sincère !

C'était une question simple, pourtant, il était rare qu'on la pose à Ted. Ou alors, c'était sous la forme « comment va ? », ce qui ne voulait rien dire.

En toute honnêteté, il ne savait comment répondre. Il avait tellement l'habitude de dire « bien, je vais bien », une réponse mécanique très éloignée de la vérité. Il n'allait pas bien du tout, il détestait son travail, il déprimait, il en avait assez de voir la mort partout, de parler aux fantômes, d'être seul. Même quand il rentrait chez lui, le soir, il restait hanté par les choses horribles qu'il avait vues dans la journée, les pleurs, les deuils, les colères…

Son épuisement était à la fois physique et émotionnel, il ne parvenait pas à se débarrasser de l'impact de ces traumatismes répétés. La plupart des gens ne voyaient que quelques défunts dans leur vie, des proches qui le plus souvent reposaient paisiblement dans un cercueil.

Ted, lui, avait vu des milliers de cadavres plus ou moins frais. C'était lui qui devait les emporter, les dévêtir, les préparer. Il avait sorti des corps d'endroits les plus improbables : toilettes, voitures, ou même les vestiaires d'un grand magasin.

Il avait passé des années à côtoyer la mort sans échappatoire et son don magique ne faisait qu'ajouter à son fardeau quotidien. Malgré l'horreur, quelques moments étaient plus légers, mais comment les décrire sans paraître timbré ?

Ted évoqua le rire d'une famille qui envoyait un string léopard pour mettre à la grand-mère sous son tailleur classique ; le sourire d'un homme enterré avec son animal de compagnie, un coq empaillé ; l'honneur doux-amer d'habiller un enfant en costume de superhéros.

Il avait entendu la grand-mère défunte protester de n'avoir jamais porté de culotte de toute sa vie, le vieillard raconter fièrement que son coq avait gagné tous les concours auxquels il s'était présenté.

Même ces souvenirs étaient vite engloutis dans le flot des larmes ininterrompues. L'enfant, par exemple, avait crié et pleuré qu'il ne voulait pas quitter ses parents, même pour être un superhéros.

Ted essaya d'occulter ces pensées, mais c'était trop tard. Il était piégé et tout déferlait sur lui comme un raz de marée. Il ne savait que dire, parce que sa réponse habituelle, « bien », aurait été un mensonge flagrant.

Son agonie lui serra les côtes, l'empêchant de respirer.

— J'ai peur ! haleta-t-il.

Le front plissé, Grell lui prit la main.

— De quoi ?

Ted eut un rire nerveux.

— De tout ! D'être accusé de meurtre et de passer en jugement. En plus, je découvre que tout ce que je croyais connaître sur la religion est faux ! Je n'ai pas encore eu le temps d'aller plus loin. Et tous ces monstres, hein ? Des vers-poissons pleins de dents ont essayé de nous tuer. Et le pompon ? Je suis déjà mort !

Il inspira un grand coup et continua :

— J'ai peur, parce que rien n'a de sens, je ne comprends plus, je ne sais pas ce qui se passe. Je suis complètement paumé dans un autre monde que le mien. Je suis cerné par la mort. Je ne veux pas. Je veux…

Il s'arrêta et haleta comme un poisson hors de l'eau.

— Que veux-tu ? insista Grell.

Ted lui jeta un regard hagard.

— Être heureux, répondit-il. J'ai aimé ce moment passé avec toi, c'était… magique. Je suis bien avec toi, même si tu me fais un peu peur.

Grell parut surpris.

— Moi ? Pourquoi, amour ?

— Parce que sur le plan relationnel, je suis nul, alors je me demande comment ça va finir nous deux… On vient juste de se rencontrer, tu m'as taillé la pipe la plus somptueuse qui soit, mais je ne sais pas où tout ça va nous mener, voilà !

— Théodore, écoute-moi. Nous avons encore le temps de gérer ta défense et tu seras innocenté de toutes les accusations portées contre toi, c'est une promesse. Tu seras bientôt libre. Question théologie, je veux bien admettre que ça soit un choc pour toi d'apprendre que ton précieux Seigneur de la Lumière n'a été qu'un opportuniste. Si tu veux, je te parlerai des anciens dieux, je t'enseignerai la voie des Sages. Je peux même te donner des cours en langue divine !

Il était si sincère, si empressé que Ted sentit l'étau qui l'étouffait se desserrer un peu.

— C'est vrai ? murmura-t-il. Tu ferais ça pour moi ?

— Oui, croassa Grell.

Il s'éclaircit la gorge et poursuivit :

— Quant à nous deux, j'espère que ça va durer, j'espère que la pipe n'était qu'une première étape. Tu me plais beaucoup, Ted d'Eon, tu en es conscient, je présume ? J'ignore s'il existe un protocole qui permet à un roi de courtiser un mortel, mais si ce n'est pas le cas, je vais de ce pas le créer.

Ted piqua un fard.

— Tu veux me *courtiser* ?

Grell eut un sourire sardonique.

— Bien sûr. Tu n'avais pas remarqué ?

Ted secoua la tête

— Non. Tu disais ne pas être prêt à t'engager.

— Pas exactement, corrigea Grell d'un ton prudent, je ne cherche pas une nouvelle reine, mais un compagnon, pourquoi pas ? En clair, tu es à moi, nous avons une relation exclusive et je vais mettre à jour mon statut sur les réseaux sociaux, dacodac ?

Ted éclata de rire et roula un patin au roi.

— Waouh ! Tu es vraiment barge !

— Un peu, acquiesça Grell. Tu sais, quand tu auras connu le plaisir suprême dans mes bras, je crains fort que tu sois très déçu de retrouver les mortels sur Eon après le procès. Et si tu pars, tu vas me manquer.

Ted sourit.

— Eh bien, je n'ai qu'à rester, alors ?

Grell porta la main de Ted à ses lèvres et déposa un baiser sur le bout de ses doigts.

— Excellente idée. Nous allons décrypter le mystère ensemble, le procès, ta mort et ton éventuelle aptitude à gérer deux queues…

Ted s'étrangla.

— Humph. À ce propos, j'ai quelques questions à te poser…

— Si tu veux, je te laisserai porter ma chevalière universitaire, déclara Grell. Je te garderai une place à côté de moi à la cafétéria.

Ted gloussa.

— Arrête, arrête de dire des bêtises ! Comment connais-tu si bien les traditions humaines et la culture pop ?

Grell se rengorgea, comme s'il venait de recevoir le plus glorieux des compliments.

— Grâce à la télévision !

— Hein ? Tu as la télé ? Je n'y crois pas ! C'est quoi ces conneries ?

Le roi leva un sourcil et claqua des doigts. Un écran plat géant apparut, flottant au pied du lit.

— Ne le dis à personne, amour, mais j'ai piraté le câble.

Ted rit en voyant les canaux défiler à toute vitesse, comme par magie.

— Hé ! Tu as même Food Network ! Incroyable ! Au fait, merci.

— De quoi ?

— De m'avoir écouté, compris… euh, tout ça, quoi !

— L'empathie fait partir de mes innombrables qualités, affirma le roi.

Ted pouffa.

— Les autres étant ?

— Je suis très bon à Mario Kart, en amigurumi [3] et à la bataille navale.

Ted riait si fort qu'il se tenait les côtes.

— L'ami… *quoi* ? Tu es fou à lier !

— Si, par hasard, ton procès tourne mal et que tu es envoyé au donjon, je t'écrirai, annonça Grell. Et, bien entendu, tu auras droit à des visites conjugales pour te remonter le moral.

— Waouh ! Je crois que moi aussi, je suis bon pour la camisole !

Grell battit des cils.

— Tu es prêt à dîner ? Il est encore un peu tôt, mais vu ce qui t'attend cette nuit, tu as vraiment besoin de prendre des forces.

En voyant le roi se lécher les lèvres de façon lubrique, Ted cessa de rire. Un spasme de désir irrépressible lui tordit le ventre. Puis un grondement émana de son estomac. Amusé, Ted se rendit compte qu'il mourait de faim. Le petit déjeuner était loin !

---

3 'Art japonais du tricot ou du crochet d'animaux et de créatures anthropomorphes.

— Oui, s'il te plaît. Allons dîner.

D'un claquement de doigts, Grell les transporta dans une salle à manger confortable. Ils s'installèrent l'un en face de l'autre à une table richement sculptée à côté d'une cheminée où flambait un foyer rugissant. Ted aurait pu jurer que pendant le télétransport, Grell lui avait pincé les fesses.

Le roi s'était changé, Ted aussi, tous deux portaient des costumes éclatants. Celui de Grell était en soie violette, avec un gilet rose, celui de Ted, heureusement plus discret, était gris pâle avec une cravate vert foncé.

Un sourire rayonnant aux lèvres, Grell se pencha à travers la table et prit la main de Ted.

— Tu es superbe !

— Toi aussi.

Ted esquissa un sourire un peu gêné. Une étrange sensation montait en lui, comme si des papillons voletaient dans son ventre. C'était plutôt agréable. Et tout à fait nouveau.

Il regarda autour de lui et demanda :

— Qu'as-tu prévu comme menu ?

Grell agita les doigts, et la table se couvrit de belle vaisselle, de couverts en vermeil et de verres étincelants.

— Ce que tu voudras, amour. Moi, j'aime tout. Qu'est-ce qui te fait envie ?

Ted réfléchit un moment.

— Un steak.

— Rien d'autre ?

— Je veux un très gros steak. Bleu, mais chaud à l'intérieur.

Très amusé, Grell claqua des doigts et une énorme côte de bœuf apparut dans l'assiette de Ted.

— Satisfait ?

— Oh, oui ! C'est parfait !

Il vérifia ce que Grell avait pris pour lui : un filet avec une pomme de terre au four et des asperges.

Grell remarqua son regard et sourit :

— J'aime la viande très tendre, déclara-t-il avec un clin d'œil. Attends, j'ai oublié les boissons.

Une seconde après, Ted avait devant lui de l'eau glacée et un verre de vin rouge.

— Merci.

Il se mit à manger. Dès la première bouchée, il poussa un gémissement d'extase. La viande était délicieuse !

— C'est divin !

— Tant mieux.

Ted se creusait la tête en cherchant un sujet de conversation. Un peu gêné de s'être tant livré tout à l'heure, il aurait aimé un thème plus léger pendant le repas.

Ce fut Grell qui brisa le silence.

— Parle-moi de toi, chaton, je veux tout savoir !

Surpris, Ted cligna des yeux.

— Moi ? Euh, je m'appelle Ted, je travaille dans un funérarium, que veux-tu savoir de plus ? Tu me connais déjà mieux que personne !

Grell sirota son vin.

— Non, répondit-il, mais prends ton temps, nous avons toute la nuit. Tant que Visseract n'est pas retrouvé et arrêté, nous sommes dans une impasse.

— Non, rétorqua Ted, il reste la bibliothèque. Je tiens à comprendre ce que le petit garçon voulait tant me montrer.

— D'accord. Nous irons après le dîner. En attendant, oublions le reste du monde, ne pensons qu'à nous deux. J'aimerais… eh bien, aussi bête que cela puisse paraître, j'aimerais profiter de ce repas.

Ted n'ergota pas, lui aussi y tenait. Un tête-à-tête romantique ! Cela ne lui était pas arrivé depuis… des mois. De plus, c'était peut-être aussi son dernier repas d'homme libre, autant en profiter sans arrière-pensée !

Ted décida d'occulter le « *tic-tac* » qu'il entendait dans sa tête, lui rappelant que le temps passait, que son répit s'écoulait inexorablement.

Il leva sa fourchette comme s'il prêtait serment.

— D'accord. Faisons une trêve, oublions les affaires sérieuses jusqu'au dessert.

Grell sourit.

— Alors, parle-moi de toi, Ted d'Eon. Tu as de la famille, si j'ai bien compris. Es-tu proche d'elle ? Comment sont tes parents ?

Ted déglutit. Il avait déjà avalé la moitié de sa viande.

— J'ai grandi dans une famille normale, plutôt heureuse. Et comme tu le sais déjà, mes parents sont Lucians.

— Tu as des frères ou sœurs ?

— Juste un petit frère. Il a été adopté. Un jour, nous l'avons trouvé sur le seuil de la maison. Mes parents ont toujours été très protecteurs avec lui. Ils l'ont considéré comme un don de Dieu.

— Le Seigneur de la Lumière, tu veux dire.

Ted fronça les sourcils.

— Oui. J'ai toujours du mal à admettre qu'il n'existe pas et que j'ai récité en vain La Litanie pendant toutes ces années.

— Quand on y réfléchit, répondit Grell pensivement, toutes les religions sont plus ou moins inventées, du moins, elles évoluent au fil des siècles. Les Sages ont l'avantage que leurs traditions et rituels ont été établis par de vrais dieux. L'autoproclamé Seigneur de la Lumière était un beau parleur, il a profité du fait que les anciens dieux étaient endormis pour se créer un culte personnel, il a pondu une petite litanie et tout le monde lui a emboîté le pas sans se poser de questions.

— Mais il a fait des miracles ! protesta Ted. Il est venu sur terre pour expliquer la vraie religion à l'humanité…

— Non, ce n'étaient pas des miracles, juste de la magie, rétorqua Grell. Et ça fait quinze siècles que plus personne n'a entendu parler de lui.

— Hé, c'est pareil pour les anciens dieux, non !

— Justement, déclara Grell, ton prétendu Seigneur de la Lumière, pendant son passage sur Eon, a volé tous les adeptes des dieux Sagittaire. Quelque peu déprimé de cette ingratitude, Azaethoth le Grand a décidé de faire une pause. Dès qu'il s'est endormi, tous les autres dieux sont entrés à leur tour dans le rêve. Ils dorment, d'accord, mais ils sont toujours là-haut à Zebulon. C'est la vérité, même si tu n'es pas prêt encore à l'accepter.

Ted fronça les sourcils.

— J'essaie, d'accord ? C'est quand même fou d'apprendre que tout ce qu'on croyait est faux, il faut du temps pour s'adapter.

Il but une grande gorgée de vin et ajouta d'un ton maussade :

— Mes parents seraient anéantis d'apprendre que leur foi est basée sur un mensonge. Suivre La Litanie compte beaucoup pour eux. Ils ont vraiment cru à une bénédiction divine quand ils ont trouvé mon petit frère, Elliam.

Grell s'esclaffa.

— *Elliam* ? Ils l'ont appelé Elliam ? Si le Seigneur de la Lumière existait, il aurait pu trouver la plaisanterie un peu glauque. Où diable ont-ils inventé un nom pareil ?

Ted se hérissa.

— Tu peux parler ! Tu t'appelles Thiazi ! C'est tout aussi grotesque !

Le roi le toisa.

— En Asran, ce nom signifie « fier guerrier » ! Allez, sois franc, Theodore, je doute qu'il y ait beaucoup d'Elliam parmi les humains !

Ted se décida alors à tout avouer.

— Que diras-tu quand tu connaîtras mon vrai nom !

Grell pencha la tête.

— Oh ? Ce n'est pas Théodore ?

Ted esquissa un sourire sardonique.

— Non. C'est Tedward.

Grell secoua la tête.

— Je ne te crois pas ! Tu me fais marcher.

Ted sourit.

— Pas du tout, je m'appelle officiellement Tedward Beauseph Sturm, et mon frère est Elliam Jimantha Sturm.

Grell gloussa.

— D'accord, tes parents sont des cas. Est-ce une tradition Luciane de ridiculiser ses enfants en leur donnant des noms aussi dissonants ?

— Et toi, hein, quel est ton nom complet ?

— Thiazi desu Grell Tirana Diago Tazha Mondet, répondit le roi.

— Ben, dis donc ! Tu arrives à le prononcer sans t'emmêler la langue ? Tous ces noms ont-ils une signification particulière ?

— Ils indiquent ma lignée ancestrale, expliqua Grell. Thiazi est le nom que mes parents m'ont donné.

— Et le reste ?

— Ma lignée remonte sur plusieurs générations jusqu'à la révolution Mondet contre les dieux. Chez les Asras, les noms se transmettent en fonction du parent qui a porté l'enfant. Après tout, c'est celui qui fait tout le vrai travail, hein ?

— C'est un chouette nom, déclara Ted. Je ne m'en souviendrai jamais, mais j'aime bien.

— Merci, Tedward.

— Pourquoi es-tu appelé « roi Grell » et pas « roi Thiazi » ?

— Parce qu'un Asra n'autorise que ses proches – sa famille en particulier – à utiliser son vrai nom. Les tiers n'ont droit qu'au nom de famille.

— Si tu avais un frère, ne s'appellerait-il pas Grell lui aussi ? Et ta mère aussi devait être une Grell.

— Oui, je sais, c'est parfois déroutant.

— As-tu des frères et sœurs, ta majesté?

— Non, je suis enfant unique. Et j'ai été pourri gâté.

Ted éclata de rire.

— Ça ne me surprend nullement.

— Le «*desu*» de mon nom signifie enfant unique, expliqua Grell. Si mes parents avaient eu d'autres enfants, je serais Thiazi *aesu* Grell, étant l'aîné. Mes cadets auraient été prénommés *mesu, leusu* et ainsi de suite pour indiquer leur ordre de naissance.

— Je vois, c'est une différenciation aussi subtile que les perles que vous portez à vos tentacules d'oreille.

— En effet, répondit Grell. Pour te dire la vérité, je suis très heureux de ne pas avoir eu de frères ou sœurs. Je n'aime pas partager.

— Oui, j'avais deviné, déclara Ted.

— Et toi, tu t'entends bien avec ton frère? Es-tu proche de lui?

Ted avait fini son plat. Il abandonna ses couverts et soupira.

— Autrefois, oui. Mais quand Elliam a grandi, mes parents sont devenus... bizarres. Ils le traitaient comme s'il était susceptible d'attraper toutes sortes de maladies, ils le gardaient à la maison, ils ne le laissaient jamais sortir, ils étaient foutrement obsédés par sa sécurité.

— Pourquoi? Il avait quelque chose de particulier? Une allergie?

Ted haussa les épaules.

— Non. Au début, j'ai pensé qu'ils étaient aussi paranos, parce qu'Elliam avait été abandonné. Moi, pendant ce temps, je m'éclatais, je faisais la fête et je déconnais à pleins tubes...

— Lorsque le chat a d'autres préoccupations, le fils aîné danse? railla Grell.

— Oui, j'étais un peu jaloux, avoua Ted. Un jour, j'ai tenté de le tuer.

Grell haussa les sourcils.

— Une tentative de meurtre?

Ted esquissa un rictus.

— Oui, je suppose.

— Évite d'en parler devant le tribunal! Ça n'arrangerait sûrement pas tes affaires!

— C'était un accident! se récria Ted. Enfin, je crois. Elliam avait six ans et j'ai tenté de l'étouffer avec ses peluches.

— Et toi, tu avais quel âge?

— Dix ou onze ans, je pense, dit Ted. Il s'en est sorti, évidemment.

Grell rit et leva son verre pour porter un toast.

— Tant mieux !

— Et toi, tu as des problèmes familiaux ? demanda Ted.

— Non, j'ai bien peur que ma famille soit assez ennuyeuse, de plus, presque tous mes parents sont morts.

— C'est bien triste, dit Ted avec sincérité. En plus, tu as perdu Vael.

Le sourire de Grell se voila de tristesse.

— Oui, c'est vrai, mais nous avons eu une longue et belle vie ensemble. Mes parents, eux, sont décédés depuis des lustres. Il ne reste que moi, mon très cher fils et une poignée de cousins parasites que j'ai toujours dans les pattes.

Ted vida son verre de vin. Il n'avait pas touché à son eau.

— Ça te plaît d'être roi ? demanda-t-il.

Grell gloussa.

— Bien sûr ! Je donne des ordres, je régente, je dirige. Mes sujets veulent tous quelque chose, tout le temps, mes courtisans conspirent, ils prétendent avoir été insultés, ils parlent de venger leur honneur... Bref, c'est le mélo en continu, je n'ai jamais le temps de m'ennuyer.

— C'est du sarcasme, déclara Ted.

— Mmm. Tu es perspicace. Ça me plaît !

— Connard, lança Ted avec affection.

— Tu veux un autre steak, mon magnifique carnivore ? demanda le roi.

— Non, merci, je ne pourrais plus avaler une bouchée. C'était délicieux, le vin aussi est bon. Tout est génial. Je n'ai jamais eu de rendez-vous qui se passe aussi... naturellement. Je suis hyper bien !

Grell se lécha les lèvres.

— Tant mieux. Pour le dessert, j'ai prévu quelque chose de particulier, une expérience, si tu es tenté par l'aventure.

Au scintillement des prunelles dorées, Ted devina que « l'expérience » serait d'ordre sexuel. Son cœur se mit à tambouriner.

— Oh ? Dis-m'en un peu plus, s'il te plaît.

— Eh bien, en te voyant attaquer ton repas avec un si bel appétit, j'ai réalisé que tu aimais vraiment la viande. Ça tombe bien, j'ai un autre morceau à te mettre sous la dent, insista Grell, avec un clin d'œil entendu.

— Les protéines, c'est bon pour la santé, déclara Ted d'un ton sentencieux. Au fait, ne m'as-tu pas promis un tour à la bibliothèque après le dîner ?

— Je préfère te draguer.

— Oh! Nous étions aussi censés vérifier les fosses, tu sais.

— Ça me gonfle.

— Ne sois pas ridicule! protesta Ted.

— Une petite promenade, ça te dirait?

— Euh… où ça?

Grell lui attrapa la main.

— Tu n'as pas encore vu la ville proprement dite. Mon château est beau, c'est vrai, mais ma ville l'est aussi. Tu as dit, je te cite, *oublions les affaires sérieuses jusqu'au dessert*. Je veux t'emmener à mon endroit préféré et après cela, peut-être n'auras-tu plus besoin de vêtements.

Ted resserra les doigts sur ceux du roi.

— D'accord. Allons-y…

À peine avait-il parlé que le monde changea.

Grell et lui arrivèrent sur une gigantesque place de marché.

— Waouh! s'écria Ted. Génial!

Des dizaines d'étals proposaient diverses marchandises; les bâtiments qui les entouraient étaient de la même couleur que le château, en brique mate et pierre lavande. L'odeur était assez forte, mélange de friture et de sucre brûlé, avec un arrière-goût de musc qui rappela à Ted les foires du comté.

Où qu'il regarde, il ne voyait que des monstres, des créatures aussi fantastiques que terrifiantes, beaucoup d'Asras en particulier. En revanche, il était le seul humain, même si Grell était sous une forme identique. Un Eldress avait deux poulains à ses côtés et un banc de Vulgorians marchandaient des rouleaux de tissu.

Le reste des créatures? Ted ignorait leur nom.

Il y avait de pâles mastodontes dotés d'ailes minuscules et vaporeuses, avec une peau bizarrement pendante en plis épais, comme si la taille ne correspondait pas au corps qui l'habitait; des gremlins visqueux avec d'énormes têtes et de grosses crinières de tentacules; des trolls décharnés avec de gigantesques défenses et de longues queues pointues; un grand monstre bossu humanoïde à la peau noire et dont le visage maquillé évoquait celui d'un clown.

Ted sentit monter sa panique.

Grell lui offrit son bras.

— Tu es prêt?

— Oui, bien sûr, chuchota Ted, mais explique-moi ce que je vois!

— Moi, répondit le roi.

Ted leva les yeux au ciel et agita la main.

— Non, idiot! Je parle de ce qui nous entoure!

— C'est un marché. Il y a des vendeurs qui vendent des marchandises et des acheteurs qui les achètent.

Ted se figea.

Grell éclata de rire en lui tapotant l'épaule.

— Oh, tu verrais ta tête! Eh bien, tu connais déjà les Eldress. Leur race est la quatrième qui a été créée par Azaethoth le Grand.

— Oui, je sais, j'ai aussi reconnu les vers-poissons, ce sont des Vulgorians.

Grell avança sur la place, Ted serré contre lui.

— Effectivement, la deuxième race créée par Azaethoth. Les magnifiques félins sont des Asras, bien sûr, la première race. Les gros plâtreux avec les petites ailes sont les Faedras, la cinquième race.

Ted fit une grimace de dégoût lorsqu'il remarqua que les mastodontes n'avaient ni yeux ni nez. Juste de grandes bouches avec des dents en formes d'hameçons.

— Ceux avec les défenses sont des Absolas, enchaîna Grell, et le peinturluré est un Mostaistlis. Les races six et sept, juste après, Azaethoth le Grand a créé les humains. Oh! Et ces gobelins qui courent avec les tentacules sont les Devarachs. La troisième race. Fais attention, ce sont des détrousseurs, ils sont capables de te vider les poches.

— Tu n'arrêtes pas les voleurs?

— Ils ne volent pas *vraiment,* objecta Grell, ils croient à la propriété commune. Pour eux, tout appartient à tout le monde.

Leur arrivée sur le marché n'était pas passée inaperçue. Une par une, les créatures s'avançaient et s'inclinaient respectueusement. Les jeunes fixaient Ted avec stupéfaction. L'un d'eux se mit à pleurer et se cacha derrière son père.

Devant toute cette attention, Ted commençait à se sentir mal à l'aise.

— Pourquoi ces regards bizarres? marmonna-t-il. Et pourquoi je fais peur aux... aux enfants?

— La plupart d'entre eux n'ont jamais vu d'humain, expliqua Grell. Mes braves citoyens osent rarement s'aventurer sur Eon.

— Oh, c'est pour ça qu'aucun d'entre eux ne prend forme humaine?

— Tous les éternels ne peuvent pas changer de forme sans magie. De plus, pourquoi cacheraient-ils leur vraie nature? Ils sont ici chez eux!

Ted leva la main pour saluer ceux qui les approchaient. Il reçut en réponse des grognements et des feulements. Il n'aurait su dire ce que ces sons exprimaient.

Pendant qu'ils exploraient le marché, Grell s'arrêtait souvent pour discuter avec ses sujets, prenant des nouvelles des malades et des convalescents. Il félicita une femelle Eldress pour la naissance de ses poulains, souhaita bonne chance à un Faedra qui allait changer de métier et sermonna un Asra manifestement ivre.

Ils s'arrêtèrent devant un stand où un Devarach vendait des sucettes artisanales : du sucre filé enroulé sur lui-même. Le gobelin refusa d'être payé, mais le roi, d'un claquement de doigts, laissa en partant une pièce sur le comptoir.

Ted attendit d'être loin pour déclarer :

— Tu es un roi plutôt décent.

Grell eut un sourire suffisant.

— Je suis un roi génial !

Le monde changea encore autour d'eux, et Ted se retrouva au sommet d'un haut bâtiment, avec la ville étalée devant lui. Derrière se trouvaient le château et le pont, et aussi loin que le regard portait, l'étrange et lumineuse forêt entourait le tout à l'extérieur des murs. Une grande montagne hérissée de pointes rocheuses se profilait à l'horizon.

— Waouh ! C'est somptueux !

Ted lécha sa sucette et faillit vomir en constatant qu'elle était imbibée d'alcool. Il déglutit et secoua la tête.

Grell croquait allégrement sa sucrerie.

— Je viens ici parfois pour réfléchir, déclara-t-il. Ce panorama me détend, il me rappelle ce que je dois protéger. Il m'aide aussi à rester humble.

— Humble ? ricana Ted. Tu ne dois pas venir souvent !

— Tu ne me trouves pas assez humble ?

— Non ! Tu es arrogant et autoritaire.

— Je suis le roi. De plus, je suis lucide : je suis génial, c'est un simple constat. Comme personne ne le remarque, je me fais moi-même des compliments. C'est bon pour mon ego.

Ted sourit et se pencha pour donner un coup de coude à Grell.

— Si, chuchota-t-il, moi, j'ai remarqué. Et je suis sûr que tes sujets le font aussi, il n'y a qu'à voir comment ils t'ont accueilli au marché. Quant à ton ego, crois-moi, il se porte très bien. Tu es un mec bien, ta majesté.

Grell lui fit un clin d'œil.

— Toi aussi, Tedward, je te trouve même tout à fait étonnant.

— Euh… merci.

Ted se noya dans les yeux dorés. L'excitation monta en lui quand leurs mains s'effleurèrent. Grell lui prit la main et déposa un doux baiser sur ses doigts. Ted frissonna. Jamais il n'avait ressenti une attirance aussi forte, une véritable fascination. La sucette fortement alcoolisée ne le tentait pas, mais Grell avait évoqué un autre dessert et là, Ted était partant.

Sur une impulsion, il déclara d'un ton aussi désinvolte que possible :

— Tu as vraiment deux queues ?

Grell avait terminé sa sucrerie.

— Tu es bien curieux !

— Oui, je veux savoir…

— … si tu peux recevoir les deux ? Pourquoi pas ? Avec beaucoup de lubrifiant et beaucoup de volonté, tout est possible.

— Maintenant !

Grell éclata de rire.

— Tu ne manques pas d'audace, amour ! Je te rappelle que je suis le roi et que mon bon plaisir fait loi.

— Je te veux *maintenant*, Grell, insista Ted.

Grell s'essuya délicatement la bouche et exhiba toutes ses dents.

— D'accord. Tu l'auras voulu.

VIII

TED S'AFFOLA tout à coup. Dans quoi s'était-il lancé? Il l'ignorait, mais il désirait Grell avec une force qui le dépassait. C'était comme si son désir était encore renforcé par la situation extrêmement complexe dans laquelle il avait été jeté.

Il était accusé de meurtre, il était mort et ressuscité, le Seigneur de la Lumière, auquel il avait cru toute sa vie, était un imposteur, il était à Xenon, un monde dont il connaissait mal les règles, il n'avait plus aucun contrôle sur sa vie, son destin.

Ce soir, il allait reprendre les rênes et faire ce qu'il voulait.

En plus, Grell était beau à tomber.

Et bandant!

Et drôle, charmant, indéniablement gentil sous son masque narquois.

Déjà, Ted était de retour dans la somptueuse chambre de Grell. Sans plus se cacher, il admira le beau visage du roi. Bien que plus petit, Grell avait des bras épais et forts qu'il enroulait déjà autour de Ted.

Il attira Ted vers lui et l'embrassa.

— Nous ferons ce que tu voudras, chuchota-t-il. Nous irions jusqu'où tu voudras, tu peux arrêter quand tu veux, c'est compris?

— Mmm, oui. Je veux tout!

Après ces folles paroles, Ted rendit à Grell son baiser avec passion, s'abandonnant à la langue et aux lèvres chaudes du roi.

Le souffle court, Grell s'écarta et attira Ted vers le lit.

— D'accord, viens, laisse-moi faire, je m'occupe de tout.

Pris de vertige, Ted remarqua à peine que Grell les téléportait tous les deux dans son lit. Il gémit de plaisir quand Grell le poussa sur le dos.

Oh, oui, se soumettre à plus fort que lui, Ted adorait ça!

Leurs vêtements disparurent comme par magie, et Ted se tordit quand une main glissa sur son ventre. Il bandait déjà, excité par la domination de Grell, par son baiser brûlant.

Grell lécha la bouche de Ted et glissa une main entre ses jambes.

— Mon cul! pria Ted.

— N'allons pas trop vite, amour! persifla Grell. Il faut d'abord que je te prépare. Mmm…

Ted s'affolait de plus en plus.

— Excuse-moi, je dis n'importe quoi. C'est juste… ça fait un bail que je n'ai pas baisé et j'ai toujours été… euh, actif. Je me sens dépassé!

— Chut, amour, l'apaisa Grell, moi, je n'ai pas baisé depuis des siècles. Je suis sûr que tu seras fantastique. Si tu préfères me prendre, cela ne me pose aucun problème.

— Non, non, protesta aussitôt Ted. Je te veux, je veux que tu sois mon premier… S'il te plaît. C'est juste… j'ai un peu la frousse. Tu es membré comment? Ça va rentrer?

— À ton avis?

Grell roula sur le côté et plia le genou. À première vue, sa queue semblait humaine, épaisse et non circoncise. Puis Ted vit deux glands luisants émerger du prépuce.

Il tendit la main, puis hésita.

— Je peux…

— Bien sûr, amour. Ils ne mordent pas.

Ted éclata de rire.

— Pas de dents! C'est bien la première fois que je rencontre ce phénomène depuis que je suis arrivé ici!

Grell gloussa.

Riant toujours, Ted embrassa Grell en laissant sa main glisser le long de la large poitrine, sur l'estomac dur. Il arriva enfin à destination et referma les doigts… enfin, il le tenta.

Le membre était trop épais!

— Waouh!

Grell feula avec un sourire arrogant.

Bien que tenté de continuer à l'embrasser, Ted ne put résister à la curiosité qui le dévorait: il fallait qu'il voie. Il glissa le long du corps étendu et joua avec le sexe royal. Sous ses yeux ébahis, le prépuce recula et deux sexes épais jaillirent, chacun pleurant du liquide séminal. Ted les caressa à tour de rôle, s'émerveillant de leur taille et de leur chaleur. Les joues brûlantes, il imaginait déjà un de ces deux monstres lui défoncer le cul. Rien qu'à y penser, ses reins frémissaient de désir.

Ted ignorait si la pénétration serait anatomiquement possible, mais merde, il tenait vraiment à essayer.

Les queues semblaient avoir à peu près la même taille, même si l'une était placée un peu plus bas sous sa jumelle.

Ted n'arrêtait pas de toucher et de jouer, de regarder le foutre qui scintillait dans la pénombre.

— Putain, tu es tellement mouillé !

— Mmm, c'est normal pour Asra, déclara Grell.

Il se pencha et empoigna fermement la queue de Ted.

— Mmm, enchaîna-t-il, toi aussi, amour, tu es trempé. Tu me veux vraiment, alors ?

Ted se cambra pour s'enfoncer dans la main de Grell tout en branlant une de ses queues.

— Oh, oui ! s'exclama-t-il avec ferveur. Je suis… mm… je suis prêt. Je te veux.

Avec un sourire de fauve, Grell l'embrassa.

— Tu ne le regretteras pas, amour. C'est une promesse.

Ted regarda Grell glisser le long de son corps et grogna de surprise quand le roi le positionna les jambes écartées, les genoux relevés, le cul totalement exposé. Ted piqua un fard.

Grell caressa ses cuisses musclées et lui empoigna les fesses.

— Tu es spectaculaire, amour.

— Mmm, bredouilla Ted.

Grell baissa la tête, sa longue langue effleura le méat de Ted, s'enroula autour de sa queue, joua avec ses couilles et arriva à l'anus.

— Mmm ! Ton cul est absolument parfait.

— Argh !

La langue râpeuse léchait les muscles serrés qui protégeaient l'entrée de son corps, elle glissait, elle brûlait. Ted se mit à gémir sans discontinuer.

Grell prenait son temps, il ne cherchait pas encore à forcer l'entrée. Ses mains malaxaient les cuisses de Ted, ses reins, son cul.

Puis il le pénétra. Et Ted hurla.

Il n'y eut aucune douleur, seulement une pression, une sensation de tiraillement alors que son corps s'ouvrait pour la première fois à cet endroit-là. Grell avait une langue géante, il en usait comme un magicien, parce que Ted voyait déjà des étoiles.

Grell dut sentir son orgasme imminent, parce qu'il accéléra la cadence et se mit à baiser Ted avec sa langue, le pénétrant en profondeur.

Ted gémissait et criait. Son plaisir devint presque excessif quand Grell trouva sa prostate et la martela sans relâche, faisant trembler Ted de la tête aux pieds.

— Grell ! Merde ! Je vais... je vais...

Pour lui, c'était un avertissement, Grell le prit comme un encouragement. Sa langue grossit encore, pilonnant la prostate de Ted avec une impitoyable précision.

Ted hurla son orgasme, les reins soulevés du lit. Il éjacula et son sperme atterrit lourdement sur son estomac. Grell ne l'avait pas lâché, sa langue continuait ses va-et-vient. Et Ted ne pouvait que subir, son plaisir repartant crescendo.

Il débitait une longue suite d'absurdités :

— Oh, tellement bon ! C'est tellement... putain ! Oh non, bordel, je ne peux pas, c'est juste, argh...

— Mmm, feula Grell, bas et profond.

Il libéra finalement Ted et se redressa, avec un sourire très satisfait, il lécha le ventre poisseux.

— Tu as un goût délicieux, amour.

— Je suis mort, répondit Ted. Tu es... je n'ai pas les mots !

Il haleta. À son grand étonnement, cependant, il bandait encore.

— Je suis génial, je sais, fanfaronna Grell. Et toi aussi, amour. Bien, passons à la suite du programme.

— Oh. D'accord.

Ted gloussa nerveusement, mais pas longtemps, car Grell le pénétra de ses longs doigts sans difficulté. Ted s'étrangla. Il constata vite que son anus était trempé et totalement dilaté.

— Putain... qu'est-ce que tu fais ?

— Je te prépare, répondit Grell. Mmm... tu es si chaud, si serré.

Ted s'accrocha à la main libre de Grell, submergé par une vague de luxure. Il ressentait une vacuité douloureuse, seul Grell était capable de la combler.

— Prends-moi, geignit-il. S'il te plaît, ne me fais plus attendre. Prends-moi !

— Patience, gronda Grell. Nous allons aller doucement.

Il s'installa entre les jambes de Ted et les souleva.

— Non ! grogna Ted. Je ne veux pas attendre.

Glissant la main entre leurs deux corps, il parvint à saisir une des queues du roi et tenta de la rapprocher de son corps palpitant.

Avec un feulement rauque, Grell lui mordit l'épaule.

— Tu es tellement autoritaire! Bon, tu l'auras voulu.

Il donna un coup de reins. Ted hurla, plus de surprise que de douleur. Une des grosses queues commençait à s'enfoncer en lui.

Bien que préparé, Ted s'était attendu à une certaine difficulté d'adaptation, il n'y en eut aucune. Le plaisir qu'il ressentait était… fabuleux. Ses muscles cédèrent sous la pression, son anus s'ouvrit, son corps s'étira, glorieusement plein, alors que Grell le pénétrait jusqu'à la garde.

D'un coup de langue, Grell effaça la trace de sa morsure sur l'épaule de Ted, il tourna la tête et blottit son visage dans son cou.

— Amour, feula-t-il, je vais te faire jouir toute la nuit.

— Oh, Grell! chuchota Ted.

Il ne reconnut même pas sa voix. Il paraissait à la fois vulnérable et fragile. Il admit alors que le rêve de toute sa vie se réalisait : il avait toujours voulu quelqu'un en lui, comblant ce vide qui le minait.

Ce soir, il était enfin entier.

Ses yeux brillants de larmes révélèrent son émotion.

— Je suis là, murmura Grell. Je vais prendre soin de toi, amour. Laisse-moi t'aimer… Ouvre-toi bien.

Ted essaya de parler, il ne le put, il émit donc un faible gémissement.

Déjà, Grell commençait à bouger. De courtes poussées au début, mais bientôt, la cadence s'accéléra, ses coups de reins devinrent profonds et durs. Ted sanglotait de plaisir et de désespoir.

Les sensations étaient tellement fortes, tellement parfaites, Ted était perdu, son corps dissous en un million d'atomes. Chaque poussée l'envoyait plus haut, le comblant comme il ne l'avait jamais été. À sa grande surprise, le sexe de Grell parut grossir encore en lui.

La seconde queue avait-elle rejoint sa jumelle? se demanda Ted. Non, il la sentait frotter entre ses fesses.

Son orgasme montait tandis que Grell s'enfonçait plus profondément en lui, atteignant à ce qu'il semblait le centre de son être.

Ted griffa les épaules solides avec un gémissement.

— Oh là! Oui, là! Continue! Grell!

Les grognements sourds et les rugissements avides du roi n'étaient plus humains alors qu'il martelait le cul serré de Ted.

De temps à autre, il retrouvait sa voix et chuchotait à l'oreille de Ted :

— Je vais te baiser jusqu'à ce que tu ne puisses plus bouger…

— Oui, gémit Ted.

— Je vais inonder ton adorable petit corps de mon sperme. Je veux t'entendre crier mon nom pendant que je te remplis le cul…

— Oui, putain, ouiiii !

Ted perdit le souffle quand Grell lui attrapa les jambes et lui colla les genoux à la poitrine pour mieux l'écarteler. À ce nouvel angle, son cul était encore plus offert, plus vulnérable. Le pilonnage reprit.

Une fois encore, Grell le mordit. Ted hurla et laissa sa jouissance exploser. Grell n'avait pas ralenti. Ted, qui jouissait toujours, s'accrocha au cou épais du roi pour s'ancrer.

Puis Grell feula et éjacula, son sperme jaillissant avec force au plus profond du corps de Ted. Ses entrailles palpitaient et frissonnaient de plaisir, les spasmes étaient saccadés, presque douloureux dans leur intensité. Ted ne savait même plus où il était.

Il était bien, trop bien, et il pleurait.

Les lèvres de Grell se pressèrent sur tout son visage.

— Oh, amour… tu as été parfait !

Grell se souleva un peu, les jambes de Ted encore nouées autour de sa taille. Quand son sexe quitta Ted, le sperme se mit à couler.

Ted tremblait et transpirait, l'esprit en déroute après ce bouleversant orgasme. Il regarda Grell avec un étonnement émerveillé, ne sachant que dire maintenant qu'il retombait sur terre – ou plutôt sur Xenon. Personne ne l'avait jamais traité avec une telle révérence.

Il se jeta sur Grell et l'embrassa avec tout ce qu'il avait, mettant dans ce baiser ce qu'il ne parvenait pas à exprimer avec des mots. Il emmêla ses mains dans les cheveux de Grell.

Grell lui rendit son baiser avec la même passion, ses bras solides soulevant Ted pour le plaquer à lui. Il souriait, paraissant jeune et heureux.

Quand il s'écarta, il déclara :

— C'était plutôt bien, hein ?

Ted aboya un rire et s'essuya les yeux avec le dos de la main.

— Connard ! C'était mieux que bien… C'était sublime ! C'était divin !

Grell le berça contre lui et embrassa le bout de son nez.

— Oui, je suis d'accord. Mmm… Tu as besoin d'un moment ?

— Un moment pour quoi ? demanda stupidement Ted.

— Pour le second round, répondit Grell avec un sourire innocent. Je te rappelle que j'ai deux queues !

Ted réalisa alors que la seconde queue se frottait à lui, impatiente d'agir. Il sentit son estomac se contracter, pas de peur, non, d'excitation.

Grell le sentit frissonner.

— Si tu préfères attendre, je ne t'en voudrai pas. Un Asra fait l'amour pendant des heures, mais…

— D'accord, coupa Ted, les joues écarlates. Je suis prêt.

Pour bien prouver sa détermination, il se mit à genoux et se retourna, présentant son cul à Grell.

Il avait le visage en feu.

Et le ventre palpitant.

Grell ne perdit pas de temps à répondre à l'invite. Il empoigna avidement le cul de Ted et lui écarta les fesses.

— Par les gonades géantes d'Azaethoth le Grand ! Quelle divine vision, amour !

Ted se cambra et enfouit son visage dans ses mains. Il savait très bien que le foutre royal coulait abondamment de son anus dilaté. C'était… waouh !

— Euh, ta majesté ? Je suis un peu sensible, alors vas-y mollo, d'accord ?

— Bien sûr.

Se rapprochant, Grell introduisit son sexe en lui.

À nouveau pénétré, Ted haleta, étonné que son cul soit aussi ouvert, aussi humecté. Son corps n'offrit aucune résistance, au contraire, il engloutit avec impatience chaque centimètre de Grell. C'était un peu bizarre de sentir une queue à l'intérieur et une autre qui glissait contre son coccyx, mais Ted ne s'y attarda pas.

Il se demanda même si Grell pouvait le fourrer avec les deux à la fois et son sexe durcit à cette perspective. Putain, cette simple idée lui coupait le souffle ! Ted se conseilla de respirer, parce que ce n'était pas le bon moment pour s'évanouir.

Très vite, cet autre sexe se remit à bander, mais Ted se concentrait sur celui qui le pénétrait. Sa position permettait une nouvelle profondeur et la pression devenait presque insupportable. Il poussa un long gémissement et enfouit le visage dans son oreiller.

Grell prit ses hanches à pleine main, puis remonta pour lui caresser le dos.

— Tu es magnifique. Ça va ? Tu aimes ?

Ted écarta les jambes et recula pour mieux s'empaler.

— Oui, grogna-t-il. C'est jouissif…

— Détends-toi, murmura Grell.

Il s'écarta presque complètement, puis poussa en avant avec force, s'enfonçant jusqu'à la garde, et recommença, et recommença. Sa cadence était aussi inexorable et puissante que la houle d'un océan. Et Ted se laissa emporter par le flux, perdu dans un monde de sensations.

Quel pied de s'abandonner complètement! Quel pied de se fier à Grell et de se concentrer sur sa jouissance! C'était bon, tellement bon! Les mains du roi étaient partout sur lui, c'était la première fois que Ted était ainsi choyé, vénéré, aimé.

Le premier «round», comme disait le roi, avait été une prise de possession presque sauvage. Cette fois, c'était plus lent, plus intime aussi, c'était paradisiaque.

Sauf que Grell ne croyait pas au paradis, mais à Zebulon, alors était-ce *Zebulonesque*? Ou *Zebulonique, Zebulonien*? Ted savoura ses néologismes avec un sourire béat. Peu importait le qualificatif, au fond, décida-t-il, c'était le bonheur.

Un bonheur qu'il découvrait aujourd'hui pour la première fois dans le lit d'un être éternel!

Déjà des étincelles de feu liquide crépitaient le long de sa colonne vertébrale et un nouvel orgasme montait. Comment était-ce possible si rapidement après le premier?

Grell accéléra la cadence et Ted répondit par un gémissement d'extase. Sous la force des coups de boutoir, il s'effondra sur le lit, écrasé sous le poids de son amant. Il haleta, le nez dans son oreiller quand des crocs lui mordillèrent la nuque.

Le claquement sec et régulier de leurs deux corps l'un contre l'autre et ses cris inarticulés formaient une mélodie à la fois sauvage et sensuelle qui emportait Ted de plus en plus haut.

Grell s'arrêta soudain profondément enfoui en lui, il roula des hanches.

— Oh, amour! Ton petit corps va me faire jouir encore une fois! Je suis si bien en toi, j'y resterai ma vie!

— Grell…

Ted ne put en dire plus, il y était presque.

Grell se pencha et gronda à son oreille.

— Oui! Jouis! Maintenant! Jouis avec moi. Laisse-moi t'emmener sur…

Ted ne savait plus où il était, ses spasmes devenaient plus denses, puis exigeants, ses muscles étaient bizarres et contractés… Le sexe de Grell bougea en lui et exerça une pression contre sa prostate. Ted ouvrit la bouche pour crier, mais il n'avait plus de voix, l'oxygène ne parvenait même plus dans ses poumons.

Il explosa dans un orgasme sismique, le corps agité de tremblements. Au même moment, le roi jouit aussi au tréfonds de son être, ensemble, les deux amants s'envolèrent vers les étoiles.

Leurs deux cœurs battaient au même rythme. Ted aurait pu jurer qu'il sentait le moindre frémissement du sexe royal au fond de son cul, c'était tellement intime que ça en devenait presque douloureux.

Quand il reprit vaguement conscience, il n'était qu'une flaque de gelée agitée de frissons, l'extase lui laissait la peau engourdie et pleine de picotements qui couraient jusqu'au bout de ses doigts.

L'endurance implacable de Grell avait fini par l'abandonner, son corps détendu pesait sur le dos de Ted.

Le roi embrassait les morsures qu'il avait laissées sur son épaule.

— Mmm… Tedward d'Eon, tu es une vraie merveille !

Incapable de parler, Ted répondit en levant le pouce.

Avec un petit rire, Grell frotta le visage dans son cou. Il poussa ensuite un soupir satisfait.

— Aurais-tu besoin de souffler, amour ?

— Mmm, répondit Ted.

Il s'étonna d'avoir réussi à s'exprimer, fut-ce par un grognement. Il tourna la tête, histoire de respirer plus facilement.

Son corps était lourd et fatigué, mais aussi détendu, apaisé et repu.

Ted geignit une protestation quand Grell se retira de lui pour rouler sur le côté et lui faire face. Grell pressa un court baiser sur ses lèvres et l'examina avec attention.

— Comment tu te sens, amour ? Je n'ai pas été trop brutal ?

— Non, s'empressa de le rassurer Ted. Je suis divinement bien.

Il bougea un peu, afin de vérifier que son corps répondait. Son épaule était un peu sensible, son cul nettement plus.

— Je ne suis pas sûr de pouvoir m'asseoir, avoua-t-il avec une grimace.

— Je te guérirai avant que nous quittions cette chambre, promit Grell. Pour le moment, j'aime voir les marques que j'ai laissées sur toi, j'aime que ton cul soit plein de mon foutre, tu es à moi.

110

Ted esquissa un sourire, les yeux rivés aux prunelles dorées si brillantes et envoûtantes. Il s'étira de nouveau et gémit quand ses os et ses muscles protestèrent.

— Bien sûr, je suis à toi, je me sens totalement possédé, avoua-t-il. Tu sais, sur terre, enfin, sur Eon, ce n'est pas recommandé de céder dès le premier soir. Pour toi, j'ai dérogé à toutes les règles de l'étiquette.

Le sourire de Grell exprima sa satisfaction.

Le roi caressa le bras de Ted, sa taille, sa hanche.

— J'en suis heureux. En plus, je compte bien recommencer très vite.

Troublé par ces caresses possessives, Ted avait l'esprit ailleurs.

— Recommencer quoi ?

— À te baiser !

— Oh.

Il n'était pas du tout sûr de supporter un troisième round sans finir en pièces détachées, mais l'appétit sexuel de Grell devait être contagieux, parce qu'il ne put s'empêcher de sourire.

— D'accord ! s'exclama-t-il avec un rire nerveux.

Grell l'embrassa avec avidité.

— Tu es vorace ! J'aime ça !

Ted hésita, puis avoua le fantasme qui l'avait titillé quelques moments plus tôt :

— Justement, je me demandais, crois-tu possible que tes deux queues entrent dans mon… Argh !

Il s'interrompit avec un cri strident quand un Asra apparut soudain juste à côté du lit.

— Votre Altesse !

Aussi embarrassé d'avoir crié comme une donzelle que d'être surpris dans une situation compromettante, Ted cacha sa gêne sous une litanie de jurons :

— Putain, mais ce n'est pas vrai ! On rentre ici comme dans un moulin ! On ne vous a jamais appris à frapper à une porte, merde ?

En vérité, il était parfaitement décent, car à peine l'Asra arrivé, Grell, d'un claquement de doigts, avait remonté les couvertures jusque sous le menton de Ted.

Le roi fixait l'intrus d'un regard nettement menaçant.

— Qu'est-ce que c'est ? Si je ne m'abuse, j'avais demandé à ne pas être dérangé. Comme vous pouvez le voir, l'accusé et moi sommes très occupés à préparer sa défense au procès.

111

L'Asra paraissait inquiet.

— Vizier Ghulk souhaite vous parler, Votre Altesse. Cela concerne le procès, justement, il a des nouvelles urgentes à vous communiquer sans attendre !

— Très bien, grogna Grell, manifestement à contrecœur. Je serai au tribunal dans dix minutes. Qu'il m'y attende !

— À vos ordres, Votre Altesse.

L'Asra inclina la tête et disparut.

— Retour au boulot, grommela Grell, sans enthousiasme.

— En clair, je suis privé de dessert ? ronchonna Ted, déçu.

Grell éclata de rire.

— Certainement pas, amour, assura-t-il. Dès que cette petite affaire est réglée, nous remettrons le couvert.

Ted sourit et se redressa pour embrasser son amant.

— Promis ?

— Oui !

— D'accord, ça tombe bien, j'ai une autre expérience à tenter avec ta queue…

Grell ricana d'un air entendu.

— *Mes queues*, si j'ai bien compris.

— Oui, effectivement. Maintenant, revenons aux choses sérieuses. En fait, tu tiens parole, après tout, tu avais promis qu'à peine le dessert avalé, nous reprendrions notre enquête concernant mon procès.

Grell fronça les sourcils.

— Moi, j'ai dit une connerie pareille ? Tu es sûr ? Mmm, j'ai un doute.

Ted quitta le lit et mit ses poings sur ses hanches.

— Oui, j'en suis certain.

Le roi ne l'écoutait plus, il dévorait sa nudité des yeux.

— Humph. Dès que tu seras libéré de cette accusation grotesque, Tedward d'Eon, je compte passer des journées entières à me repaître de toi, chaque centimètre de ce délicieux corps m'appartiendra.

Le souffle coupé, Ted se remit à bander.

— Oh !

— C'est une promesse, annonça le roi.

IX

GHULK VIBRAIT littéralement d'excitation quand il rejoignit Ted et Grell au tribunal où ils s'étaient téléportés pour l'attendre. Ted plissa le nez en constatant que le cadavre de Mire était toujours là. Il commençait même à gonfler.

L'odeur pestilentielle expliquait probablement que le tribunal soit déserté, songea-t-il. Grell et lui avaient fini par s'habiller, mais même avec l'aide de la magie, la tâche n'avait pas été facile. Ils ne cessaient de se caresser et, d'une chose à l'autre, ils avaient bien failli retourner au lit. Baiser aurait certainement été plus plaisant que retrouver Ghulk, mais Ted était conscient qu'il devait absolument résoudre cette histoire de procès. Les heures s'écoulaient vite, la passion et l'excitation étaient de merveilleuses découvertes, mais le temps allait bientôt lui manquer.

Ghulk fit claquer ses sabots contre le sol de pierre en se prosternant.

— Votre Altesse ! s'exclama-t-il. Merci d'avoir accepté de me voir. J'ai des nouvelles importantes concernant Humble Visseract !

— A-t-il signé une confession ? demanda Grell, plein d'espoir. Est-il déjà au cachot ?

La mine consternée, Ghulk secoua sa tête géante.

— Quoi ? Non, Votre Altesse ! Mais je pense avoir découvert pourquoi il a assassiné votre bien-aimé cousin ! En écoutant les murmures échangés entre les membres du tribunal, j'ai appris que Visseract était au courant de cette clé que vous aviez remise à Mire…

— Oui, il voulait un accès aux fosses, coupa Grell avec impatience. Nous le savons déjà.

Ghulk n'en revenait pas.

— Euh… Vraiment ?

— Bien sûr, intervint Ted.

Ghulk hésita un instant, il paraissait perdu. Puis il tressaillit et ajouta :

— Eh bien, j'ai d'autres nouvelles, Votre Altesse ! Humble Visseract complotait avec Gronoch, le dieu de la guérison et de la contrition, le savez-vous ?

Grell leva les yeux au ciel et soupira bruyamment.

— Ouiii, gronda-t-il, en faisant traîner la dernière voyelle. Vas-tu maintenant me dire qu'il nous faut entrer en guerre, parce que Visseract a rencontré Gronoch dans les fosses de Xenon ?

Les yeux laiteux de Ghulk s'écarquillèrent et sa lourde tête tomba avec un hennissement déçu.

— Oui, Votre Altesse.

Ted sourit, très fier d'avoir déjà soutiré à Kunst ces informations. Il avait peu d'estime pour la licorne–zombie, aussi faire passer le lâche courtisan pour un idiot représentait-il à ses yeux un bonus inattendu.

Grell lui adressa un clin d'œil.

— Tu arrives trop tard, Ghulk. Notre beau et si délicieusement musclé suspect m'a déjà convaincu d'éviter cette guerre. Après tout, nous ne savons pas *exactement* où Humble Visseract a rencontré Gronoch et la plupart des fosses sont en dehors de Xenon. Sans preuve solide que le traité ait bien été violé, nous ne déclarerons pas la guerre à Zebulon, un point, c'est tout.

Très fier de lui, Ted s'autorisa un autre petit sourire.

Ghulk n'était pas content.

— Mais Votre Altesse…

Grell lui coupa la parole avec irritation :

— Tais-toi ! Comment as-tu osé interrompre mon nirvana post-coïtal pour des niaiseries pareilles ? Je ne veux plus rien entendre !

Sans tenir compte de l'avertissement, Ghulk continua à plaider sa cause. Peu intéressé par la dispute, Ted s'éloigna à l'autre bout de la salle, ce qui le rapprocha du cadavre gonflé de Mire.

Machinalement, Ted l'étudia d'un regard professionnel, surpris de constater qu'un monstre, une fois décédé, suivait le même processus de décomposition qu'un humain.

Ainsi, Eon et Xenon se ressemblaient par certains aspects.

Pourquoi Ted y trouvait-il du réconfort ? Il n'aurait su le dire.

Les yeux, déshydratés par la mort, s'étaient enfoncés dans le crâne, le ventre avait gonflé, le cadavre commençait à se putréfier. L'attention de Ted fut alors attirée par une étincelle à l'oreille. Quelque chose renvoyait un reflet…

Étrangement, il se souvint de l'avoir déjà remarqué.

Puis une petite main tira sur sa manche et il reconnut cette présence.

— Salut, bonhomme.

Il chercha autour de lui. L'ombre du petit garçon s'était déjà éloignée, mais la petite main continuait à envoyer des signes, lui réclamant de le suivre.

La bibliothèque.

Ted savait que l'enfant tenait à sa présence là-bas, même s'il ignorait d'où lui venait cette certitude. Il se retourna et vérifia où en étaient Grell et Ghulk : ils palabraient toujours.

Ted revint vers eux et se racla bruyamment la gorge.

— Ta majesté ? Nous avons un truc à vérifier.

Ghulk continua à hennir sans se préoccuper de lui. Irrité, Grell leva la paume et pressa ses naseaux pour le faire taire.

— Qu'y a-t-il, Ted d'Eon ? Qu'est-ce qui ne va pas ?

— C'est le petit bonhomme dont je t'ai déjà parlé, répondit Ted. Il voudrait que j'aille dans la bibliothèque.

— D'accord, je viens avec toi.

— Votre Altesse ! glapit Ghulk.

Grell avait clairement atteint les limites de sa patience.

— Tais-toi, Ghulk, tu me casses les oreilles. Tu cherches Visseract, c'est bien, j'apprécie tes efforts, mais comme tu n'as encore rien trouvé, je te conseille de te bouger le popotin ! Et cesse de perdre ton temps à ergoter !

Abandonnant un Ghulk fort boudeur et mortifié, Grell prit Ted par la main et *pouf !*

Ils se retrouvèrent ensemble dans la bibliothèque.

Grell regarda autour de lui avec curiosité.

— Voyons ce que veut ton petit ami. Il est là ? Tu le vois ?

Ted avançait déjà jusqu'aux rangées chargées de livres.

— Non, pas pour le moment, répondit-il, mais je suis presque sûr qu'il est ici quelque part. Dis-moi, Ghulk semble très impliqué dans cette enquête, hein ?

— Il n'aime pas Visseract, admit Grell, et il est loin d'être le seul. Il n'aimait pas non plus mon cousin, d'ailleurs.

— Putain ! s'exclama Ted. Tout le monde se déteste-t-il à Xenon ?

— À Xenon, pas vraiment, à la cour, certainement. C'est à cause du contexte politique. Chacun veut plus de pouvoir ou d'influence sur moi, alors devant la galerie, les courtisans font semblant de s'entendre et en douce, ils se déchirent.

— C'est pareil chez moi, ricana Ted.

Il se retourna pour voir ce que faisait le roi : Grell caressait les livres avec une expression où se mêlaient chagrin et nostalgie. Quand il soupira, Ted ne put s'empêcher de demander :

— Je présume que tu venais souvent ici avec Vael ?

— Oui, nous lisions ensemble. C'était la pièce du château qu'il préférait. C'est, d'ailleurs, pourquoi j'ai accroché son tableau sur ce mur, j'ai pensé… qu'il aimerait que je me souvienne de nos bons moments passés ensemble.

Ému, Ted lui prit la main. Grell sourit et demanda :

— Et toi, Ted, aimes-tu lire ?

— Pas vraiment, avoua Ted. J'ai du mal à me concentrer. Du coup, j'ai toujours été nul à l'école. Je ne retenais rien, je m'ennuyais à rester assis.

— Oh.

Bien que choqué, Grell tenta de cacher sa déception.

Ted s'empressa de proposer :

— Peut-être pourrais-tu… euh, lire pour moi ? Tu as une belle voix, j'aime t'écouter. Tu me ferais découvrir tes livres préférés, nous pourrions en discuter et j'apprendrais à mieux te connaître. Et je deviendrais aussi un peu moins ignorant !

Grell lui adressa un sourire chaleureux.

— C'est une belle idée !

Ted avait des étoiles dans les yeux.

— Putain, que tu es beau quand tu souris comme ça !

Incapable de résister à la tentation, il se pencha et quémanda un baiser. Pourtant, dès que le roi posa ses lèvres sur les siennes, Ted s'inquiéta que l'endroit où Vael avait régné puisse être inapproprié à de telles démonstrations d'affection.

Grell ne semblait pas y penser. Il l'embrassa avec passion.

Quand Ted s'écarta, le roi lui claqua les fesses.

— Maintenant, mettons-nous au travail !

Le visage écarlate, Ted se frotta l'arrière-train.

— Hé, tu m'as fait mal !

Il s'éloigna pour regarder dans les rangées. Quand une petite main se posa sur son coude, Ted se retourna et vit l'enfant filer dans la direction opposée.

Ted s'élança derrière lui. Quand il dépassa Grell, il lui pinça la taille en guise de représailles.

Le petit garçon l'attira dans un coin sombre de la bibliothèque. Il y avait moins de livres dans cette zone et beaucoup plus de parchemins. L'un d'entre eux, orné de fil d'or, tomba aux pieds de Ted.

— Qu'essaies-tu de me montrer, bonhomme ?

Il se baissa, ramassa le parchemin et le déroula. Il tressaillit de surprise en trouvant à l'intérieur de petits éclats métalliques.

Son geste trop brusque projeta les fragiles éclats sur le sol où ils s'éparpillèrent.

— Merde ! s'écria Ted.

Grell l'avait rejoint. Il claqua des doigts et tous les fragments se mirent à flotter entre eux, à hauteur de visage. Après une seconde de réflexion, le roi agita la main et les éclats se regroupèrent pour former une brillante perle violette.

Ted plissa les yeux et tenta de déchiffrer les runes gravées.

— Hé, c'est un pendant d'oreille Asran, non ? s'exclama-t-il.

— Oui. C'est un signe marital. À l'origine, la perle est plus longue, mais le couple nouvellement uni la partage en deux, un pour chacun.

— Saurais-tu déterminer à qui elle appartenait ?

Les sourcils froncés, Grell désigna le creux où quelques fragments manquaient.

— Non, la partie qui nous aurait révélé leurs noms n'est pas là. En fait, tout ça ne mène à rien. Si ça se trouve, c'est là depuis des lustres. J'espérais mieux de ton petit ami.

Un peu agacé, Ted se frotta le front.

— Hé, c'est un enfant, d'accord ? S'il a insisté pour me conduire jusque-là, c'est qu'il juge ces éclats importants. Mieux encore, il a dû voir celui qui les a cachés dans ce parchemin !

— Humph.

Ted se hérissa devant ce scepticisme flagrant.

— Ce n'est pas lui qui les a mis ici, quand même !

Tout à coup, il se figea. Ce violet… lui rappelait quelque chose. Où l'avait-il déjà vu ? C'était assez récent.

Grell poussa un soupir.

— Tu as raison, excuse-moi. Je suis contrarié que nous ayons été dérangés, j'avais projeté de te baiser quelques heures de plus ! La frustration sexuelle n'aide pas à réfléchir de façon cohérente !

Ted lui jeta un regard torve.

117

— Arrête de penser avec ta queue… tes queues ! Concentre-toi, bordel !

Un sourire lui échappa, il changea de ton :

— Hé, ta majesté, ce n'est que partie remise ! Tu es toujours partant pour retourner au pieu avec moi ?

— Bien sûr ! riposta Grell avec feu.

— *Descends,* murmura une voix douce. *Il faut descendre…*

Ted se retourna et chercha à comprendre d'où venait la voix.

— Bonhomme ? Tu es là ?

Grell roula des yeux.

— Encore lui ? Jamais la paix ! Que va-t-il nous montrer maintenant, une photo du pied du tueur ?

— Chut ! l'admonesta Ted.

Oubliant le roi râleur, il avança jusqu'au coin-salon avec les deux énormes sièges. Le petit garçon était caché derrière l'un d'eux.

Ted posa un genou à terre pour être à sa hauteur.

— Bonhomme, je ne comprends pas très bien. Que cherches-tu à me dire ?

Le petit garçon lui jeta un coup d'œil craintif, le visage dissimulé derrière le dossier.

— *Tu dois descendre,* murmura-t-il. *Dans les fosses. Une fois là-bas, tu comprendras.*

— Les fosses, répéta Ted à haute voix. Nous devons descendre dans les fosses pour comprendre.

Grell fronça les sourcils.

— Pour comprendre quoi ? grogna-t-il.

Ted se releva pour lui faire face.

— Je n'en sais rien, s'exaspéra-t-il. Il y a plusieurs questions en suspens, il me semble. Pourquoi Mire a-t-il été tué ? Pourquoi Visseract était-il là-bas ? Peut-être y trouverons-nous des réponses. On y va ?

Grell hésita.

— Techniquement, c'est possible, mais…

Quand il n'ajouta rien, Ted le pressa :

— Mais *quoi* ?

— Tu risques de voir des choses que tu ne comprendras pas, déclara Grell d'un ton prudent, cela peut même te bouleverser. Tu connais les rites funéraires humains, j'en suis conscient, mais laisse-moi te dire que les Asras ont des pratiques très différentes.

118

Ted déglutit.

— Oh.

Grell tendit la main

— Viens, Ted d'Eon, je vais te montrer.

TED FAISAIT confiance à Grell, bien sûr, mais il était plus que nerveux en acceptant sa main. Il ressentit une contraction dans la poitrine et le monde tournoya autour de lui. La main qu'il tenait se couvrit de fourrure, elle grossit et devint une énorme patte féline.

Grell avait repris son corps d'Asra.

Ted regarda autour de lui avec admiration. Une immense grotte.

Non, se reprit-il aussitôt. C'était un mausolée.

Du sol au très haut plafond pierreux, les parois étaient creusées d'alcôves et toutes contenaient un corps. La plupart, déjà anciens, étaient des squelettes ou des momies ; d'autres, plus récents, puaient à plein nez.

Il n'y avait ni cercueil ni sarcophage. Les corps étaient déposés à même la pierre et se décomposaient à la vue de tous.

L'odeur était innommable.

— Nous déposons nos défunts dans les fosses, expliqua Grell sombrement. Le devoir d'un roi n'est pas seulement de régner sur les vivants, il doit aussi veiller aux dépouilles des trépassés et les protéger même après leur mort.

Bien que luttant contre une forte envie de vomir, Ted esquissa un vague sourire.

— Les protéger de *quoi* ?

Une voix familière répondit avec arrogance :

— Des pilleurs de tombes, bien entendu ! À l'époque où les Asras vivaient encore sur Eon, leurs cimetières ont souvent été saccagés par les humains. Même les Faedras et les Vulgorians, des races éternelles, n'hésiteraient pas à profaner leurs sépultures.

— D'autres Asras aussi, ajouta Grell avec amertume. Vous revoilà, professeur Kunst !

Il leva la patte et fit tourbillonner l'orbe bleu qui flottait.

L'orbe roula jusqu'aux pieds de Ted, qui le ramassa.

— Salut, marmonna-t-il.

— Il était temps que vous veniez ! se plaignit Kunst. Cela fait des heures que je vous attends ici !

119

Agacé par ces récriminations, Ted fut très tenté de secouer l'orbe incandescent.

— Pourriez-vous prédire l'avenir, ô boule de cristal?

Kunst poussa un couinement outré.

— Cessez de faire le pitre, jeune homme! Ce n'est ni le lieu ni le moment! Et un peu de respect, je vous prie, je vous rappelle que mon âme est liée à ce satané globe jusqu'à ce qu'il soit cassé... Non! N'y pensez même pas!

Du coin de l'œil, Ted vit un mouvement sur une des niches situées devant lui. Horrifié, il crispa les mains sur l'orbe de Kunst et écarquilla les yeux.

Un des cadavres avait... bougé.

— Aaah!

Grell lui prit le bras.

— Ne t'inquiète pas, déclara-t-il, c'est normal. Ne regarde pas.

Bien entendu, Ted ne put détourner les yeux de l'horrible spectacle.

— Grell, hoqueta-t-il. Ce corps... a bougé. Ces Asras... ne sont-ils... pas tous morts? Ne me dis pas que vous les abandonnez ici... vivants?

— Mon cher Tedward, susurra Grell, laisse-moi t'expliquer. De toutes les races éternelles créées par Azaethoth le Grand, ce sont les Asras qui vivent le plus longtemps. Ah, après tout, nous avons été créés pour servir les dieux! Nous pouvons vivre des milliers d'années et pour certains d'entre nous, cette éternité devient un fardeau. Quand un Asra est prêt à mourir, nous lui organisons des funérailles et son corps est amené ici pour qu'il dorme comme le font les dieux. Les sites funéraires des Asras ont toujours été secrets, seuls les rois chargés de les protéger connaissent leurs emplacements.

— Mais ils ne dorment pas! s'entêta Ted. Ils meurent à petit feu.

— Une fois les funérailles célébrées selon le rituel Asran, ils sont morts, insista Grell.

— Non.

Grell eut un soupir exaspéré.

— Je t'avais prévenu que nos coutumes d'ensevelissement n'étaient pas celles des humains. Considère-les comme des vivants si ça te chante, des condamnés le temps qu'ils sombrent dans le domaine du rêve. Pour moi et pour mon peuple, ils sont morts.

— Putain, murmura Ted, assommé.

Il examina les niches creusées dans la roche et se demanda combien d'Asras étaient encore vivants quand ils avaient été amenés ici.

Il fit un gros effort sur lui-même pour cacher son malaise.

— Même un seul millénaire à vivre, c'est long, déclara Kunst. Le monde change et eux restent les mêmes. Parfois, c'est trop.

— Je... je n'arrive pas à imaginer...

— Même si vous ne comprenez pas un rituel, vous pouvez au moins le respecter, insista Kunst. Les Asras existent depuis bien plus longtemps que les humains.

— Je sais. Vous avez raison. J'ai juste été... euh, très surpris.

Ted se tourna vers Grell.

— C'est ce que tu craignais de me montrer ? ajouta-t-il.

Grell remua la queue.

— Oui, marmonna-t-il.

Ted lui caressa l'épaule.

— Écoute, dans mon métier, je vois souvent des trucs bizarres. La mort en est responsable, je crois. Les rituels étrangers peuvent paraître effrayants, mais... à leur façon, tous sont honorables et beaux.

Grell se rasséréna.

— Merci.

— Et tu es chargé d'amener les corps ici ? insista Ted. Tu le fais pour tous les membres de ton peuple ?

— Oui, répondit Grell. Le jour où cette charge deviendra trop lourde à assumer, mon fils me remplacera.

— Tu vois, c'est magnifique ! C'est une histoire de famille et de loyauté.

Il essayait de ne plus regarder le corps qu'il avait vu bouger.

Pour se changer les idées, il demanda :

— Je n'ai toujours pas compris ce que cherchent les pilleurs dans une tombe Asrane.

Grell et Kunst répondirent en même temps :

— Les os.

Puis le roi apostropha le fantôme :

— Allez-y, expliquez-lui. Qui est mieux placé qu'un humain mort pour expliquer la situation à un autre humain ?

— Merci, Votre Altesse, déclara Kunst, d'un ton pointu.

Ted s'émerveilla presque que Kunst parvienne à être aussi hautain alors qu'il était piégé dans une boule de cristal.

121

Sans plus se soucier du roi, le professeur se mit à pontifier :

— Avant que les anciens dieux n'entrent dans le rêve, il fut un temps où tous les enfants d'Azaethoth le Grand vivaient ensemble sur Eon.

— Les Asras habitaient déjà Xenon, intervint Grell. La plupart d'entre eux, en tout cas.

— Oui, oui, grommela Kunst. Les Asras vivaient à Xenon, les Vulgorians occupaient le fond des océans, les Faedras, les forêts et ainsi de suite. Le plus souvent, la paix régnait entre les éternels et les humains. C'est le départ des dieux qui a tout changé. Après avoir perdu leurs protecteurs, les humains se sont mis à chasser les races éternelles. Ils les ont découpés en morceaux.

— Hein ? hoqueta Ted. Pourquoi ?

— Ils ont tué les Eldress pour leurs cornes, les Faedras pour leurs ailes, les Asras pour leurs os. Traqués par les humains, bien plus nombreux qu'eux, les éternels ont été submergés et sauvagement abattus, sauf ceux qui ont réussi à fuir jusqu'à Xenon.

— Non, non, intervint Grell. Certains ont réussi à se cacher sur Eon. Bien qu'il soit fonctionnellement éteint, le peuple éternel vit encore sur Eon à travers ses descendants.

Éberlué, Ted se gratta la tête.

— Quels descendants ? Je te garantis que si un Vulgorian se pointait au cinéma, il se ferait remarquer, même pour Halloween !

— Les éternels restés sur Eon se sont reproduits avec des mortels et leur progéniture est d'apparence humaine, expliqua Grell. Pense un peu aux exploits inexplicables ! Par exemple, ce champion olympique dont les records ont fait couler beaucoup d'encre, une de ses aïeules a sans doute baisé un Eldress. Et la vieille dame réputée être une magicienne en botanique ? Il est très possible que son arrière-grand-père ait grimpé une Faedra. Quant aux amants dotés d'une endurance hors du commun, ce sont bien évidemment des Asras. Tu es bien placé pour le savoir !

Ted piqua un fard et se frotta le cou.

— D'accord, d'accord, je ne suis qu'un Lucian ignorant, je dois avouer que tout ça est nouveau pour moi.

Kunst poussa un grognement de colère.

— La montée de la foi Luciane a été une véritable catastrophe ! tonna-t-il. D'après La Litanie, les races éternelles étaient des monstres, des démons, des abominations. Elles offensaient le Seigneur de la

Lumière et devaient être abattues. Bien entendu, cela n'a fait qu'accentuer le massacre.

— Les humains n'en ont pas moins continué à profaner nos cadavres, grinça Grell avec amertume.

— Putain, c'est horrible! murmura Ted. Aujourd'hui encore, les gens tuent les rhinocéros en espérant que leur corne les fera bander!

Grell eut un sourire las.

— Ce n'est qu'une légende, déclara-t-il. En ce qui concerne les races éternelles, c'est différent, parce que nos restes anatomiques ont de réelles propriétés magiques. Malheureusement, le rituel funéraire des Asras faisait d'eux une cible facile pour les pilleurs et les profanateurs. D'innombrables tombes ont été ravagées…

Il s'interrompit et tourna la tête vers le fond du mausolée.

Une grande arche s'ouvrait là-bas, menant vraisemblablement à une autre grotte.

Ted fronça les sourcils

— Grell? Qu'est-ce qui ne va pas?

— Suis-moi! cria Grell.

Déjà, il s'élançait, courant comme un fou vers l'arche.

— Putain!

L'orbe de Kunst sous le bras, Ted courut après Grell et peina à le suivre. Ils traversèrent des mausolées plus anciens, Ted le devina, parce que les corps étaient presque tous momifiés, sinon carrément réduits en poussière.

Ted rattrapa enfin Grell devant des sépulcres vides. Il s'arrêta, essoufflé, et chercha à comprendre.

Un grand frémissement le traversa tout entier quand il comprit ce qu'il voyait:

Les os avaient disparu.

Grell tomba à genoux avec un feulement désespéré.

— Oh, non! murmura Kunst, effondré.

— Grell, haleta Ted. Je suis tellement, tellement désolé.

Il n'osa approcher le roi qui vibrait de fureur.

— Ma reine! éructa-t-il. Ils l'ont emmenée! Ils ont volé ma reine, mes parents, mes grands-parents et tous les anciens! Putain! Ils ont tout pris!

Il se redressa, sa queue fouettant l'air.

— Je retrouverai Visseract! rugit-il. Je l'éventrerai, je lui arracherai les entrailles et je le boufferai tout cru.

123

Ted recula et s'adressa à Kunst :

— Il est très en colère, chuchota-t-il. Je crois qu'il vaut mieux le laisser tranquille un moment. Juste un truc… pourriez-vous m'expliquer en quoi les os Asrans sont si précieux ? Quelles sont leurs propriétés magiques ?

— Ils peuvent être utilisés pour changer de forme, répondit Kunst aussitôt. Ils permettent aussi de voyager entre les mondes, de créer des portails et des projections astrales.

Ted était complètement perdu.

— Des projec… Ça veut dire quoi ?

— C'est quand une âme quitte le corps qu'elle habite pour aller voir ce qui se passe ailleurs, expliqua Kunst. Ceux qui sont capables de se projeter voyagent sur de très longues distances.

— Et en quoi ça intéresserait Gronoch et Visseract ?

Kunst grogna sa frustration.

— Je l'ignore, admit-il. Je ne comprends même pas tout ce que j'ai entendu. Ils parlaient d'utiliser les âmes des Muets pour en faire des esclaves, mais je ne sais comment ils comptaient s'y prendre ni pourquoi il leur faudrait des os Asrans. Après tout, les dieux peuvent déjà se déplacer entre les mondes et les Muets ne possèdent aucune magie.

— Même avec des os félins ? insista Ted.

— Non, non. À l'extrême rigueur, un Muet pourrait activer un petit bibelot ou un charme déjà enchanté, mais une magie de cette envergure ? Non, sûrement pas.

— Eh merde !

Ted se retourna pour voir ce que faisait Grell.

Il feulait doucement, inconsolable, la tête contre l'un des emplacements vides. Sa colère s'était estompée, pas sa douleur.

Devant cette détresse évidente, Ted posa l'orbe de Kunst à terre et se rua vers le roi. Il s'agenouilla près de lui et enroula les bras autour de son cou, parsemant sa fourrure de baisers.

— Hé, ta majesté, je suis là.

Grell se raidit brièvement, puis il s'abandonna à son étreinte.

— J'ai échoué dans ma mission de protéger mon peuple et les miens, chuchota-t-il d'une voix brisée.

Ted secoua la tête.

— Qu'est-ce que tu racontes ? C'est faux !

— Non, je devais veiller sur ces tombes, insista Grell. J'aurais dû me méfier, savoir qu'il risquait d'y avoir profanation.

— Non, s'obstina Ted. Ce n'est pas ta faute. Tu n'es pas omniscient, tu ne pouvais pas deviner que Visseract te trahirait! Écoute, nous allons le retrouver et tu vas lui faire payer son forfait, d'accord?

Grell lui jeta un coup d'œil surpris :

— Tu es sincère!

Ted se serra contre lui.

— Bien sûr! Nous formons une super équipe, tous les deux. Nous avons déjà combattu et vaincu un banc de vers-poissons. Nous avons survécu à la foldingue hystérique planquée dans un trou au fond des bois et...

Ted cessa de parler et se figea, quelque chose lui revenait et cela concernait la folle aux grandes dents...

Silas!

Grell secoua la tête.

— N'importe quoi! Je te signale que c'est moi qui ai boulotté les Vulgorians pendant que tu étais dans les pommes, même si j'ai apprécié ton soutien moral.

Ted n'écoutait pas. Une petite main tirait sur sa manche.

Le petit garçon lui parlait à l'oreille :

— *Rappelle-toi. C'est important!*

Se rappeler de quoi? Il entendit la houle de l'océan, un cri et...

La perle violette...

Cette fois, il se souvint où il l'avait déjà vue. À deux reprises.

Grell retroussa les lèvres, l'air inquiet.

— Qu'est-ce que tu as? Ted ? Ça va?

— Silas! s'exclama Ted avec urgence. La vieille Asra qui vit dans la grotte dans la forêt! Il faut tout de suite retourner la voir.

— Ça ne va pas la tête? grommela Grell. J'ai d'autres priorités en ce moment, je viens de vivre un drame terrible, très personnel et très profond. N'importe qui dans mon cas serait déjà au fond de son lit, en pyjama, à boulotter de la glace à même la boîte avec une provision de Kleenex à portée de la main! Je ne suis pas d'humeur à gambader en forêt pour une visite mondaine!

— Le pendant d'oreille violet! cria Ted, très agité. La perle maritale cassée que nous avons trouvée! Je l'ai déjà vue! La pièce manquante est sur le cadavre de Mire! Et je sais qui possède l'autre moitié!

125

Le roi l'examina avec curiosité.

— Qui ?

Ted trépignait presque.

— Elle ! Silas !

— Oh, merde !

X

KUNST MENAÇA de trouver un moyen de se libérer et de les hanter tous les deux jusqu'à la fin des temps s'ils le laissaient dans les fosses.

Résigné, Ted colla la boule de cristal sous son bras pendant que Grell les téléportait au tribunal.

Il n'y avait que le cadavre de Mire dans la grande salle.

Grell reprit forme humaine et appela ses gardes pour convoquer Vizier Ghulk de toute urgence. Il montra les dents en apprenant que personne ne savait où était passé l'Eldress. Tout le personnel du château était à sa recherche.

— Humph, tempêta Grell. Stupide canasson visqueux! Quand je veux le voir, il est introuvable. Quand je n'y tiens pas, il n'y a pas plus collant dans tout Xenon!

Ted se pencha pour lui masser les épaules.

— Détends-toi, ils finiront bien par le retrouver. Il nous accompagnera chez Silas et, avec un peu de chance, elle nous expliquera pourquoi les débris de la perle maritale de Mire étaient cachés dans un parchemin de la bibliothèque.

— Tu es certain que cette perle appartenait à Mire?

Ted répondit par une autre question :

— As-tu toujours les morceaux que nous avons trouvés?

— Oui.

D'un claquement de doigts, Grell fit apparaître la perle reconstituée en suspension au-dessus de la main de Ted. Un autre claquement récupéra le fragment cassé sur le cadavre de Mire.

Ted constata aussitôt qu'il s'adaptait au reste de la perle.

— Tu vois? haleta-t-il. J'avais raison. Euh... ça veut dire quoi?

Grell se frotta le visage à deux mains.

— Que mon sournois cousin était marié à Thulogian Silas!

— Hein? Et tu n'étais même pas au courant? Pourquoi?

Grell leva les bras de frustration.

— Je ne sais pas! Et non, je n'étais pas au courant, je n'ai pas reçu d'invitation à la cérémonie d'accouplement!

Kunst intervint d'une voix traînante :

— Ils se sont mariés en secret il y a très longtemps. Tout le monde est au courant.

Ted fusilla l'orbe de Kunst d'un regard noir.

— Non ! aboya-t-il. Pas *tout le monde* ! D'ailleurs, comment pourriez-vous le savoir ?

— Mire était censé épouser une Vulgoriane, répondit Kunst avec impatience, mais les négociations s'éternisaient.

Grell leva la main.

— C'est exact, déclara-t-il. Là, je suis au courant. Les Asras sont très peu portés sur les mariages arrangés, mais les Vulgorians, eux, y tiennent beaucoup.

Ted ouvrit de grands yeux.

— Est-ce qu'un Vulgorian et un Asra sont… euh… compatibles ?

Pour illustrer sa pensée, il dessina un cercle d'une main et rentra l'index de l'autre à l'intérieur avec des mouvements de va-et-vient.

— Avec un peu d'imagination, tout est possible, déclara Grell, mais je doute fort qu'un tel couple ait pu procréer. Les Vulgorians voulaient surtout une alliance avec la famille royale, mais je n'ai jamais compris pourquoi Mire avait accepté.

— Surtout s'il était déjà marié à Silas !

Ted se tourna vers Kunst.

— Et comment étiez-vous au courant, hein ?

— J'ai erré dans le château pendant des semaines ! s'écria Kunst. Être poignardé est un traumatisme qui vous laisse une certaine agitation mentale, laissez-moi vous le dire !

— Poignardé ? Vous prétendiez être mort en sauvant le monde !

— C'est la vérité ! rétorqua Kunst avec feu. Je me suis sacrifié dans le cadre d'un ancien rituel…

Il s'interrompit en voyant le roi s'agenouiller près du cadavre de Mire.

Grell agita la main en une sorte de vague et fronça les sourcils.

— Magie glamour, dit-il, soudain.

Ted haussa un sourcil.

— Oh, je connais, les ados en usent pour cacher leurs boutons d'acné !

— C'est le même charme, admit Grell, mais il est ici beaucoup plus puissant. Une fois imprégné dans un objet ou un bijou, le glamour transforme complètement l'apparence. Mire a dû l'utiliser pour cacher sa perle d'accouplement. À sa mort, l'enchantement s'est dissipé.

— Et le tueur a écrasé la perle pour cacher le fait que Mire était déjà marié ? proposa Ted.

— Il semblerait.

Un bruit de sabots annonça l'arrivée imminente de Ghulk.

Peu après, le zombie licorne se rua dans la salle du tribunal.

— Votre Altesse ! Vous avez demandé à me voir ?

— Oui, je veux retourner chez Silas, déclara Grell. Immédiatement.

Les yeux globuleux et laiteux s'écarquillèrent de surprise.

— Bien sûr, Votre Altesse.

Peu après, ils s'engagèrent dans la forêt et, comme la première fois, ils suivirent Ghulk en procession, à la queue leu leu. Grell était silencieux et tendu, ses yeux dorés moins brillants que d'habitude. Ted continuait à porter l'orbe de Kunst sous le bras.

Dans le ciel nocturne, il voyait la lueur du pont s'estomper parfois. Une vue toujours aussi belle, pourtant, le cœur de Ted battait de terreur. Le mystère dans lequel il était plongé devenait de plus en plus compliqué et tordu. Il n'avait qu'une seule option : avancer en espérant trouver une solution au bout du chemin.

Et pour une fois, il n'était pas seul.

Quelques minutes plus tôt, Grell avait pris sa main avec un sourire forcé. Conscient du stress terrible qu'endurait le roi, Ted resserra l'étreinte de ses doigts.

— Grell, chuchota Ted. Si Silas est mêlée à cette histoire, elle saura peut-être ce qui est arrivé aux os.

Grell eut un rire sans joie.

— Peut-être, mais j'en doute. En vérité, je doute même que nous apprenions quoi que ce soit d'utile auprès d'elle.

Devant eux, Ghulk avait déjà disparu dans le trou.

Il cria soudain :

— Votre Altesse ! Venez vite ! Oh, non ! C'est terrible !

— Attends-moi ici, gronda Grell.

Il se transforma en Asra et s'engagea à son tour dans le tunnel d'accès souterrain.

— Non ! cria Ted. Je ne veux pas rester là ! Attendez-moi, merde !

Kunst tenta de protester :

— Il vous a demandé d'attendre, je crois que…

— Vous, fermez-la !

Ted se précipita dans le trou en espérant mieux s'en tirer qu'à son premier passage. L'obscurité étant complète, Ted essaya de brandir l'orbe en guise de lampe de poche.

— Je ne vois rien ! se plaignait Kunst. Que se passe-t-il ? Pourquoi fait-il aussi sombre…

— Aaah ! cria Ted, coupant la parole au professeur.

Il sentit son pied déraper dans quelque chose d'humide et s'affala en avant avec un cri rauque. Il réussit à amortir sa chute de sa main libre.

Malgré tout, l'orbe lui échappa et roula…

Machinalement, Ted le suivit des yeux.

L'orbe s'était arrêté contre… un cadavre.

Encore un !

L'Asra était étendue, morte, la bouche ouverte, les yeux déjà vitreux.

— Quelle horreur ! couina Kunst. Enlevez-moi de là ! Je nage dans une mare de sang ! Pouah !

Son orbe tremblait et clignotait, sans le moindre effet.

Un claquement de doigts alluma les torches de la caverne. Grell, sous sa forme humaine, se pencha et aida Ted à se relever.

— Ça va, amour ?

Choqué et horrifié, Ted fixait le corps inerte de Thulogian Silas.

— Je suis… je suis… Merde !

Ghulk plia les pattes avant et posa sa grosse tête contre l'épaule du cadavre.

— Elle est morte ! hulula-t-il avec désespoir. Oh, Thulogian, ma bien-aimée… Non ! Noon !

Grell agita la main et désigna le sang qui maculait le pantalon de Ted.

— Tu as droit à une nouvelle accusation de meurtre, marmonna-t-il.

— Oh, putain de merde, non ! gémit Ted.

— Si !

Ted pointa un doigt accusateur sur Ghulk.

— Et lui, alors ? Il est couché sur elle ! Il doit être couvert de sang !

Kunst intervint :

— Techniquement, vous étiez le premier. Et la loi d'Asran indique…

— Fermez-la !

Grell grimaça.

— Désolé, amour. Je dois faire appliquer la loi.

— Mon cul, grogna Ted.

— Je m'en occuperai plus tard, c'est promis.

Ted aurait voulu s'arracher ses cheveux de frustration. Il grogna et regarda le corps de Silas.

— Une autre accusation ? Bien sûr, pourquoi pas ? Chaque fois qu'un Asra de Xenon se fait poignarder, je m'arrange pour m'étaler dessus ! Génial ! Foutrement génial ! Une fois encore, l'arme du crime a disparu. Mais tant pis, c'est moi, c'est toujours moi ! Je…

Il changea de ton pour crier :

— Greeell ! Ghulk est en train de boulotter Silaaaas !

Le roi rugit :

— Lâche immédiatement ce cadavre, Ghulk !

— Je suis désolé, Votre Altesse ! pleurnicha Ghulk.

Il se retira précipitamment. Ted écarquilla les yeux en voyant de profondes morsures sur le pied de Silas.

Grell était tellement en colère que sa forme humaine menaçait d'éclater. Pourtant, il luttait pour contrôler sa transformation.

— C'est une Asra, rugit-il. Elle sera ensevelie avec son peuple ! Tu n'en feras pas ton dîner, putain !

Ghulk se releva et découvrit ses horribles dents.

— Je l'aimais ! hennit-il avec désespoir. Je l'aimais plus que tout au monde ! Mire la traitait mal, il la cachait dans ce trou pour que personne ne sache qu'il était déjà accouplé !

Ted était secoué de tremblements.

— Vous… l'aimiez ? hoqueta-t-il. Dans ce cas, pourquoi… l'avoir mordue ?

Une fois encore, Kunst intervint d'un ton pontifiant :

— C'est une ancienne tradition Eldress que les morts soient mangés par leur proche famille ! C'est un peu passé de mode, d'ailleurs, de nos jours, ils préfèrent embaumer les cadavres.

Ted cacha son visage entre ses mains.

Grell tenta de ramener la conversation sur la bonne voie :

— Ainsi, tu aimais Thulogian Silas, Ghulk. Et tu la savais mariée à mon cousin.

— Oui ! sanglota Ghulk. Je l'aimais. Elle était aussi mon amie, ma meilleure amie ! Elle était gentille avec moi ! Pourquoi pensez-vous que j'étais le seul à pouvoir venir la voir sans être agressé ?

— Tu réalises, je présume, souligna Grell, que tes aveux te font passer en tête de la liste des suspects pour le meurtre de Mire ?

Ghulk baissa la tête avec un hululement lugubre.

— Plus rien n'a d'importance ! J'aurais voulu… le tuer. Oui, j'aurais dû le faire depuis longtemps pour la façon dont il la traitait. Mais je n'ai pas été assez rapide, et ce misérable Visseract a agi avant moi. C'est triste !

Ted se gratta le menton tout en réfléchissant.

— Visseract craignait peut-être qu'elle parle, supputa-t-il. Mais s'il s'apprêtait à lui donner ce qu'elle voulait, ce truc de Kindress, pourquoi l'aurait-elle dénoncé ?

Grell réfléchissait.

— Tu as raison, tout ceci n'a aucun sens.

Il regarda Kunst et ajouta :

— Qu'en dites-vous, professeur ? N'avez-vous rien à ajouter ?

— Comment voulez-vous que je réfléchisse à proximité d'un cadavre ! couina Kunst, à moitié hystérique.

Avec un soupir las, Ted enjamba la flaque de sang pour ramasser l'orbe. Ses vêtements étant déjà maculés, il frotta l'orbe sur sa chemise.

— Je n'ai jamais vu un geignard comme vous ! grommela-t-il. Là ! Vous êtes content ?

— C'est mieux, merci, répondit Kunst avec hauteur. Humph. Bien, réfléchissons. Celui qui a caché la babiole d'accouplement ne tenait pas à révéler le mariage de Mire et de Silas.

— Oui, merci, grogna Ted. Ça, on l'avait déjà compris.

— Il est tard, grogna Grell, je suis fatigué, j'aimerais me coucher.

Il se tourna vers Ghulk et ordonna :

— Toi ! Retourne au château. Raconte à la cour ce qui s'est passé et ne touche plus à Silas.

Ghulk baissa la tête avec obséquiosité.

— Oui, Votre Altesse.

Grell attrapa Kunst et agita la main. Quand il s'écarta, la boule lumineuse flottait toute seule.

— Vous, je vous envoie dans la bibliothèque.

— Que voulez-vous que je fasse ? demanda Kunst. Chercher des indices ? Faire des recherches ? Je tiens à vous aider…

— Faites ce que vous voulez, à condition que je ne vous entende plus, vous m'agacez et vous aggravez ma migraine !

Grell se tourna vers Ted et lui prit la main.

— Quant à toi, Tedward d'Eon, tu viens avec moi. Serre les dents.

— Pourquoi ?

— Si tu es coupé en deux à notre retour au château, cela risque d'être douloureux.

— Hein ?

Il ne put en dire plus, Grell l'entraînait déjà vers un portail.

La grotte disparut et Ted se retrouva devant la piscine pleine d'anguilles rougeoyantes. Il baissa les yeux pour vérifier son état : tout allait bien. D'abord, il était entier, ensuite, il portait un maillot de bain.

Grell, lui, était nu quand il se jeta à l'eau.

Ted s'assit au bord de la piscine et attendit que Grell fasse surface.

— Ouf, je suis en un seul morceau. Euh… ça va ?

— Non, pas vraiment, répondit Grell sans ambages. J'ai deux meurtres à résoudre, les os sacrés de ma reine et de ma famille à retrouver et une migraine carabinée qui m'empêche de réfléchir.

— *Nous* avons deux meurtres à résoudre, corrigea Ted, puisque c'est encore moi l'accusé. Quelle foutue connerie !

— Humph.

Ted regarda Grell plonger sous l'eau et nager. Il ne savait trop quoi dire. Bien que le silence ne soit pas pesant, il lui paraissait important de ne pas le laisser s'éterniser. Il sentait le bouleversement de Grell, bien entendu, mais il ignorait comment le consoler.

Dès que Grell refit surface, Ted se lança :

— Nous retrouverons les os de ta reine. Et ceux de tous les autres. Nous finirons aussi par élucider le mystère.

Grell leva les yeux sur lui.

— Et si nous échouons ? lança-t-il avec amertume. Que vais-je dire à mon fils quand il rentrera d'Eon ? Oups, désolé, fiston, j'ai perdu les os de ta maman…

— Non, dis-lui la vérité, insista Ted. Dis-lui qu'un salopard de dieu les a volés. Tu ne les as ni perdus ni égarés, ils ont été profanés, c'est tout à fait différent !

— Peuh !

Grell fronça les sourcils et détourna la tête.

Ted étendit les jambes et les enroula autour de Grell.

— Hé, dit-il d'un ton hésitant, il y a un truc que tu pourrais faire…

Grell haussa un sourcil, mais se laissa attirer entre les cuisses de Ted. Il le prit par les hanches et le regarda bien en face.

— Explique-toi !

Ted pesa ses mots pour présenter son idée au mieux.

— Parfois, pour une raison ou une autre, les humains n'ont pas de corps à ensevelir, mais ils tiennent quand même à des funérailles. Certains se contentent d'un cercueil vide, d'autres y mettent des souvenirs chargés de significations, pour eux ou pour le défunt.

— Quoi, par exemple ? chuchota Grell.

Il ne semblait pas offensé, seulement curieux.

— Il n'y a pas de règle, répondit Ted. Parfois, ce sont des photos, des lettres, des effets personnels. Ou une tenue complète que nous plaçons dans le cercueil comme s'il y avait quelqu'un dedans. Un jour, une dame a apporté des chaussettes sales, les dernières que son mari ait portées.

— Je doute que de vieilles chaussettes remplacent le corps de ma reine.

— Il ne s'agit pas d'un *remplacement*, insista Ted, vibrant de sincérité, c'est une promesse, la promesse que tu ne cesseras jamais de chercher ses os. Et moi, je ferai tout pour t'aider.

Il cligna des yeux, surpris par la façon dont Grell le regardait.

— Quoi ? demanda-t-il.

De ses mains fortes, le roi lui caressa le dos.

— Es-tu sûr d'être humain ?

— Euh… oui. Pourquoi cette question, ta majesté ?

Grell sourit.

— Parce que tu es vraiment incroyable, attentionné, prévenant. Je crois bien être amoureux de toi.

Ted s'empourpra derechef.

— Oh, moi aussi ! s'écria-t-il. Moi aussi, je… je t'aime beaucoup. J'aimerais t'aider, comme tu essaies de m'aider. Je suis… euh…

Il perdit sa voix en se noyant dans les yeux brillants.

Grell le serra contre lui, le souleva et l'entraîna dans l'eau. Il positionna les jambes de Ted autour de sa taille et l'embrassa.

C'était un baiser doux, langoureux. Ted aurait voulu qu'il dure des heures. Les deux amants flottaient paresseusement dans la piscine, les anguilles rougeoyantes glissant autour d'eux et le pont massif qui scintillait dans le ciel nocturne.

Ted caressa les cheveux de Grell et ses larges épaules, gémissant doucement tandis que l'inévitable passion recommençait à flamber entre eux.

— Grell, murmura-t-il.

Il adorait sentir ses lèvres encore chaudes et humides de leur baiser.

Grell lui malaxa les fesses.

— Quand j'ai les mains sur ton cul, déclara-t-il, n'hésite pas à m'appeler Thiazi.

— D'accord, Thiazi.

Ted rit, ce qui lui valut un autre baiser.

Soudain, il détourna la tête et bâilla incoerciblement.

— Ah, putain ! Excuse-moi.

Grell sourit.

— De quoi ? Tu es fatigué, c'est normal, amour. La journée a été longue. J'attendrai demain pour défoncer ton petit cul serré, hmm ?

— Avant ou après mon procès ? demanda Ted, frondeur.

— Pourquoi pas les deux ?

Ted fit l'effort de sourire avec confiance.

— Nous avons jusqu'à demain minuit, c'est ça ? Nous aurons le temps, je pense. En attendant, dodo.

D'un claquement de doigts, Grell les ramena au lit, bien au chaud et au sec. Tous deux portaient des pyjamas licorne arc-en-ciel. Ted ayant un capuchon sur la tête, il tâta les oreilles et la corne, et éclata de rire.

— Oh, mon Dieu. C'est complètement ridicule !

Grell cligna des yeux.

— Quoi ? N'est-ce pas ce que portent les humains pour se faire des câlins au lit ?

— À cinq ans, peut-être...

Il rit de plus belle en voyant le tout-puissant roi Asran vêtu d'un pyjama scintillant. Il coiffa également Grell de son capuchon.

— Ça te va très bien ! hoqueta-t-il, hilare.

— Tu te fous de moi, petit humain ?

— Absolument.

Plié en deux de rire, Ted se tint les côtes et s'écroula sur la large poitrine. D'un bras autour de ses épaules, Grell le maintint en place.

Peu à peu, Ted se calma. Comment pouvait-il se sentir aussi léger alors qu'une heure auparavant, il était à nouveau accusé de meurtre ?

En vérité, il était heureux.

Il ne savait trop combien de temps durerait son exaltation, mais il comptait bien en profiter jusqu'à la dernière goutte et s'y accrocher aussi fort qu'il le pouvait.

— J'ai établi un programme pour demain, déclara Grell avec un petit sourire suffisant.

— Oh ? Je t'écoute.

— Tout d'abord, sexe au réveil, répondit Grell avec un grand sérieux. Au moins, trois positions, et j'ai l'intention de te faire jouir à chaque fois. Ensuite, nous irons petit-déjeuner. Nous vérifierons que Ghulk n'a pas mangé Silas et nous commencerons à interroger tout le monde.

Ted sourit.

— Tu as oublié le déjeuner !

— C'est vrai, nous ferons une pause-déjeuner. Il nous faudra prendre des forces, parce que je te garantis que ma nullité de tribunal n'aura aucune info à nous donner. La journée ne sera pas facile et nous dînerons probablement fort tard.

Ted dormait déjà à moitié.

— Aucune importance, marmonna-t-il. On pourrait peut-être parler aux poissons d'abord. Mire complotait avec eux, après tout, et ils nous ont attaqués. Il doit y avoir une raison. S'ils ne veulent pas parler, tu les boulotteras.

Grell gloussa.

— Merveilleuse idée, mon magnifique petit détective !

Il embrassa Ted sur le sommet de la tête et déclara :

— Maintenant, dodo.

Ted soupira, les yeux fermés.

— Bonne nuit Thiazi.

— Bonne nuit, Ted.

Ted s'endormit bientôt et ses rêves furent calmes pendant un moment. Il voyait les ténèbres, il entendait l'océan. Au début, ce fut relaxant, mais bientôt, le bruit des vagues devint un rugissement auquel il ne pouvait échapper.

Il se réveilla en sursaut, le cœur battant la chamade. Perplexe, il regarda tout autour de lui. Il était seul, Grell avait disparu, mais le petit garçon était là.

— Bonhomme ?

L'enfant se tenait à côté d'un Asra à rayures argentées avec une perle violette accrochée à l'oreille. Il caressa sa fourrure et chuchota :

— *Silas veut te parler avant de partir.*

Oui, bien sûr. Maintenant Ted, reconnaissait l'Asra.

— Je vous salue, Thulogian Silas, murmura-t-il ! Puis-je savoir qui vous a tuée ? Que s'est-il passé ?

Sans répondre, elle secoua la tête et commença à s'éloigner.

Le petit garçon prit Ted par la main et le tira du lit.

136

— *Suis-la,* dit-il avec urgence. *Vite !*

Ted se dépêcha pour rattraper l'enfant et l'Asra qui disparaissaient déjà à travers le mur. Plus il courait, plus Silas s'éloignait, il ne parvenait pas à la rattraper. Il entendait ses pieds marteler le sol. Le couloir devant lui s'allongeait de plus en plus, et il ne pouvait rien faire.

— Merde !

Soudain, les pierres cédèrent sous lui. Il tomba dans l'eau.

C'était immense, salé, chaud…

L'océan.

Il tenta de remonter à la surface, mais quelque chose le tirait vers le bas. Il se fatiguait, il s'affaiblissait, ses poumons étaient en feu. Il comprit alors qu'il se noyait. Il ne put s'empêcher d'ouvrir la bouche pour respirer et l'eau salée l'étouffa.

Il avait quelque chose dans les bras, un corps chaud et petit, et des éclairs de lumière dansaient devant son visage. Il tenta de se concentrer sur eux et réalisa qu'il voyait des images.

Mire avec les Vulgorians, passant en revue des potions et des flacons.

Silas et Mire, dans les bras l'un de l'autre, en larmes.

Mire confrontant Visseract et un humain dans les fosses…

Non, ce n'était pas un humain, c'était le dieu Gronoch.

Tout arrivait de plus en plus vite, si vite que Ted ne comprenait plus ce qu'il voyait. Il essaya d'inspirer une dernière fois et s'entendit crier.

Non, il hurlait.

Un nom…

Quel nom ?

— Ted ?

Non, c'était son nom. Que diable… ?

Grell le secouait pour le réveiller.

— Ted ! s'écria-t-il, inquiet. Ted ! Qu'est-ce qui ne va pas, amour ?

Ted s'assit d'un bond, tout pantelant. Il passa les mains sur lui avec terreur.

— Ah, putain ! Je suis trempé ! Pourquoi ?

— Tu transpires comme un Vulgorian qui passe un test de pureté, répondit Grell.

Il claqua des doigts et revêtit Ted d'un pyjama propre.

— Voilà, tu te sens mieux, amour ?

Ted passa des doigts tremblants dans ses cheveux encore humides.

— Merci, marmonna-t-il. Je suis vraiment désolé, je…

— C'est bon. Je te trouverai une autre combinaison licorne.

— Je faisais un rêve, bredouilla Ted. Un rêve vraiment tordu.

Grell claqua des doigts et Ted eut un verre de whisky dans la main.

— Merci !

— Détends-toi, amour, feula doucement Grell. Tu es en sécurité.

Ted avala une grande gorgée et apprécia la brûlure de l'alcool dans sa gorge.

— Dans ce rêve, expliqua-t-il, je me noyais. J'essayais de retrouver Silas et je suis tombé dans l'eau, dans l'océan… oh, putain !

— Quoi ? insista Grell.

Ted se remit à trembler tandis que les visions lui revenaient avec une nouvelle clarté.

— J'ai vu, déclara-t-il. J'ai vu ce que Silas essayait de me montrer. Mire voulait passer un marché avec les Vulgorians pour la magie de la fertilité…

— Les Vulgorians ont beaucoup d'orifices, déclara Grell.

Ted ignora ce commentaire.

— C'était pour Silas, continua-t-il. Elle ne pouvait pas avoir d'enfants. Son problème était-il de les faire ou de les porter ? Je n'en sais rien. Personne n'était au courant. Mire a caché leur mariage pour troquer sa position dans la famille royale contre la magie des Vulgorians. Et Silas a gardé son secret, même envers Ghulk, son meilleur ami. Après, Mire est tombé sur Visseract et Gronoch dans les fosses, il les a entendus envisager de faire des esclaves avec les os. Il s'est enfui, il a raconté à Silas ce qu'il avait vu. Il l'a envoyée te le dire, parce qu'il ne faisait confiance à personne d'autre. Et puis… il a été tué.

— Sais-tu par qui ?

Ted essaya de trier les visions.

— Non, poursuivit-il rapidement, mais Silas menaçait de tout révéler si Visseract ne lui donnait pas ce qu'il fallait pour ramener Mire à la vie. Ils sont allés quelque part ensemble, au bord de l'eau… Merde. Il me manque quelque chose. Pourquoi manque-t-il toujours quelque chose ?

— Calme-toi, chuchota Grell. S'agit-il de Graham ? Qui est-ce ?

Ted le regarda, éberlué.

— Hein ? J'allais te poser la même question.

— Tu as crié son nom, expliqua Grell. C'est ce qui m'a réveillé. Pour être franc, j'étais un peu jaloux.

Ted serra ses deux mains autour de sa tête – qui menaçait d'éclater. Et soudain, tout se mit en place.

— Oh, putain, haleta-t-il. Je me souviens…

— De quoi, amour ?

Ted tenta d'avaler la boule qu'il avait dans la gorge.

— Je sais où trouver Visseract, annonça-t-il. Et je… je me souviens de ma mort.

XI

GRELL L'ATTIRA dans ses bras.

— Raconte-moi tout, amour.

Ted engloutit une grande goulée de whisky, très heureux de voir le verre se remplir au fur et à mesure qu'il le vidait.

— J'étais sur la plage, avec mon ex. Il venait de me demander en mariage, j'avais refusé et nous nous étions violemment disputés. Il y avait un petit garçon à côté de nous, il s'appelait Graham. Il était avec ses parents. Il voulait jouer, bordel, il voulait juste jouer avec nous. Oh, mon Dieu !

La poitrine contractée de douleur, les yeux noyés de larmes, Ted se tourna vers l'enfant, debout au pied du lit.

Pour la première fois, il vit le visage de son petit fantôme.

Une bouille ronde, des yeux bruns et une tignasse de cheveux noirs ébouriffés. Ce n'était pas une écharpe qu'il portait autour du cou, c'était une serviette de plage rayée.

D'une voix à peine audible, Ted poursuivit son récit :

— Il est venu me demander de nager avec lui dans les vagues. J'étais énervé à cause de Fred, je cherchais de la crème solaire, je ne la trouvais pas, alors j'ai rembarré Graham.

Ted ferma les yeux.

— Il était si choqué, si bouleversé, j'ai eu honte de moi. Dix minutes après, une fois calmé, j'ai voulu... mais c'était trop tard. Tout le monde courait sur la plage, criant le nom de Graham. Il était allé dans l'eau tout seul. Dieu, où étaient ses parents ? Je ne sais pas... je ne me souviens pas...

Grell lui frotta le dos pour le relaxer.

— Continue à parler, amour.

Ted renifla bruyamment et essaya de se concentrer.

— Je suis entré dans l'eau pour chercher Graham, dit-il. Je me sentais tellement coupable, putain. Si je n'avais pas été aussi odieux envers lui, peut-être n'aurait-il pas été nager tout seul. Je l'ai cherché partout... Et finalement, je l'ai trouvé. Je l'ai tenu aussi fort que j'ai pu, mais le courant nous a entraînés, je n'ai rien pu faire.

Ted pleurait, la main tendue vers Graham.

L'enfant eut un sourire triste.

— *Tu ne m'as pas lâché,* déclara-t-il.

— Je croyais que les secours viendraient! Je croyais qu'ils nous sauveraient tous les deux…

Grell lui caressa les cheveux.

— Ils ne l'ont pas fait, je présume, chuchota-t-il, la mine sombre.

— Non. Je me suis noyé.

Ted n'arrivait toujours pas à y croire.

— Je me suis noyé, répéta-t-il, je n'ai pas réussi à sauver Graham. Je suis tellement désolé, bonhomme, tu n'imagines pas à quel point!

Il pressa la main de Graham.

L'enfant eut un sourire lumineux.

— *Je ne t'en veux pas, Ted. Je sais que tu as tout tenté pour me sauver. Grâce à toi, je ne suis pas mort tout seul. Tu étais avec moi.*

Ted renifla et repoussa le whisky, il chercha à se calmer.

— C'est pour ça que tu essaies de m'aider, Graham?

— *Tu n'as pas pu me sauver, mais peut-être que, moi, je te sauverai,* claironna l'enfant, espiègle.

Son image s'estompait. Ted ne sentait plus sa main dans la sienne.

— Graham?

— *J'ai vu un homme-poisson prendre la perle du gros chat mort pendant que tu dormais. Je savais que c'était important!*

Ted pencha la tête.

— Un homme poisson? Il a pris la perle de l'Asra?

Grell dressa l'oreille.

— S'agit-il de Visseract? demanda-t-il.

Graham apparut brièvement avant de s'effacer à nouveau.

— *Je ne sais pas. Je n'ai pas vu son visage… je regrette… je…*

— Hé, hé, ce n'est pas grave, bonhomme, le calma Ted. Ça va? Tu sembles fatigué?

Graham disparut, mais Ted sentait toujours sa présence.

— *Oui…*

Grell parla en même temps :

— Tout va bien?

Ted se souvint que le roi ne pouvait pas entendre l'enfant.

141

— Oui, oui. Ça doit faire un drôle d'effet d'assister à ce genre de conversation, hein? Graham est juste fatigué, une si longue apparition le draine de son énergie. Il reviendra quand il aura récupéré.

— Sait-il qui a caché la perle?

— Non, il n'a pas vu son visage. Pourquoi Visseract ou un autre Vulgorian aurait-il cherché à cacher la perle?

— Mire négociait un mariage alors qu'il n'était pas libre, répondit Grell. Les Vulgorians ont peut-être voulu sauver la face. Ils n'aimeraient pas du tout que le bruit coure qu'ils ont été dupés et que Mire a bien failli leur soutirer la magie de la fertilité pour une épouse dont ils étaient les seuls – avec moi – à tout ignorer.

— Oh, je vois. Le scandale aurait eu des répercussions politiques?

— Exactement, confirma Grell. Ce que je veux savoir, c'est pourquoi cacher cette foutue perle dans la bibliothèque? Pourquoi le coupable ne l'a-t-il pas gardée?

La voix de Graham résonna faiblement :

— *Parce que d'autres monstres sont arrivés. L'homme-poisson a dû fuir et se cacher dans la bibliothèque.*

Ted se tourna vers Grell pour lui transmettre l'information.

— Graham dit que d'autres éternels sont arrivés et que le Vulgorian a dû filer. Il a eu peur et a caché la perle. Peut-être espérait-il la récupérer plus tard. Tu en penses quoi?

Ted haussa les épaules en posant sa question.

Grell hocha la tête, pensif.

— Possible, oui. Ça expliquerait que les Vulgorians nous aient attaqués. Si Visseract a su que nous allions voir Silas, il a dû penser qu'elle allait nous révéler son mariage avec Mire.

— On dirait bien que Visseract est notre coupable! lança Ted.

Il poussa un long soupir de soulagement et regarda l'endroit où Graham s'était tenu.

Il avait encore une question.

Il inspira un grand coup.

— Hé, bonhomme? Je sais que tu es fatigué, mais je voudrais savoir... qui m'a ramené à la vie?

— *Je ne me souviens pas,* souffla Graham. *Je sais juste que nous étions tous les deux dans l'eau... Ensuite, je me suis retrouvé dans ta voiture et tu roulais très vite, tu étais en colère. Tu retournais chez toi. C'est tout.*

— Oui, se souvint Ted. Je rentrais de la plage. Putain!

— Qu'a-t-il dit ? demanda Grell.

— Il ne sait pas qui m'a ranimé.

Grell fronça les sourcils, il prit la main de Ted et déposa un baiser sur ses jointures.

— J'aimerais trouver les mots pour te réconforter, amour. Ce n'est pas tous les jours qu'on apprend s'être noyé.

Ted parvint à sourire, il récupéra son verre et sirota son whisky avant de répondre :

— Tu es chou, ta majesté, mais ça va aller. Je suis content de savoir ce qu'il s'est passé, qui est Graham, tout ça, quoi !

— Et ta famille n'a jamais mentionné ta... euh, disparition ? s'enquit Grell.

— Non. Je me souviens que mes parents étaient furieux de ma rupture avec mon ex, mais je suis certain qu'ils ne sont pas au courant de ma mort. Donc, c'est arrivé sur la plage.

— Et ton ex ? Qu'est-il devenu ?

— Aucune idée. Je n'ai plus de nouvelles depuis un bail, mais s'il avait assisté à une séance de nécromancie, il me l'aurait dit quand même. C'est un brave garçon, tu sais, il aurait sacrément flippé. En plus, son oncle est flic.

Grell serra la main de Ted contre sa joue.

— Eh bien, je suis très reconnaissant envers ton mystérieux sauveteur, quel qu'il soit. C'est grâce à lui que tu es là ce soir.

Ted lui sourit.

— Avec toi.

Il fronça les sourcils et enchaîna :

— Je me serais bien passé d'une double accusation de meurtre, mais tout le reste, j'aime bien.

Grell éclata de rire.

— Nous allons te sortir de là, amour. Nous avons encore jusqu'à minuit ce soir et...

Il plissa le front et pencha la tête.

— J'espère que tu ne vas pas me juger insensible, reprit-il d'un ton prudent. Je ne cherche pas à minimiser ta mort et tes liens avec Casper, mais ne disais-tu pas savoir où était Visseract ?

— Merde !

Pris par ces révélations bouleversantes, Ted avait totalement oublié cette partie de sa vision.

Il sauta du lit et s'exclama :

— Oui ! Je sais où trouver ce salopard gluant ! Viens ! On y va tout de suite !

Grell grogna et se leva à contrecœur. D'un claquement de doigts, il fit disparaître son pyjama licorne et revêtit un somptueux costume de soie émeraude. Un autre claquement fournit à Ted un nouveau tee-shirt et un jean.

— En clair, marmonna le roi, nous sautons le petit déjeuner ?

Ted dansait d'un pied sur l'autre dans ses nouvelles chaussures.

— Oui. Je vais te décrire l'endroit : il y a un océan, une plage de sable noir et d'énormes rochers escarpés. Ça te dit quelque chose ?

— Oui, répondit Grell. Je dis aux gardes de se préparer et de nous rejoindre.

Il ferma brièvement les yeux.

— Voilà, annonça-t-il, une seconde après. Tu es prêt ?

— Oui, confirma Ted.

Il sauta sur Grell et l'embrassa éperdument.

Le monde bougea. Quand Ted ouvrit les yeux, il entendit des vagues s'écraser violemment sur la grève.

Le même bruit que dans son rêve !

Tout tremblant, Ted fixa la longue plage. Le sable, aussi noir que dans sa vision, scintillait sous le ciel éternellement sombre. Au-dessus de sa tête brillait le pont de Xenon.

L'eau s'étendait aussi loin que le regard portait, avec des points lumineux sporadiques. Peut-être des anguilles rougeoyantes nageaient-elles en liberté. Derrière eux, le sable s'arrêtait devant un gigantesque amoncellement de rochers, le contrefort d'une montagne qui s'élevait haut dans le ciel comme une poignée de poignards géants.

Grell dut sentir le désarroi de Ted, car il referma ses bras sur lui.

— L'endroit ne réveille pas trop de mauvais souvenirs ?

Ted, blotti contre la poitrine de Grell, répondit sans réfléchir :

— Bien sûr que non ! Je ne suis jamais venu. Pourquoi cette question ?

— Je parlais de la proximité de l'océan, amour. Je te rappelle que tu viens juste de te souvenir de ta noyade.

— Ah, oui.

Ted posa son front sur celui de Grell et chercha à analyser ce qu'il ressentait. Il respira plusieurs fois, sans trouver une réponse.

Grell lui caressa la joue.

— Nous pouvons rentrer au château si tu veux, et j'enverrai mes gardes chercher Visseract.

Ted frotta son visage dans la paume royale, savourant le réconfort de ce contact.

— Non, non, ça va aller. Je dois le faire. Graham et Silas m'ont guidé jusque-là, je dois suivre la piste jusqu'au bout.

— D'accord, dis-moi où aller, amour.

— Euh…

Ted se détourna de l'océan et leva les yeux vers la falaise rocheuse. Un endroit paraissait plus sombre. Dès qu'il le vit, Ted sut que c'était là.

— Il y a une grotte là-haut, annonça-t-il. Visseract s'y trouve. Silas en est certaine.

— Comment diable le savait-elle ? demanda Grell, incrédule.

— Je ne sais pas ! Elle a appelé les renseignements téléphoniques, peut-être ?

— Ton humour ne vole pas très haut, ce matin, Ted d'Eon, le tança le roi. Voilà ce qui arrive quand on saute le repas le plus important de la journée !

Ted lui éclata de rire au nez.

Grell se transforma en Asra et s'accroupit en disant :

— Monte sur mon dos.

Ted le toisa, étonné.

— Pourquoi ne pas nous téléporter là-haut ?

— Parce que cette montagne a le même champ d'énergie que dans la forêt. Donc, si j'ai une autre option, je préfère ne pas faire courir de risque inutile à ce corps magnifique. Ce serait vraiment dommage que tu finisses coupé en deux. Cesse d'ergoter, amour, grimpe et accroche-toi.

Toujours hésitant, Ted monta sur le dos de Grell. Il se pencha en avant et s'accrocha fébrilement à son cou.

— Je m'étais dit qu'un jour ou l'autre, je te chevaucherais, mais ce n'est pas tout à fait ce que j'avais en tête.

— Tu auras d'autres opportunités de réaliser tes fantasmes, railla Grell. Maintenant, tiens-toi bien, il ne s'agirait pas que tu tombes. C'est parti !

Ted gémit en voyant Grell sauter sur les rochers et les escalader avec une vitesse et une dextérité inhumaines. Il entendait les griffes du félin se planter dans la roche, il sentait les muscles énormes jouer entre ses cuisses et il fit de son mieux pour ne pas gêner l'Asra dans ses mouvements.

Quelques centaines de mètres plus haut, Grell s'écria :

— Tu dois me dire où aller, amour, cette montagne est immense !

Ted ferma les yeux et essaya de se concentrer.

— À droite ! C'est… euh…

— *Plus haut,* insista la voix de Graham. *Derrière ce rebord… c'est là que sont les ténèbres…*

— Oui, suis les instructions de Graham !

— Je n'ai rien entendu, amour ! grogna Grell.

Ted grimaça.

— Oups ! Monte encore un peu et contourne le rebord ! Tu devrais trouver la grotte.

Une fois arrivé, Grell se redressa en haletant.

— Putain ! Je suis raide pété ! Ce n'est vraiment pas la grande forme ! Je regarde beaucoup trop la télé !

Devant eux béait une grande ouverture qui menait à une grotte sombre. Le bruit de l'océan semblait plus fort ici, comme s'il résonnait sur la pierre. Ted tremblait, pris d'une terreur indéniable.

Il glissa du dos de Grell et resta un moment à ses côtés. Tous deux regardaient dans la grotte.

— As-tu encore assez de souffle pour combattre un poisson meurtrier, ta majesté ? demanda Ted à mi-voix.

La queue du roi battait ses flancs.

— Oui, feula l'Asra. Et je compte bien te baiser juste après ! En plus de mon petit déjeuner, j'ai été privé de mes trois coïts matinaux ! Humph !

Ted préféra se concentrer sur ce qui les attendait dans la grotte.

— Qu'est-ce qu'on fait ? On attend les gardes ou on entre ?

— Je réfléchis, répondit Grell.

— À quoi ?

— Au fait qu'il n'est pas du tout recommandé de se battre l'estomac vide et les couilles pleines, bordel !

Ted ricana et gratta l'Asra derrière les oreilles.

— Arrête de râler, minou, tu deviens franchement ronchon !

Grell lui jeta un regard hautain.

— Je ne râle pas ! Et ne plaisante pas sur le sexe, s'il te plaît ! Putain, quand je me donne la peine d'établir un programme, la moindre des choses serait de le suivre à la lettre. Je suis le roi !

146

Ted éclata de rire, incapable de résister au regard lubrique et au sourire de Grell. C'était bon de rire, il s'en trouva détendu, le cœur plus léger, comme si, pour une minute au moins, il oubliait ses soucis.

Grell enroula sa longue queue de félin autour de la taille de Ted.

— J'aime ton rire, feula-t-il. Même sans petit déjeuner et sans sexe torride, la matinée n'est pas complètement gâchée, puisque je t'ai entendu rire.

Ted esquissa un sourire.

— N'oublions pas que nous sommes sur le point de confronter Visseract et de m'innocenter d'une de mes accusations !

— J'aime ta compagnie même quand je ne te baise pas, insista Grell.

Ted prit le visage de Grell en coupe dans ses paumes et lui planta un baiser sur le nez.

— Pour te porter chance ! souffla-t-il.

Surpris, Grell cligna des yeux.

Oh !

— On y va ? demanda Ted, soudain impatient.

— Oui. Reste derrière moi, amour.

Grell avança et leva la tête. Immédiatement, la lumière filtra des petites fissures dans la roche, et ils purent avancer en y voyant plus clair.

Ted resta à quelques pas derrière Grell, faisant attention à ne pas lui marcher sur la queue. Il ne pouvait se débarrasser de son étrange malaise, mais il savait être sur la bonne piste.

Ils descendirent, s'enfonçant à chaque pas plus profondément dans la montagne. Soudain, la grotte s'élargit, devenant une gigantesque caverne. Les lumières de Grell étaient si haut au-dessus de leur tête qu'on aurait dit des étoiles. Ted ne voyait plus rien.

Bien entendu, il trébucha et se rattrapa à la queue de Grell.

— Putain, désolé !

Il rougit quand la longue queue s'enroula autour de sa taille, l'aidant à garder son équilibre.

— Merci.

Grell avança d'un pas souple et silencieux sur le sol rocheux.

— Reste tout près de moi et sois très prudent, déclara-t-il. Je sens quelque chose… Nous nous rapprochons.

Ted capta lui aussi une bouffée faible, mais ô combien familière. Il connaissait cette odeur.

La mort.

Grell créa plus de lumières, révélant une petite grotte tout au bout de la caverne. Un camp y avait été installé et une masse informe gisait sur une paillasse.

C'était le cadavre d'Humble Visseract, décoloré, avec une mousse visqueuse autour de la bouche. Il tenait une bouteille vide dans la main et trois fioles cassées au bout de la queue. Un parchemin roulé reposait près de sa tête.

Ted tapa du pied et croisa les bras, refusant de s'approcher du cadavre.

— Encore un ! gémit-il. Non, non, non ! Cette fois, je ne marcherai pas dans son sang ! Deux accusations, c'est déjà beaucoup, trois, ça serait vraiment excessif !

Grell avança seul et il se pencha pour renifler la bouteille que Visseract tenait à la main. Il recula avec un feulement.

— C'est du poison, annonça-t-il. Du lait d'Eldress.

Il récupéra le parchemin, le déroula et y jeta un coup d'œil.

— Qu'est-ce que c'est ? demanda Ted.

Grell lut à haute voix :

— Mes excuses les plus sincères pour tous les ennuis que j'ai causés, considérez ceci comme ma confession. J'ai tué Mire et Silas pour avoir conspiré contre mon clan et notre honneur. Ils ont tenté de nous arracher le secret de notre magie sacrée, blablabla, je suis un connard meurtrier, blablabla, j'ai choisi de mourir de ma propre main, blablabla. Merde !

Il lâcha le parchemin qui s'enroula aussitôt.

— Alors, je suis définitivement innocenté, hein ? demanda Ted.

Grell se voûta un peu.

— Je ne vois pas les os, déclara-t-il, déçu, mais ces flacons sont intéressants.

Il les renifla et déclara :

— Ce sont les larmes !

— Attends, les larmes du Grand Manitou lui-même ?

— Oui, répondit Grell avec urgence. Ces flacons étaient remplis des larmes d'Azaethoth le Grand.

— Quelle odeur ont-elles ?

— Imagine un livre vraiment très vieux, quand tu sais que ta peau s'arrachera de tes os si tu le traites mal.

— Je vois.

Grell renifla et se frotta le nez.

— Donc, reprit-il, Silas ne mentait pas, la Kindress est bel et bien impliquée dans cette affaire. Quelqu'un, très probablement ce démon de Gronoch, a découvert l'endroit où sont cachées les larmes et il compte les utiliser contre la Kindress.

— Pour la soumettre à sa volonté, je présume, en menaçant de la tuer si elle ne lui obéit pas ?

— Quelque chose comme ça.

Toute la caverne s'illumina et une meute d'Asras arriva derrière eux. Grell se retourna pour saluer ses gardes.

— Ah, la cavalerie ! Toujours en retard, bien entendu, mais c'est l'intention qui compte !

Ted reconnut le chef des gardes : c'était celui qui avait fait intrusion à un moment inopportun dans la chambre du roi. Il le regarda se prosterner devant Grell.

— Votre Altesse, nous sommes venus aussi vite que possible ! Nous avons suivi la balise que vous nous aviez laissée, mais…

Il réussit à avoir l'air gêné.

Grell agita sa longue queue.

— Laisse-moi deviner, tu avais peur de me trouver en train de consommer charnellement le prisonnier ?

Le garde grimaça.

— Euh… oui, Votre Altesse. Il m'a semblé que c'était dans le domaine du possible.

— Effectivement. Je ne peux que te féliciter pour ta discrétion.

— J'ai donc préféré éviter le portail et prendre la route par la plage afin de vérifier que je ne vous dérangeais pas au mauvais moment…

Il plissa le nez, tourna la tête, aperçut le cadavre et se figea.

— Humble Visseract est mort ?

— On dirait, oui, répondit Grell. Si tu as un doute, pique-le avec un bâton, mais gonflé de putréfaction comme il est, il risque d'exploser.

Il plissa les yeux et ajouta :

— Rappelle-moi ton nom ?

— Haveras Mozzie, Votre Altesse.

— Eh bien, Mozzie, d'après le message que Visseract a laissé, il s'est suicidé après avoir assassiné Silas et Mire.

Mozzie regarda Ted.

— Cela signifie-t-il que le prisonnier est libre ?

Grell pencha la tête.

— Pas tout à fait, même si le procès de ce soir le jugera très certainement innocent. Il va nous falloir un nouveau procureur, puisque celui-ci est mort.

— Oui, Votre Altesse, déclara Mozzie. Faut-il prévenir les Vulgorians que l'héritier est mort ?

Grell agita la patte.

— Oui, oui, je te charge de cette corvée !

Laissant Grell donner des ordres aux gardes, Ted s'approcha du cadavre. Quelque chose n'allait pas, Ted ne savait pas encore quoi, mais il tenait à procéder à des vérifications.

Il s'accroupit et regarda la main griffue de Visseract tenant la fiole. Tous les doigts n'étaient pas complètement enroulés autour du goulot et, en y regardant de plus près, il semblait que le flacon ait été calé dans la main post-mortem. Même la façon dont le corps était allongé sur la paillasse sonnait faux. Ted nota les décolorations violacées du corps, mais elles se trouvaient vers le haut et pas du côté où il était allongé.

Grell le rejoignit.

— Qu'est-ce qui te tracasse, amour ? demanda-t-il. Je m'attendais à te voir plus heureux d'être libéré de ces accusations. Tu seras un homme libre dès que j'aurai réuni le tribunal.

— Ce suicide a été maquillé, souffla Ted. À mon avis, c'est un meurtre.

— Qu'est-ce qui te fait dire cela ?

— J'ignore le processus de *rigor mortis* [4] des poiscailles, répondit Ted, mais je suis à peu près sûr que cette bouteille a été placée dans la main de Visseract après sa mort. Chez les humains, deux cas arrivent une fois qu'ils sont morts : soit ils deviennent mous jusqu'à ce que la rigidité s'installe d'elle-même quelques heures plus tard, soit ils le sont instantanément et nous parlons alors d'*instant rigor*. Ça concerne essentiellement les gens qui meurent de façon brutale ou très soudaine, comme quand ils se tirent une balle dans la tête. La main reste crispée sur la gâchette.

— Et notre cher Visseract ?

— Eh bien, déclara Ted, si la rigidité cadavérique avait été instantanée, sa main serait bien plus serrée autour de cette bouteille... et ce n'est pas le

---

4 Locution latine signifiant « rigidité cadavérique », raidissement progressif des fibres musculaires causé par des transformations biochimiques irréversibles au cours de la phase post-mortem précoce.

cas. Si la *rigor mortis* était arrivée plus tard, la bouteille aurait dû tomber de ses doigts mous. Il y a autre chose…

— Quoi ?

— Les décolorations, tu vois ? Nous parlons de *livor mortis* [5]. Quand quelqu'un meurt, tout son sang stagne, à cause de la gravité, du côté où le corps est allongé.

Grell regarda le cadavre et fronça les sourcils.

— Mais les décolorations sont toutes à droite, souligna-t-il. Et Visseract est sur le côté gauche.

— Exactement, dit Ted. Donc, le corps a été déplacé. Ces décolorations mettent des heures à apparaître. Visseract est sans doute mort avant Silas. Et dans ce cas, le message de suicide est un faux.

— Dommage, déclara Grell, j'aimais bien l'idée que tu sois innocenté une bonne fois pour toutes. Alors, que s'est-il passé ? Gronoch aurait-il tué Visseract, son complice, pour effacer toute trace de son passage ? Après tout, il avait obtenu ce qu'il était venu chercher !

— Les os ?

— Mmm. Maintenant, poursuivit Grell, je vois mal l'intérêt que j'aurais à révéler à ma cour le passage d'un dieu. Trois morts à gérer, c'est largement suffisant. Je ne veux pas déclencher une guerre !

Ted ouvrit de grands yeux.

— Tu vas laisser Gronoch s'en tirer alors qu'il a tué des résidents de Xenon ? Je te rappelle qu'il est dangereux et qu'il cherche à manipuler ce bébé étoile avec les larmes du Grand Manitou pour déclencher des catastrophes !

— La seule alternative, c'est de déclarer la guerre à Zebulon, répondit Grell avec impatience.

Ted leva les mains de frustration. Il contrôla sa colère et parla d'une voix à peine audible :

— Et alors ? Vous avez vaincu les dieux une fois si je ne m'abuse !

— De justesse, reconnut Grell. Je ne tiens pas du tout à entraîner mon peuple dans un combat sanglant. Ma priorité en ce moment, c'est d'ensevelir deux Asras.

— Hein ? Tu comptes t'en charger *maintenant* ?

---

5 Locution latine signifiant « lividité cadavérique », coloration rouge violacé de la peau liée à un déplacement passif du sang vers les parties déclives du cadavre, qui débute dès l'arrêt du cœur.

Grell haussa ses larges épaules.

— Oui. Le dossier est clos.

Ted ricana.

— Le tribunal n'est-il pas censé rendre une décision officielle ?

— La justice est rendue quand je le décide, tonna Grell. Je suis le roi des Asras et de Xenon. Maintenant, cher effronté, laissons les morts reposer en paix. C'est ma décision !

— Oui, très chère Altesse Royale.

Grell roula des yeux.

— Mon fils n'est même pas là pour m'aider à descendre les corps dans les fosses, grogna-t-il. Ça va être d'un chiant de le faire tout seul !

— Je suis là, moi, déclara Ted. Je t'aiderai.

Il jeta un coup d'œil derrière lui et vit plusieurs Asras qui entraient et sortaient dans la caverne. La foule devenait plus dense. Les Vulgorians aussi commençaient à arriver.

Grell afficha un air hautain.

— Si tu tiens tellement à te rendre utile, persifla-t-il, tu peux me masser le dos, ranger mes cassettes audio par ordre alphabétique, tresser ma crinière ou encore accepter un autre round de sexe torride !

Ted le toisa avec sévérité.

— Ne dis pas de conneries ! La mort, ça me connaît, les funérailles aussi, ça fait dix ans que je ne fais que ça !

Grell battit des cils.

— D'accord, dans ce cas, que proposes-tu, Tedward d'Eon ?

— Nous devrions retourner un moment sur terre, dans mon funérarium en particulier. Ça me permettrait de récupérer une partie de mon équipement, et je t'aiderai plus efficacement, d'accord ? En plus, je commence à trouver cette salle franchement bondée !

Il désigna la foule de plus en plus nombreuse, qui s'entassait dans la grotte.

Grell réfléchissait. Il prit sa décision quand un Vulgorian se mit à hurler et à battre de la queue devant le corps de Visseract.

— C'est affreusement bruyant ! gronda-t-il avec une grimace. Viens, foutons le camp.

XII

LE MONDE tourna sur lui-même, Ted sentit son estomac faire la même chose, mais quand il ouvrit les yeux, Grell et lui étaient au centre-ville d'Archersville. Il était encore tôt, la circulation était dense, les conducteurs impatients klaxonnaient et personne ne sembla remarquer que deux hommes venaient d'apparaître comme par magie.

Aveuglé par le soleil, Ted plissa les yeux et attendit que sa vision s'adapte à la forte luminosité. Étrangement, il regrettait le doux crépuscule de Xenon et le calme serein qui y régnait.

— Merde, c'est bien trop lumineux ! se plaignit Grell.

Il claqua des doigts et fit apparaître sur son nez des lunettes de soleil de pilote à monture rouge. Elles étaient assorties au costume qu'il portait, en velours cramoisi à rayures noires.

— Mmm, beaucoup mieux ! ajouta le roi. Où allons-nous, amour ?

— Le funérarium est à deux pâtés de maisons, à côté de la poste…

Tout bougea de nouveau, et Ted atterrit dans le hall du funérarium où il travaillait.

Kitty était statufiée devant le comptoir de la réception, la main posée sur le téléphone qui sonnait. Deux hommes âgés sortaient d'une salle de visite, mais eux aussi étaient figés et raides comme des poteaux.

— Qu'est-ce que tu leur as fait ? demanda Ted.

Grell roula des yeux.

— J'ai arrêté le temps, répondit-il. Un petit sort bien pratique que j'ai gagné aux cartes à un Faedra.

Ted était un peu anxieux.

— Ils vont rester comme ça longtemps ?

— Le temps que je voudrais. Ne t'inquiète pas pour eux, ils ne garderont aucune séquelle, je me disais juste qu'il valait mieux qu'ils ne sachent pas que nous étions passés emprunter leurs affaires.

— Ah, oui, tu as raison.

Ted s'approcha de Kitty et lui toucha le bras. La chair était ferme et chaude, mais quand même, c'était troublant de la voir aussi rigide.

En regardant la jeune femme, Ted réalisa qu'en fait, elle n'était pas vraiment une amie, juste une collègue de travail avec laquelle il discutait plus souvent qu'avec les autres. Il gardait un bon souvenir de leurs conversations nocturnes pendant qu'ils allaient récupérer un corps, ça lui manquerait, mais pas au point d'envisager de reprendre son job. Un peu choqué, Ted se rendit compte que rien ne le retenait à son ancienne vie. Il pouvait très facilement tout abandonner derrière lui.

Il avait détesté son travail, ça, au moins, il le savait, mais au fond, sa vie avait été triste et lamentable dans son ensemble. Son seul véritable ami était Jay, son colocataire, Ted voyait constamment la mort, le chagrin et le deuil, il était harcelé par des fantômes et par-dessus tout, il souffrait de solitude.

En arrivant à Xenon, il avait été dépaysé, bien sûr, effrayé par les monstres qui l'entouraient et toutes ces choses étranges qu'il ne comprenait pas, mais il avait déjà envie d'y retourner. Il aimait le calme qui régnait là-bas et la douce lueur violette. Et il aimait la compagnie de Grell… plus qu'il n'était prêt à l'admettre. Non, pour rien au monde, il ne reviendrait vivre à Archersville. C'était trop peuplé, trop animé, trop bruyant. Ted n'y avait jamais eu sa place, et c'était plus que jamais vrai.

Il n'y avait rien pour lui sur Eon.

Xenon, en revanche, était plein de promesses, de potentiel et…

— Qu'est-ce que tu fous à bayer aux corneilles ? railla Grell. J'aime bien te regarder, c'est vrai, mais je te préfère à poil. Tu viens ?

Du potentiel ? Oui, avec un monstre félin grossier, charismatique, sensuel, sarcastique et… À court de qualificatifs, Ted rejoignit le roi. C'était là qu'était sa vraie place. Il s'en contentait.

— Suis-moi au lieu de faire le mariole, ta majesté !

Ted traversa le funérarium jusqu'au garage, qui se trouvait à l'arrière du bâtiment. Il prit deux grands sacs mortuaires, une civière portative et une boîte de gants en latex. Les bras chargés, il se retourna vers Grell et annonça :

— Voilà, j'ai fini. Je t'avais dit que je n'en aurais pas pour longtemps.

Grell lui posa sa main sur l'épaule et le monde tourna très vite.

Quand Ted reprit pied, il vacilla et craignit de vomir, le portail sur Eon provoquait un vertige bien plus violent que celui dont il avait pris l'habitude d'une pièce à l'autre du château. Il lâcha son matériel sur le sol du tribunal et respira un grand coup. La puanteur du cadavre de Mire ne fit qu'accentuer ses nausées.

— Ça va ? s'enquit le roi.

— Pas terrible, hoqueta Ted, le teint verdâtre. Et j'aimerais que tu évites les portails pendant un moment, d'accord ? Mon estomac ne les apprécie pas.

Compatissant, Grell sourit et lui tapota le dos.

Quand Ted se redressa, Grell demanda :

— Bon, on fait quoi, maintenant ? Du moins, tu ferais quoi si tu étais dans ton funérarium ?

Ted enfila des gants.

— Je présume qu'un Asra ne met jamais de gants, hein ?

— Non.

Ted ouvrit un des sacs mortuaires.

— Voilà, on va se mettre chacun d'un côté, tu vas le rouler pour que je puisse placer le sac sous lui. Ensuite, tu le roules encore et il est dans le sac.

— J'ai une autre technique, annonça Grell.

Il claqua des doigts et, comme par magie, Mire se retrouva dans le sac mortuaire.

Ted leva le pouce.

— C'est très efficace !

Il se pencha et remonta la fermeture éclair. Il bougeait autour du corps en prenant soin d'éviter le sang séché sur le sol.

Quand il eut terminé, il demanda :

— On l'emmène dans les fosses ?

— Tu es sûr que ton petit estomac le supportera ? railla Grell.

— Connard.

— Allons-y.

Une fois dans les fosses, Ted s'était attendu à ce que Grell claque des doigts et envoie le corps léviter jusqu'à la niche lui étant destinée, mais pas du tout. Le roi annonça qu'ici, la magie était interdite. Par respect pour les morts, il fallait les porter jusqu'à leur dernière demeure.

Ted était consterné. Le sépulcre de Mire était à trois mètres du sol et y monter un corps qui pesait probablement une tonne allait être sacrément difficile.

Grell se transforma en Asra et planta ses dents dans le sac mortuaire pour le hisser sur la paroi. Une fois devant l'alcôve, il rétrécit afin de pouvoir y entrer à reculons. Ted poussait de l'autre côté, littéralement pétrifié d'horreur à l'idée que Grell laisse tomber le sac sur sa tête. Il priait tous les dieux de sa connaissance pour que ça n'arrive pas.

Apparemment, un dieu au moins l'écouta.

Même diminué en taille, Grell gardait sa force surhumaine, car il parvint à placer son cousin à l'endroit voulu. Il sortit ensuite du trou, reprit sa taille normale et fit disparaître le sac mortuaire d'un claquement de doigts.

Ils allèrent ensuite dans la forêt récupérer Silas, ce qui fut plus facile et moins salissant, vu qu'elle était morte depuis moins longtemps que son mari. De retour dans les fosses, Ted fut soulagé de voir que l'alcôve de Silas était située au ras du sol, le rite funéraire fut donc plus rapide.

Grell s'activait en silence, seul un soupir lui échappa quand il vit l'Asra femelle dans sa dernière demeure.

Ensuite, il se tourna vers le fond de la caverne, là où les os de sa reine et de ses ancêtres avaient disparu. Il se raidit sans prononcer un mot.

Ted ôta ses gants et chercha à alléger l'ambiance.

— Tu serais très utile dans un funérarium, tu sais, claquer des doigts pour faire descendre un corps dans un escalier serré aurait été un atout inestimable dans mon ancien métier !

Grell fit disparaître les gants de Ted, puis il esquissa un sourire.

Ted vit très bien que le cœur n'y était pas. Il caressa la fourrure rêche sur l'épaule de Grell.

— Ça va ?

— Je pensais à ce que tu disais l'autre jour, déclara Grell. Tu sais… mettre un objet dans la tombe comme une promesse.

Ted se rapprocha du roi.

— Oh ! Tu as une idée ?

— Oui, dit Grell,

Il reprit sa forme humaine et tendit la main. Au creux de sa paume, il y avait une petite boîte à musique. Au regard voilé de Grell, Ted sut que cette boîte avait pour lui une grande valeur sentimentale.

— C'était à Vael ?

Grell plissa le front.

— Oui, répondit-il.

— Nous pouvons y aller maintenant si tu veux, proposa Ted.

S'inquiétant soudain d'être indiscret, il s'empressa d'ajouter :

— Si tu préfères être seul, je comprendrais très bien. Rester ici ne me dérange pas du tout. La vue est… euh, particulière.

Grell leva les yeux vers lui.

— Non, non, viens avec moi. D'accord ?

— Oh, oui !

Très heureux d'échapper à la puanteur que répandait le cadavre de Mire, il suivit Grell jusqu'aux sépulcres vides de la dernière caverne. Ne sachant que dire ou que faire, il resta en arrière et regarda Grell déposer avec respect la boîte à musique dans la crypte de Vael.

Ted s'était toujours trouvé nul à présenter des condoléances, aussi ne pensait-il absolument pas que Grell ait besoin de lui en ce moment.

À sa grande surprise, cependant, le roi se retourna soudain et l'étreignit, cachant son visage contre sa poitrine. Ted le serra très fort et déposa un baiser sur sa tête.

— Je suis là, souffla-t-il.

— Merci, chuchota Grell. Merci pour tout.

— Je pourrais te dire la même chose, répondit Ted. Tu m'es d'un grand soutien.

— C'est bien normal.

Ted frotta le dos de Grell.

— Alors ? Quels sont tes projets à présent ? Aurons-nous le temps d'un round coïtal follement torride avant d'affronter le tribunal ce soir ?

Grell ne put s'empêcher de rire. Il se redressa et toisa Ted d'un œil incendiaire.

— Nous venons de déposer deux cadavres, j'ai fait à mon défunt mari la promesse solennelle de rapporter ses os dans sa crypte et toi, tu penses à baiser ?

Ted s'empourpra derechef.

— Je suis désolé, bredouilla-t-il. Je ne sais pas ce qui m'a pris. Je crois que... je cherchais juste à te remonter le moral.

— Je t'adore ! feula Grell.

Il empoigna Ted et lui roula un patin passionné.

Surpris de cet assaut inattendu, Ted tomba à la renverse.

Il grimaça, certain de s'assommer sur le sol de pierre, mais il se retrouva sur le dos dans le lit de Grell, sa bouche toujours collée à celle du roi.

Grell l'embrassait avec une telle force que Ted se demanda si sa peau n'allait pas céder. Loin de se débattre, il haleta, enfouit ses mains dans les cheveux de Grell et enroula ses jambes autour de la taille solide. Il bandait

157

déjà et, d'après la bosse énorme qui frottait contre lui, le roi était dans le même état.

Jusqu'ici, chaque fois qu'ils avaient baisé, le roi avait pris son temps. Cette fois, ce serait différent, Ted le devina. Il en fut heureux, il voulait appartenir à Grell *tout de suite* !

Il tenta d'arracher ses vêtements, avide de sentir la peau du roi contre la sienne et sa queue – ou ses queues – dans son cul.

D'un claquement de doigts, Grell les débarrassa de leurs vêtements et caressa d'une main possessive la nudité de Ted.

— Par tous les dieux, tu es si beau !

Ted rougit encore, mais au fond, il commençait à apprécier cette réaction qu'il avait si souvent devant les compliments du roi Asran.

— Sans blague ? Et tu ne préférerais pas me baiser au lieu de papoter ? Grell gloussa.

— Si. Tu as tous les dons, Ted d'Eon, beauté et intelligence. À quoi dois-je la chance qui m'est échue ?

Ted se mit à rire.

— À ton fils, cet excité rancunier !

Grell se pencha et l'embrassa encore.

— C'est vrai, je lui exprimerai ma profonde reconnaissance la prochaine fois que je le vois.

— Moi aussi ! lança Ted avec sincérité.

Il enroula les bras autour du cou de Grell et tenta de le renverser pour changer de position. Il avait beau être costaud, il ne se passa rien.

Ted jeta au roi un coup d'œil agacé.

— Bouge ton cul royal, ta majesté ! Tu es censé t'étendre sur le dos. Grell le toisa.

— Ah, bon, pourquoi ?

— Parce que je veux faire à dada ! aboya Ted, le visage écarlate. Grell eut un sourire égrillard.

— Oh ?

Il roula sur le dos, plaça Ted à califourchon sur lui et lui caressa les cuisses.

— Et maintenant ?

Ted était beaucoup plus grand que Grell sous sa forme humaine, ça aurait pu être un peu gênant, mais pas du tout. Grell s'en fichait, aussi Ted suivait-il son exemple.

Avec un clin d'œil, il bougea son cul d'avant en arrière sur le bas-ventre du roi, appréciant beaucoup les feulements et grondements que son mouvement provoquait.

— C'est bon ?

— Oh, oui !

Un énorme sexe, lubrifié comme par magie, poussait déjà contre son anus.

— Prends ce que tu veux, amour. Je suis tout à toi, lança le roi, les yeux brillants.

— Je vais prendre tout, haleta Ted. Je…

Il hoqueta quand le gland épais força l'anneau de ses muscles serrés. Néanmoins, il ondula son bassin et continua à s'empaler. Il pantela tout le temps que mit son corps à s'ouvrir et à accepter l'intrusion.

Grell ne bougeait pas, laissant Ted agir à sa guise. Il lui caressa les cuisses, les hanches, les reins et l'encourageait :

— Vas-y, amour… Continue, c'est parfait… Tu t'en sors très bien !

Ted gémissait et grognait, tout concentré sur sa tâche. Il avait la sensation d'être archiplein alors que, selon lui, il n'était qu'à la moitié du chemin. Il s'obstina et poussa un cri de triomphe quand son cul reposa enfin sur les cuisses royales, le sexe de Grell totalement enfoui en lui !

Après un léger temps de pause, Ted se souleva et retomba de tout son poids. Il poussa un long cri inarticulé. Pas de douleur, non, elle avait disparu, mais le plaisir qu'il ressentait était presque trop violent.

Il plia les jambes pour donner de la force à ses poussées et accéléra son rythme. Grell rugit et souleva les reins du lit pour s'enfoncer plus profondément.

Déséquilibré, Ted se pencha et posa les mains sur la poitrine de Grell. Le souffle court, il analysa ses sensations : c'était comme si le sexe planté en lui grossissait encore. C'était à peine supportable, mais Ted ne voulait pas s'arrêter, aussi chercha-t-il une nouvelle position, un nouvel angle pour continuer.

— Ah, putain… c'est tellement bon !

Il avait mal aux genoux, ses jambes tremblaient.

Grell dut le sentir, car il s'assit, agrippant Ted par la taille, et pressa un baiser brûlant sur ses lèvres.

— Doucement, amour, mets tes jambes autour de moi…

Ted obtempéra, ravi. Il avait les bras autour du cou royal, les lèvres collées à celles de Grell, c'était d'une intimité troublante.

— Mmmph… Grell !

Grell secoua la tête.

— Non, Thiazi, rappela-t-il. Appelle-moi Thiazi, amour.

— Mmm, Thiazi, murmura Ted.

Il s'abandonna en gémissant alors que Grell le martelait avec force, sa tête finit par basculer en arrière.

Grell le serra plus fort et augmenta la cadence de ses coups de boutoir. Ted était un peu gêné de crier aussi fort, mais il ne pouvait se retenir, il était trop perdu dans son plaisir. Les mains fortes du roi lui serraient la taille, le maintenant en position, tandis que son sexe plongeait en lui, encore et encore. Sous eux, le lit tremblait.

— *Thiazi !* cria Ted, Dieu, oui ! Juste là, comme ça ! Ouiii !

Grell montra les dents dans un grondement possessif.

— Jouis pour moi, amour.

Incapable de parler, Ted serra les dents et gémit, il sentait déjà la chaleur de son orgasme monter en lui.

Puis Grell lui souleva les jambes et s'enfonça encore plus profondément. Accroché à ses épaules, Ted laissa échapper un hurlement de plaisir et laissa sa jouissance fuser.

Elle dura une éternité, Ted n'arrivait plus à arrêter ses spasmes.

Il surfait toujours sur la vague de son incroyable orgasme quand Grell explosa en lui, son foutre ricochant avec force dans les entrailles de Ted.

Quand il s'effondra, le corps flasque, il se mit à pleurer sur l'épaule de son royal amant.

Grell lui frotta le dos, le visage niché dans ses cheveux.

— Pourquoi ces larmes, amour ? J'ai été trop brutal ?

— Non, non, c'est… divin. C'est l'émotion…

Il n'était pas certain de pouvoir relever la tête. Il était épuisé et poisseux de partout – larmes, sueur et sperme –, mais jamais il n'avait été aussi sexuellement repu.

Grell l'étendit tendrement sur ses oreillers.

— Les dernières heures ont été stressantes, déclara-t-il. Nous avions tous les deux besoin d'une échappatoire cathartique.

Ted sourit, heureux de sentir son cerveau se reconnecter.

— C'était génial ! J'adore tout ce que tu me fais ! Si tu as besoin d'un autre cathar-machin, je suis partant !

Grell lui caressa la poitrine.

— Je n'hésiterai pas, amour. Je suis devenu addict à ton adorable petit cul.

Ted gloussa et tendit les lèvres pour réclamer un baiser.

Quand Grell se redressa, son expression s'était assombrie.

— Je vais devoir te laisser un moment, amour, j'ai du travail. En particulier, il me faut nommer un nouveau procureur au tribunal. Ton procès a lieu ce soir.

Ted sentit une pierre tomber dans son intestin.

— Il va se passer quoi ? chuchota-t-il, angoissé.

— Ne t'en fais pas, tout ira bien, l'apaisa Grell. Le procès débutera à minuit, nous présenterons la confession d'Humble Visseract, ils te déclareront innocent et tu seras exempté de toutes les accusations portées contre toi. Ensuite, tu seras libre de faire ce que tu veux.

— Je parlais de nous, insista Ted. Que va-t-il se passer pour *nous* ?

Ted détestait que ses insécurités s'entendent dans sa voix. Son cœur rata plusieurs battements quand Grell prit sa main.

— J'espérais que tu acceptes de rester ici pour réchauffer mon lit.

Ted sentit son moral remonter.

— C'est vrai ? Tu me laisserais rester ici ? Avec toi ?

Grell sourit tendrement.

— Bien sûr. Si tu tiens absolument à vivre sur Eon, je te rendrai visite, mais je trouve ce lieu trop bruyant et trop lumineux.

Ted essaya de rassembler ses pensées.

— Non, non, je n'ai aucune envie de retourner là-bas. C'est juste…

— Quoi ?

Ted leva sur le roi un regard anxieux.

— Et mon travail ? Et ma famille ?

Grell fronça les sourcils.

— Tu as dit toi-même détester ton travail et ta vie misérable, déclara-t-il. C'est normal, d'ailleurs, avec le don que tu possèdes. Oublions donc ce foutu job qui te ronge de l'intérieur. Quant à ta famille, nous irons les voir quand tu voudras.

Ted n'était pas sûr d'avoir bien entendu.

— *Nous ?*

Grell eut un sourire hautain.

— Je viendrai avec toi, bien sûr. Je suis certain que tes parents m'adoreront, je sais exactement ce qu'il faut dire aux réunions familiales – grâce à tous ces films mièvres que je me suis tapés !

Ted gloussa et secoua la tête.

— Tu as des goûts de chiotte en ce qui concerne la télé !

Grell déposa un baiser sur sa main.

— Pour mes vêtements aussi, je sais, mais je suis sérieux, amour. Je tiens vraiment à te garder avec moi à Xenon.

Ted déglutit, espérant dénouer l'étau qui lui serrait la poitrine.

— D'accord, j'aimerais rester. Momentanément du moins, voir où ça nous mènera…

— Bien.

Grell l'embrassa encore. Enivré, Ted lui rendit son baiser, tout heureux de ne pas avoir à retrouver de sitôt sa vie solitaire et déprimante. Il allait vivre à Xenon, avec Grell, et être heureux.

C'était comme un rêve devenu réalité.

Certes, il n'avait jamais imaginé l'amant idéal sous la forme d'un roi doté de deux queues et d'une libido débridée, mais il ne se plaignait pas.

Grell roula sur lui et son sexe – le second ! – pénétra Ted, prêt à lui donner un autre orgasme sensationnel. Ted s'accrocha aux épaules de Grell, l'embrassant toujours avec passion, et écarta les jambes.

Il gémit à chaque poussée profonde et se cambra pour s'empaler, impatient de retrouver ce tsunami de folie et de plaisir.

Il serait heureux à Xenon, il le savait. Pas de fantômes pour le déranger, pas beaucoup en tout cas, pas d'escaliers en colimaçon pour lui donner des cauchemars et toute l'attention d'un personnage unique, extraordinaire. Grell était drôle, charmant, attentionné. Plus Ted passait du temps avec lui, plus il s'y attachait.

Jamais il n'avait été aussi désiré, chouchouté, aimé au sens charnel du terme. Il s'accrocherait à cette relation avec tout ce qu'il avait.

Avec Grell à ses côtés, l'avenir paraissait moins effrayant. Ted ne savait toujours pas qui l'avait ramené d'entre les morts ou pourquoi, mais il n'y pensait pas pour le moment. Quand il était dans les bras de Grell, il oubliait tout le reste.

Grell lui offrit un autre orgasme divin et but à même sa bouche les cris que le plaisir lui arrachait. Ted s'écroula une seconde fois, comblé et positivement épuisé.

Une fois recouché, il s'étira avec un grand sourire.

— Waouh ! Tu es un amant extraordinaire !

— Oui, opina Grell, avec une satisfaction béate. Toi aussi !

Ted roula sur le côté.

— Tu dois *vraiment* aller travailler, ta majesté? Pourquoi ne pas déléguer tes tâches à tes courtisans?

— Peuh! Ils doivent déjà tous conspirer pour tenter de profiter de la mort de Visseract. Laissons-les mijoter dans leur jus.

— Tu n'as pas envie de me quitter, hein? fanfaronna Ted.

Grell lui ébouriffa les cheveux.

— J'ai un peu peur que tu disparaisses si je ne te garde pas à l'œil, admit-il. Je m'occuperai des vautours de ma cour un peu plus tard.

— Tu fais ce que tu veux, alors?

Grell gloussa.

— Bien sûr! Je suis le roi!

Il tapota l'épaule de Ted, glissa le long de son flanc, contourna la hanche et s'insinua entre ses fesses. Ted gémit quand un doigt épais pénétra son anus trempé. Il tortilla du croupion.

— Tu as encore envie de moi, ta majesté? souffla-t-il.

— Oui, feula le roi. Je n'ai pas oublié ta proposition de prendre mes deux queues en même temps. À mon avis, tu es assez dilaté et humecté pour que nous tentions l'expérience.

Le visage de Ted s'échauffa.

— Enculé!

Grell sourit.

— Oh, oui! Tu vas l'être! Et je te promets un plaisir au-delà de tes rêves les plus fous.

— Oh, d'accord. Je signe où?

Ted se jeta sur Grell, il l'embrassa avec avidité et ouvrit les jambes, prêt à un autre round.

— *Pssst...*

Ted releva la tête en reconnaissant une petite voix familière.

— Hein? Graham?

— *Excuse-moi de te déranger pendant que tu embrasses ton ami,* murmura Graham, *mais...*

Ted s'assit et tira rapidement les couvertures sur lui.

— C'est *encore* ton petit ami? grogna Grell.

Il semblait un peu agacé.

— Oui, admit Ted, avec un sourire penaud. C'est certainement urgent.

Il se tourna vers la petite ombre debout au pied du lit.

— Qu'est-ce que tu voulais me dire, bonhomme?

— *Kunst ne veut pas de moi dans la bibliothèque,* déclara tristement l'enfant. *Il est trop occupé. Je m'ennuie. Je me demandais si je pouvais regarder la télé avec toi ?*

Graham devait s'attendre à être renvoyé, car son ombre sembla se replier sur elle-même.

Ted jeta un coup d'œil implorant à Grell.

— Non, non, Graham, nous n'allons pas te renvoyer, tu peux regarder la télé, si tu veux. Je suis sûr que Grell a des dessins animés sur le câble !

Grell marmonna entre ses dents :

— C'est bien la première fois qu'un fantôme grand comme trois pouces me colle une ceinture de chasteté !

Ted s'assit, les bras croisés, et fit signe à Graham de se mettre au pied du lit.

— Ta majesté ! tonna-t-il. Cesse de proférer des inepties et trouve une chaîne adaptée à des yeux innocents ! J'espère pour toi que tu n'as pas que des pornos !

— Choisis toi-même, grommela le roi.

D'un claquement de doigts, il alluma son écran géant et fit défiler les canaux.

Soudain, Ted se redressa, le bras tendu.

— Tiens ! Regarde ! Ça a l'air pas mal ! Une émission culinaire pour enfants !

— *Je connais !* s'écria Graham, tout content. *J'aime beaucoup !*

— Génial, dit Ted.

— Génial ! répéta Grell, sarcastique.

Un grand sourire aux lèvres, Ted se blottit contre lui.

— Merci, ta majesté, souffla-t-il. Il est encore tout petit, il s'ennuie.

Grell posa le bras autour de Ted.

— Je sais. La frustration sexuelle n'a jamais tué personne, à ce que je sache. Mais attends un peu que nous nous retrouvions seuls ! Tu auras beaucoup à te faire pardonner !

Ted gloussa de bon cœur en roulant des yeux.

— Oui, oui, d'accord. Je ferai tout ce que tu veux.

Il était heureux, avec Grell dans le lit et l'enfant devant la télé, c'était un peu comme une famille – aussi étrange soit-elle.

Il ne pensait plus à son procès à venir, son innocence était maintenant assurée, il n'avait donc pas à s'en faire et il pouvait se détendre.

Tout n'était pas réglé, bien sûr, il restait bien des questions en suspens, mais ça pouvait attendre. Ted était prêt à savourer ce moment de calme, surtout après tout ce qu'il avait traversé ces derniers jours.

Le destin lui devait bien une pause !

— *Hey, Ted ?* demanda Graham, d'une petite voix intimidée.

— Quoi, bonhomme ?

— *C'est quoi la frustration ?*

— Oh, merde !

XIII

TED N'OUBLIERAIT pas de sitôt qu'un adulte sensé veillait à ses paroles devant un enfant, sous peine de passer par des explications extrêmement embarrassantes. Grell n'avait pas aidé du tout en ricanant comme un bossu alors que tout était de sa faute ! Graham fit une grimace de dégoût quand il comprit le concept, et Ted était écarlate de honte.

Une fois sa curiosité assouvie, l'enfant se remit à regarder la télévision. Sans même le vouloir, Ted s'assoupit en moins d'un quart d'heure. Il eut un sommeil agité, des questions tournoyaient dans son crâne. Une en particulier l'obsédait : qui avait tué Visseract ?

Ted était sûr que le Vulgorian ne s'était pas suicidé, mais comment le prouver ? Surtout que Grell ne comptait pas enquêter, désirant avant tout clore le dossier et passer à autre chose Ted n'avait plus rien, ni option, ni suspect, ni preuves, sauf si Kunst trouvait du nouveau dans la bibliothèque.

Ted n'en voulait pas au roi Asran, comprenant très bien qu'il répugne à accuser Gronoch ou à déclarer la guerre à Zebulon, mais où était la justice ? À quoi servaient les visions que Ted avait reçues de Silas ? Aurait-il raté un indice important concernant la Kindress et les larmes de son père, le dieu Azaethoth ?

Il ne savait pas et son sommeil ne lui apportait aucune réponse.

Quand il se réveilla, il était toujours blotti dans les bras de Grell, mais Graham avait disparu. Ted leva la tête et regarda autour de lui. Il eut un hoquet surpris quand une main glissa sur ses fesses.

Les yeux fermés, Grell souriait.

— Je sais très bien que tu fais semblant de dormir ! lança Ted. Aïe !

Le roi lui avait pincé le cul.

Ted rit, se tortilla et frappa la main coquine.

Grell ouvrit les yeux, il bâilla en regardant autour de lui comme s'il était arraché à un sommeil profond.

— Hein ? Hmm ? Que se passe-t-il ? On nous attaque ?

Ted ricana.

— Aurais-tu des idées lubriques dès le réveil, ta majesté ?

Grell afficha un air innocent tout en tripotant les couilles de Ted.

— Moi? Pourquoi dis-tu ça?

Ted sourit et embrassa son amant, collant son corps au sien, frottant son sexe contre le membre durci du roi.

— Dis-moi que le gosse est parti! feula Grell.

— Oui.

Grell bondit et fit rouler Ted sur le dos.

— Tant mieux, parce que mon petit déjeuner va être classé X.

Quand Ted ouvrit la bouche pour lancer une vanne, un gémissement lui échappa. Grell venait de lui écarter les jambes.

Il mit une bonne minute à retrouver sa voix :

— Quel petit déjeuner? C'est plutôt l'heure de dîner!

— Non, déclara Grell avec hauteur, je viens de me réveiller, c'est le petit déjeuner.

Sans plus protester, Ted s'abandonna contre les oreillers et regarda Grell déposer une pluie de baisers sur sa poitrine, son ventre… il arriva au sexe et l'engloutit. Ted décolla son cul du lit en sentant la langue râpeuse s'enrouler autour de son membre érigé.

— Ah… putain… Thiazi!

Grell se mit pour de bon au travail pendant que ses mains malaxaient les cuisses de Ted. Pour se donner plus de champ, le roi fit passer une des jambes de Ted sur son épaule.

Ted gémit quand Grell lui attrapa le cul et l'attira plus près, l'encourageant à bouger. Sans hésiter, Ted s'enfonça dans la bouche de Grell au même rythme qu'il était sucé.

— Thiazi!

Il était déjà prêt à jouir, il n'en revenait pas de la dextérité de son amant dans le noble art de la pipe. Il explosa en hurlant et se vida dans la gorge de Grell.

Grell avala son sperme et continua à aspirer, ce qui prolongea la jouissance de Ted. Enfin, il s'écroula sur le lit, les jambes toutes molles.

Grell se redressa et se lécha les lèvres.

— Ah, délicieux!

Ted sourit, le regard vitreux.

— Mmm…

Grell se coucha sur lui et l'embrassa. Ted adorait le poids du roi sur lui, il noua ses jambes autour de la taille de son amant et poussa un soupir repu.

— Et si nous dînions au lit ? proposa-t-il.

Il haleta en sentant deux sexes érigés se frotter à sa hanche.

— Ça dépend du plat principal de ton dîner, répondit le roi.

En sentant Grell lui mordiller la mâchoire, Ted se remit à bander. Certain que cette anomalie anatomique devait être due à la magie Asrane, il empoigna les cheveux du roi et se cambra.

— Que… me… proposes-tu ? pantela-t-il.

— De la viande, très épaisse, très juteuse, feula le roi. Ça te va ?

— Ouiii !

Alors que Grell s'apprêtait à le pénétrer, une voix étrangère les interrompit soudain :

— Votre Altesse !

— Oh, putain de merde !

Furieux, Grell montra les dents et se tourna vers Mozzie.

— Encore toi ? rugit-il. Tu as intérêt à avoir une sacrée bonne excuse pour venir m'emmerder ! Un autre mort ?

Le garde Asran était tétanisé de peur.

— Euh, n-non, Votre Altesse, balbutia-t-il.

— Le château a explosé ?

— Non, Votre Altesse.

— Le peuple a-t-il décidé de se soulever et de me détrôner ?

— Non, Votre Altesse !

— Alors, *dégage*, bordel ! explosa Grell avec fureur.

Mozzie se recroquevilla, tout tremblant. Il chercha, cependant, à se justifier :

— C'est votre conseiller spectral, Votre Altesse, il insiste pour vous voir de toute urgence ! Il dit avoir une nouvelle d'importance !

Grell fronça les sourcils.

— Mon… *quoi* ?

Ted se frotta le visage en essayant de remettre son cerveau en place.

— Tu as un conseiller spectral ? s'étonna-t-il. C'est quoi au juste ?

— Je n'en ai foutrement aucune idée !

Grell toisa son garde d'un œil étréci.

— Mozzie ! Qui est mon prétendu conseiller ?

Très nerveux, le jeune garde se dandinait d'une patte sur l'autre.

— Euh… le professeur Emil Kunst, répondit-il. Il travaille à la bibliothèque, il a dit que vous l'aviez chargé de conclure l'enquête.

Ted éclata de rire.

— Ça, c'est la meilleure !

— Je vais finir par bouffer cet ectoplasme, marmonna Grell.

Mozzie recula rapidement.

— Votre conseiller affirme avoir fait une découverte importante, Votre Altesse, déclara-t-il. Il vous réclame. Je vous demande humblement pardon de vous avoir dérangé…

— Dégage, grogna Grell.

— Oui, Votre Altesse.

Mozzie disparut aussi vite qu'il le put.

Grell se laissa retomber sur Ted.

— Existe-t-il dans tout l'univers quelqu'un qui souffre autant que moi ?

Ted lui frotta le dos.

— Pauvre minou ! Être roi, c'est pas de la tarte, on dirait !

Grell lui jeta un regard accusateur.

— Je n'ai pas l'impression que tu compatis !

— Si, si, d'ailleurs, pour te le prouver, je voudrais que tu me baises !

Grell haussa un sourcil.

— Ah, bon ? Je craignais que tu ne sois plus d'humeur.

— Si, si, répéta Ted. Je reste sur ma faim. Quelqu'un m'a dit récemment qu'il ne fallait pas sauter le petit déjeuner.

— En parlant de sauter…

Avec un feulement, Grell se remit à l'embrasser.

Deux orgasmes plus tard, le couple se sentit prêt à quitter le lit et à affronter le monde. Avant cela, Grell téléporta Ted à la piscine pour se rafraîchir. En sortant de l'eau, d'un claquement de doigts, le roi les revêtit de vêtements propres.

Ted ajusta son nouveau jean sur ses fesses.

— Un de ces jours, nous aurons le temps d'aller jusqu'au bout, ta majesté. Je veux tes deux queues en moi !

— Avec plaisir, tu ne le regretteras pas, c'est une promesse.

— Bien, on fait quoi maintenant ? demanda Ted. On va voir ce qu'a trouvé ton nouveau conseiller spectral ?

— Oui, oui, déclara Grell, les sourcils froncés. C'est bien la dernière fois que je suis aussi patient envers un fantôme !

D'un claquement de doigts, le roi les téléporta dans la bibliothèque. À première vue, Ted faillit ne pas reconnaître la pièce : il y avait des livres, des papiers et des parchemins éparpillés partout, des piles posées en équilibre sur le sol et sur les sièges.

La fureur de Grell était palpable.

Ted avança le premier et cria :

— Kunst ? C'est quoi ce bordel ?

L'orbe flotta entre les étagères et arriva jusqu'à eux.

— Ne vous pressez pas surtout ! aboya le fantôme. Je vous attends depuis des heures !

— Comment avez-vous osé massacrer ma bibliothèque ? rugit Grell.

— Pendant que vous batifoliez, gronda Kunst, j'ai travaillé dur !

Ted secoua la tête.

— C'est ridicule, professeur. Le dossier est clos. Visseract s'est suicidé après avoir reconnu avoir tué Mire et Silas.

— Pitié ! protesta Kunst. N'insultez pas mon intelligence ! Vous ne croyez pas plus que moi à cette mascarade ! J'ai été voir la scène de crime.

— Hein ? Comment ?

Kunst afficha un petit sourire satisfait.

— En tant que conseiller royal nouvellement nommé, j'ai demandé aux gardes de me conduire dans la caverne avant que le corps soit enlevé.

Grell était impressionné, même s'il s'efforçait de le cacher.

— Votre obstination est sans limites, professeur. Je présume que vous n'avez pas jugé bon d'informer mes gardes que vous aviez vous-même procédé à votre nomination ?

— C'est un détail, déclara Kunst. Bien, puisque vous êtes enfin là, je tenais à vous parler des flacons cassés qui se trouvaient près du cadavre. J'ai réussi à identifier la substance qu'ils contenaient.

— Et alors ? grogna Grell.

— Il s'agit des larmes d'Azaethoth le Grand !

Il était si content de lui que son orbe scintilla plus fort.

— Oui, je sais, j'étais là-bas avant vous !

Kunst se rembrunit.

— Et savez-vous aussi à qui ces flacons étaient destinés ?

Ted se figea.

— Hein ?

— Il y avait *trois* flacons, insista Kunst, il y avait donc *trois* conspirateurs. La première était Thulogian Silas, qui a réclamé un flacon comme prix de son silence ; le second était Humble Visseract et nous savons déjà qu'il complotait avec Gronoch.

Voyant que Ted ne comprenait toujours pas, le professeur leva les yeux au ciel.

170

— À qui était destiné le troisième flacon ? demanda-t-il avec impatience.

Ted et Grell échangèrent un regard.

— Aucune idée.

— Il reste un conspirateur, insista Kunst, quelqu'un d'autre a aidé Visseract et Gronoch. Gronoch n'avait pas besoin de garder un flacon pour lui, puisqu'il a déjà accès à la source. En plus, quel intérêt avait-il à tout casser ?

— Mais alors, qui a brisé ces flacons ? demanda Ted. Pourquoi gaspiller une magie aussi puissante ?

Grell intervint :

— La magie des larmes est grande, certes, mais très loin du pouvoir de la Kindress. Elle seule peut ressusciter un mort.

— Silas voulait les larmes pour que la Kindress lui rende Mire, déclara Ted. Visseract voulait... je ne sais pas, peut-être un petit coffre caché au fond des mers avec une provision éternelle de nourriture pour poissons.

— Blablabla, coupa Grell. Nous avons toujours plus de questions que de réponses.

— C'est vrai, admit Kunst, mais n'allez-vous pas chercher ce troisième comploteur non identifié ?

— Non ! grogna Grell. Le procès de Ted commence à minuit. Dès qu'il sera innocenté, je déclarerai le dossier clos. J'ai déjà enterré mes morts. C'est fini.

— Mais Votre Altesse...

— Je suis le roi ! rugit Grell. Je n'aime pas me répéter.

Ted essaya de calmer la tension :

— Kunst, laissez tomber. Grell ne veut pas s'en prendre à Gronoch pour ne pas risquer de déclencher une guerre, d'accord ?

— Pensez-vous à Eon ? cria Kunst, exaspéré. Savez-vous ce qu'il se passera si Gronoch réussit ?

— Il va... faire de la magie... avec les os, bredouilla Ted.

— Il veut réveiller Salgumel ! aboya Kunst. Le dieu des rêves et du sommeil ! Celui qui est devenu fou, celui que ses adorateurs appellent depuis des siècles, celui qui les a rendus aussi fous que lui ! Gronoch suit les traces de son aîné, Tollmathan, je vous le garantis !

— Et je suppose que c'est... pas bon ? marmonna Ted d'un ton hésitant.

L'orbe de Kunst bascula pour lui cogner le front.

171

— C'est même très mauvais ! hurla le professeur.

Furieux, Grell le repoussa sans douceur.

— Arrêtez immédiatement ces brutalités ou je vous renvoie aux fosses ! Maintenant, écoutez-moi ! J'ignore ce que manigancent les dieux, c'est exact, mais mon fils gère la situation.

Kunst eut une moue méprisante.

— Le prince ?

Grell le toisa d'un œil noir.

— Oui, je sais, c'est un chieur, mais ses visions ne se trompent jamais. Il est notre seul atout. Quoi que mijote Gronoch, il a absolument besoin de… merde, j'ai oublié son nom !

— Jay, dit Ted.

Grell s'épousseta les mains et haussa les épaules.

— Exactement ! Donc, nous n'avons pas à nous faire du mouron tant que mon garçon est avec Jay.

— Jay ? demanda Kunst. Qui est-ce ?

— Un Muet que je fais surveiller pour éviter la fin du monde, expliqua Grell avec impatience. C'est une histoire très compliquée.

Ted prit pitié du professeur.

— C'est mon colocataire, déclara-t-il. Si j'ai bien compris, le salut d'Eon repose sur ses épaules.

L'orbe de Kunst s'écarta vers un vieux parchemin qu'il fit rouler jusqu'aux deux mâles.

— Un Muet ! Bien sûr ! Je comprends !

— Sans blague ? Vous avez bien de la chance ! Euh… vous avez compris quoi au juste ?

— Les paroles que j'ai surprises ! reprit Kunst, très agité. Ce ne sont pas des *âmes* de Muets que Gronoch recherche, il veut des vivants ! Voilà pourquoi le pont est si sombre ! Quelque chose empêche les Muets de mourir et de passer à Xenon ! Gronoch projette d'en faire des armes et pour ça, il a besoin des os Asrans !

Ted ne comprenait toujours pas.

— Mais pourquoi ? grogna-t-il, exaspéré. Vous croyez qu'il compte les… euh, les projeter hors de leurs corps ?

— C'est la question à un million de dollars, intervint Grell d'un ton sarcastique. Nous allons laisser Kunst y réfléchir et nous reviendrons quand il aura des infos vraiment utiles à nous raconter, d'accord ?

— Je ne baisserai pas les bras, Votre Altesse! déclara Kunst. J'ai déjà une théorie solide. Ne pourriez-vous rester et m'aider? Ou me laisser Ted?

Sans lui prêter attention, Grell prit la main de Ted et l'embrassa tendrement.

— Et si on sortait dîner? demanda-t-il.

Ted rougit.

— Un autre rendez-vous?

— Exactement. Nous sortons ensemble, pas vrai? D'après ce que j'ai vu à la télé, les couples qui sortent ensemble vont aussi dîner ensemble!

Kunst ne cacha pas sa contrariété :

— Non, mais je rêve! Ce n'est pas le moment! L'avenir d'Eon est en jeu et vous ne pensez qu'à... qu'à... batifoler?

— Oui, affirma le roi. Vous nous parlerez de votre théorie quand elle sera étayée. Bon, nous sommes pressés, alors au revoir.

Il repoussa l'orbe, l'envoyant faire des vrilles assez serrées. Kunst s'agita violemment, mais en silence.

Ted éclata de rire.

— Qu'est-ce que tu as fait?

Grell répondit avec un clin d'œil :

— J'ai coupé le son. Maintenant, dis-moi, amour. Où vais-je t'emmener? Y a-t-il un endroit où tu rêves d'aller depuis toujours? Le monde entier est à ta disposition!

Au début, Ted ne sut quoi répondre. Il n'avait qu'un seul endroit en tête, mais il s'inquiétait que ses goûts soient un peu ploucs.

Il finit, cependant, par avouer :

— Il y a un restaurant non loin d'Archersville, il s'appelle la Grange d'Angus. C'est vraiment sympa, ils ont des steaks aussi gros que ta tête.

Grell plissa le nez.

— Un steak house? Je t'offre le monde et tu veux aller dans un putain de steak house? Je parie que le plancher est couvert d'épluchures de cacahuètes!

Les oreilles écarlates, Ted croisa les bras, la mine butée.

— Hé, c'est un endroit qui m'a toujours fait rêver! Tu n'es qu'un snob, ta majesté, mais la plupart des gens se fichent du bling-bling et de la bouffe chichiteuse! Moi, c'est mon cas!

— D'accord, d'accord, céda Grell, si c'est ce que tu veux, allons-y.

Ted lui lança un regard noir.

— Tu es sérieux? Après tes commentaires débiles?

— J'ai juste été surpris de ton choix, c'est tout.

— T'es vraiment con, des fois, tu le sais ?

Grell lui passa un bras autour de la taille et le serra contre lui.

— Oui, mais je t'adore, amour, et je tiens à te rendre heureux, c'est ce qui compte le plus.

Ted se détendit et prit Grell par les épaules.

— Merci, souffla-t-il. Tu as raison, c'est ce qui compte pour moi.

L'orbe de Kunst rebondissait sur le sol à leurs pieds, essayant d'attirer leur attention. D'un coup de pied, Grell l'envoya valser à l'autre bout de la pièce.

— Viens, Ted, ne perdons pas de temps.

Ted surveillait l'orbe d'un œil inquiet.

— Tu crois qu'il n'a rien ?

— Que veux-tu qu'il lui arrive ? ricana Grell. Il est déjà mort. Tu es prêt ?

Ted fit un effort pour cesser de ricaner.

— Oui !

Grell l'embrassa avec un petit rire gourmand. Puis il claqua les doigts.

Et Ted se retrouva attablé avec Grell à la Grange Angus. Deux bougies éclairaient la nappe, les murs en briques pâles étaient tapissés de centaines de bouteilles, l'ambiance était feutrée et un feu énorme rugissait dans la cheminée non loin d'eux.

Ted regarda autour de lui avec admiration.

— Putain ! Nous sommes dans la cave à vin ! C'est une salle à manger privée réservée aux célébrités ! La liste d'attente est interminable !

Grell fit signe à un serveur et réclama deux verres de vin.

— Rien à foutre ! Rien n'est trop beau pour mon *beau*.

Ted sourit d'une oreille à l'autre.

— Merci. Je suis sûr que c'est illégal d'abuser de la magie comme ça…

— Pfut !

— … mais je trouve foutrement romantique que tu l'aies fait pour moi.

Son verre levé, Ted porta un toast.

— Au roi Thiazi Grell desu Etcetera !

Grell sourit et fit légèrement cliqueter son verre contre celui de Ted.

— Merci, Tedward, de rendre ce vieux roi très, très heureux.

Ted goûta son vin. Il sentit ses joues s'échauffer, et ce n'était pas dû à l'alcool.

— Mon fils est tout près, déclara Grell, taquin. Je devrais sans doute lui rendre une petite visite. Après tout, il m'a rendu un immense service. Je lui suis très reconnaissant.

Ted éclata de rire.

— Moi aussi ! La prochaine fois que je le vois, je lui offre de l'herbe à chat !

Il joua avec le pied de son verre et baissa les yeux avant d'ajouter :

— C'est la première fois que je sors avec un homme qui a un enfant.

Grell afficha un air arrogant.

— C'est la première fois que tu sors avec un superbe Asra !

— Superbe et si modeste, railla Ted.

Grell battit des cils.

— C'est la première fois que tu sors avec un mâle doté de deux queues, chacune d'elles capable de faire vibrer ton joli petit corps mortel.

Ted vida son verre.

— C'est la première fois que je sors avec un roi. Ça fait beaucoup de premières !

Grell paraissait pensif.

— Moi, c'est pareil. C'est la première fois que je sors avec un visionnaire des étoiles. C'est la première fois que je sors avec un ressuscité. C'est la première fois que je sors avec un humain qui me fait l'effet que tu me fais.

Ted était muet d'émotion, mais son cœur battait si fébrilement qu'il entendait presque ce deuxième pouls si mystérieux.

Le roi le regarda droit dans les yeux en ajoutant :

— Tu es drôle, Ted d'Eon, tu es gentil, tu es l'un des êtres les plus compatissants que j'aie jamais rencontrés. Depuis que je suis avec toi, je me sens à nouveau entier.

Toujours incapable de parler, Ted attrapa la main de Grell et sourit comme un imbécile heureux. Il avait bu ces merveilleuses louanges !

Sous le regard enflammé de Grell, il se sentait…

Aimé.

Il attendait autre chose.

Grell s'exclama soudain :

— Oh, j'oubliais ! Tu as le cul le plus bandant de Xenon et Eon réunis. Tu préfères ? s'enquit-il avec un clin d'œil lubrique.

— Je commençais à craindre que tu sois ramolli, railla Ted.

175

— En ta compagnie ? Sûrement pas, Tedward, affirma Grell. Rien que ta présence me fait bander.

Naturellement, ce fut le moment que choisit leur serveur pour venir prendre la commande. Il affichait un sourire poli, mais il avait tout entendu, c'était évident, car il retenait un fou rire.

— Messieurs, vous avez eu le temps de choisir ?

Grell sourit et regarda Ted par-dessus son menu.

— Commence, amour, déclara-t-il.

Ted s'éclaircit la gorge et jeta un coup d'œil hésitant aux entrées. Il secoua la tête et affronta le serveur.

— Je veux votre plus gros steak !

Grell soupira d'aise.

— Ah, quel homme !

Ted obtint une côte de bœuf *T-bone* dite « Tomahawk » d'un kilo deux cent, qu'il s'obstina à dévorer jusqu'à la dernière bouchée.

Grell but tout le vin.

Après avoir refusé le dessert, Ted fut ramené à Xenon et étendu sur le lit royal. Grell l'abandonna pour une tâche urgente, et Ted resta à dorloter son estomac trop plein et à débattre des conséquences de la gloutonnerie et de l'orgueil mal placé.

Après une courte absence, Grell revint, il échangea son costume contre un pyjama licorne et se glissa dans le lit à côté de Ted.

Il tapota le ventre de Ted.

— Pauvre petit chéri ! Tu as bobo au petit ventrou ?

— Je ne regrette rien, déclara Ted, buté.

Grell ricana et lui déposa un baiser sur les lèvres. Il débarrassa Ted de ses vêtements et lui offrit un pyjama licorne assorti au sien.

Ted fut soulagé de ne plus sentir la ceinture de son jean comprimer son estomac dilaté. Il devina alors que Grell avait l'esprit ailleurs.

— Un problème ?

Grell se mit à lui masser le ventre. C'était agréable.

— J'ai enfin réussi à convoquer le tribunal pour ton procès, répondit-il. Ils y traîneront leurs tentacules, sabots ou griffes demain matin. Les Vulgorians organisent ce soir les funérailles d'Humble Visseract.

— Demain ? D'accord.

Ted était soulagé de cet ultime répit. S'il devait être jugé, il préférait affronter le tribunal en pleine possession de ses moyens.

Il se détendit et se pelotonna contre la poitrine de Grell.

— Tu as trouvé un autre procureur, alors. Qui est-ce ?

— Cet idiot de Ghulk !

— Oh, d'accord. Et tu penses toujours que je serai innocenté ?

— Bien sûr. Sinon, je bouffe ce foutu trouillard d'Eldress.

— Tu es chou ! roucoula Ted.

— Oui, oui, confirma Grell avec un sourire. Mais cessons d'être aussi sirupeux, sinon, tu vas finir par avoir des caries.

— Ce n'est pas dans mes dents que tu as fait un trou, marmonna Ted, à moitié endormi.

Sensible au raidissement de Grell, il leva les yeux et affronta un regard perplexe, un regard doré qui réclamait des explications.

— Tu as fait un trou dans mon cœur, souffla Ted. Et tu occupes toutes mes pensées ! Ah, merde, je ne sais pas m'exprimer ! Je ferais mieux de me taire !

Grell souriait.

— Tu es tellement romantique, Tedward !

— Ne dis pas de bêtises ! Il est hyper tard, dors ! Moi, j'ai sommeil.

— Vraiment ? persifla le roi. Dommage, j'avais d'autres projets.

— Non, non. Je crois avoir fait le plein de bidoche pour ce soir.

Grell éclata de rire.

— Pauvre bébé !

Ted se blottit davantage contre son amant.

— Merci pour ce dîner, cette soirée, marmonna-t-il. C'était génial. Nous étudierons tes *autres projets* demain après mon procès, d'accord ?

— Bien sûr.

— Je n'ai pas oublié une certaine expérience que je tiens beaucoup à tenter… Même si je fais un nouvel abus de bidoche, cette fois, au moins, ce ne sera pas au bide que j'aurai mal, mais au cul.

Grell éclata d'un rire heureux.

— Amour ! Je t'adore ! J'attendrai demain avec impatience !

Ted gloussa un peu nerveusement. Grell l'embrassa sur le front.

— Tout ira bien, ne t'inquiète pas. Dors, Tedward d'Eon. Prends des forces, tu vas en avoir besoin.

— Fais de beaux rêves, ta majesté.

XIV

Ted se réveilla dans les bras de Grell, bien chaud et très heureux. Avec un soupir de contentement, il étira ses jambes et enfouit son visage dans la poitrine solide. Cela faisait des années qu'il n'avait pas si bien dormi, aucun fantôme pour le harceler, aucune sonnerie de téléphone. Du coup, il se sentait prêt à affronter ce que la journée lui apporterait.

Il avait ce qui comptait : le bonheur, la paix et un beau roi.

Grell l'avait senti bouger.

— Bonjour, amour. Mmm… tu es à croquer !

Ted en doutait beaucoup, car il avait les cheveux en pétard. Néanmoins, il sourit.

— Bonjour. Quel est le programme ce matin ? Petit déjeuner, procès et baise torride avant le déjeuner ?

— Exactement ce à quoi je pensais, déclara Grell, avec un sourire béat. Les grands esprits se rencontrent !

Ils paressèrent quelques minutes de plus, puis Grell claqua des doigts pour faire apparaître un petit déjeuner copieux. Ils mangèrent au lit, savourant entre deux bouchées la quiétude matinale. Bien que Ted s'apprête à passer au tribunal, il n'était pas inquiet.

Pour le meilleur ou pour le pire, il serait bientôt innocenté. Une fois cette sale affaire derrière lui, il serait libre de profiter de sa relation naissante avec Grell.

Graham était à proximité, même s'il ne disait mot. À un moment, Ted sentit une petite main sur son épaule, un geste de réconfort, semblait-il. Sans doute l'enfant cherchait-il à lui souhaiter bonne chance pour l'épreuve à venir.

Une fois le petit déjeuner terminé, Grell les habilla, puis il prit les mains de Ted et les couvrit de baisers.

— Prêt, amour ?

Ted esquissa un sourire forcé.

— À peu près, répondit-il. De toute façon, autant y aller, plus tôt nous aurons fini, plus tôt je pourrai oublier cette merde !

— D'accord, déclara Grell,

Il prit Ted par la main et claqua des doigts pour les téléporter au tribunal.

La salle d'audience était pleine de monstres de toutes formes et de toutes tailles. En les voyant aussi nombreux, Ted devint nerveux.

Kunst planait à proximité, les attendant. Dès qu'il les vit entrer, il fonça vers eux et tourbillonna sur lui-même.

— Que va-t-il encore me demander ? grommela Grell. Oh, oui, je vois, il veut parler !

Il leva la main.

Kunst était de toute évidence très agacé.

— Vous êtes trop aimable, Votre Altesse, déclara-t-il, avec sarcasme. Vous avez passé une agréable soirée, je présume ?

— Oui, excellente, répondit Grell d'un ton mielleux. Et vous ? Avez-vous pensé à jouer au bowling et à profiter du silence ?

— Je n'ai pas *joué*, Altesse, j'ai *travaillé* ! J'ai même été étonnamment productif.

— Parfait.

Bien que Kunst vibre d'impatience, le roi n'ajouta rien, ne lui posa aucune question. Déçu, le professeur enchaîna d'un ton grincheux :

— J'aurais avancé plus vite avec un peu d'assistance, mais je suis néanmoins satisfait de mes progrès. Voulez-vous que je vous fasse part de ma théorie sur les os ?

— Non, répondit Grell sans ambages.

Ted chercha à temporiser :

— Plus tard, professeur. Pour le moment, concentrons-nous sur le procès, d'accord ?

— Si vous y tenez.

Apparemment, même un spectre vaporisé dans un orbe flottant pouvait exprimer son mécontentement, parce que Ted entendit une moue dans la voix de feu le professeur Kunst.

Grell se transforma en Asra et prit place sur son trône imposant, puis il claqua bruyamment des dents pour réclamer le silence.

D'un geste, il ordonna à Ted de prendre place à son côté, debout.

Ensuite, il s'adressa à la foule :

— Nous sommes réunis ici aujourd'hui pour statuer sur la mort de Sergan Mire et de Thulogian Silas. Le prisonnier s'est déclaré innocent, je serai son défenseur, et Vizier Ghulk, notre nouveau procureur, représentera l'accusation.

Ghulk traversa la salle au trot et vint s'agenouiller devant Grell.

— Je suis prêt, Votre Altesse ! s'exclama-t-il.

— Très bien, répondit sèchement Grell. Commençons.

Ghulk fit face aux monstres et se mit à pérorer :

— Je vais démontrer au tribunal que Ted d'Eon a assassiné nos bien-aimés Asrans et Humble Visseract ! En tant que mortel, il déteste les éternels de Xenon, il est avide de pouvoir, il cherche à s'emparer du trône !

— Quoi ? explosa Ted, outré de ces accusations absurdes.

Grell haussa les épaules.

— Laisse-le parler. Ne t'inquiète pas. C'est du vent.

Ghulk continua sur sa lancée :

— Regardez-le ! Ce n'est qu'un minable mortel doté d'un minimum de magie ! Il a cherché le moyen de devenir plus puissant. Il a dû assassiner deux Asras pour avoir accès au trône !

Ted se frotta le visage à deux mains.

— Putain !

— Voyez-vous le machiavélisme de son plan ? hurla Ghulk. Cet humain a profité des spécificités de la loi Asrane pour se fiancer au roi !

Ted se redressa, sidéré.

— *Quoi ?*

Il regarda autour de lui. Grell paraissait furieux et la foule murmurait d'excitation.

De plus en plus hystérique, le procureur enchaîna :

— Ted d'Eon s'est proposé pour aider le roi à emporter les corps des deux Asras défunts dans les fosses ! La première phase de son plan infâme a fonctionné : il est fiancé au roi !

Ted se retourna pour toiser Grell.

— Dis-moi que c'est une blague !

— Hum.

— Nous ne sommes pas fiancés, bordel !

Grell paraissait plutôt gêné.

— Techniquement, si, mais je n'ai pas cru sage de t'en faire part trop vite. Cela m'a semblé... prématuré.

— Tu es con ou quoi ?

L'estomac noué, Ted se demanda s'il n'allait pas commettre un régicide. Il se sentait prêt à étrangler Grell.

L'orbe de Kunst se rapprocha.

— Seuls les membres de la famille royale sont habilités à s'occuper des morts Asrans, déclara-t-il, d'un ton pédant. En vous impliquant dans les funérailles, vous vous êtes fiancé au roi. C'est une ancienne tradition Asrane pour...

— Fermez-la ! aboya Ted.

Ghulk continuait à haranguer la foule :

— Je suis sûr que ce misérable assassin complote maintenant pour se débarrasser de notre roi bien-aimé. Il attendra le mariage, bien entendu, avant de commettre l'irréparable ! Il réclamera ensuite le trône et deviendra le premier mortel à diriger Xenon !

Enragé, Ted s'en prit au roi :

— Et la défense compte intervenir quand, bordel ?

— Oh, oui, tu as raison.

Grell se pencha en avant et déclara sévèrement à la cour :

— Ce n'est pas vrai !

Voyant qu'il n'ajoutait rien, Ted s'énerva :

— Tu es franchement nul à chier comme avocat !

— Un peu de patience, marmonna Grell. Je ne m'attendais pas à de nouvelles accusations, merde ! Laisse-moi le temps de revoir ma stratégie.

Sans lui accorder un regard, Ted avança sur Ghulk et laissa sa colère exploser :

— Vous mentez ! Je n'ai tué personne ! Vous savez très bien que Mire était déjà mort avant mon arrivée ! Putain ! J'ai juste atterri dans son sang !

— Un sang que tu as versé, humain ! accusa Ghulk. Tu es un traître !

Ted serra les poings.

— Vous êtes dingue ou quoi ? Allez, réfléchissez ! Vous étiez tous là, vous m'avez vu tomber du portail ! Je n'ai tué personne !

Ghulk ricana.

— Vous niez aussi être l'amant du roi, je présume ?

Ted carra les épaules.

— Hein ? Euh... c'est... eh bien... ça ne vous regarde pas, merde !

Ghulk hennit et fit claquer ses sabots sur le sol.

— Vous voyez ! Il commence à avouer !

Ted se retourna vers Grell.

— Dis-moi, ta majesté, ces fiançailles, elles sont légitimes ?

— Si on veut, répondit Grell, d'un ton prudent. C'est une très vieille coutume, je ne comptais pas te forcer...

181

— Sinistre connard ! aboya Ted. Pourquoi ne pas m'avoir prévenu ? Je ne t'aurais certainement pas aidé si j'avais su ce qui m'attendait !

Grell se renfrogna.

— Te prévenir, te prévenir, tu es gentil ! Je n'avais pas vraiment la tête aux finasseries administratives, merde !

Ted refusa cette excuse.

— Mon cul ! C'est ton monde, pas le mien. Tu aurais pu éviter de me laisser m'embourber dans ta merde !

— En clair, tu n'as pas envie de m'épouser ?

Ted montra les dents.

— Va te faire foutre ! Je déteste qu'on me prenne pour un con ! Je ne suis pas ta reine, je ne le serai jamais !

Grell s'était figé.

— En y réfléchissant, je te préfère quand tu la boucles.

Kunst intervint :

— Votre Altesse !

Ted leva les mains.

— Aller vous faire foutre tous les deux ! gronda-t-il.

— J'essayais de vous aider ! protesta Kunst.

— Je ne veux pas de votre aide ! hurla Ted, hors de lui.

Ghulk tapa du sabot.

— Je demande justice pour ma bien-aimée Silas ! Je ne pourrai jamais plus la visiter et entendre sa douce voix !

Il pointa le doigt vers Ted et haussa le ton :

— Tedward d'Eon a tué Thulogian Silas, comme il a tué Sergan Mire, comme il a forcé Humble Visseract à se suicider ! Il doit être puni !

Ted s'était figé.

— Sa douce voix… souffla-t-il. Oh ! Vous alliez souvent voir Silas, pas vrai, Ghulk ?

Le procureur le toisa avec mépris.

— Oui, souvent, je l'adorais !

Les yeux écarquillés, Ted posa la main sur l'épaule de Grell.

— Putain ! haleta-t-il. C'est lui !

Grell lui jeta un regard surpris.

— Lui qui ?

— Ghulk ! insista Ted avec urgence. C'est lui qui a tué Thulogian Silas ! Rappelle-toi, il appelait toujours avant d'entrer chez elle, c'est même pour ça que tu lui as demandé de nous accompagner, pour qu'elle ne nous

182

attaque pas. Mais Ghulk n'a pas appelé Silas la dernière fois, il s'est jeté dans son tunnel, il savait qu'elle était déjà morte. C'est lui qui l'a tuée !

— Tais-toi ! cria Ghulk, très agité. C'est toi le meurtrier ! Pas moi !

— Je ne crois pas, non, insista Ted. Moi, je parle aux morts, pas vous. Pourquoi ne pas avoir appelé Silas, Ghulk ?

— Ferme-la ! hurla Ghulk, écumant de haine. Ferme ta sale gueule, humain !

Grell se tourna vers l'Eldress, sa queue fouettant impatiemment l'air.

— Silence, rugit-il.

Il agita la main vers Ted et ajouta d'un ton plus calme :

— Continue, amour.

Ted avait l'impression que son cerveau bourdonnait de tension alors que toutes les pièces du puzzle se raccordaient.

— Vous êtes le troisième comploteur, Ghulk, Gronoch vous avait aussi promis un flacon des larmes d'Azaethoth. Vous vous êtes entendu avec lui après avoir tué Mire et vous avez sincèrement cru que Silas allait vous tomber dans les bras… ou dans les pattes, mais elle n'a pas voulu de vous, pauvre taré, elle aimait toujours Mire. Elle comptait même utiliser les larmes pour le ressusciter. Elle vous a rejeté une fois de trop, et vous ne l'avez pas supporté, pas après tout ce que vous aviez fait pour elle, alors vous l'avez tuée. Et vous avez aussi tué Visseract.

— Non ! hoqueta Ghulk. Ce sont des mensonges ! D'horribles mensonges ! Pourquoi aurais-je tué Humble Visseract ? Je n'avais rien contre lui.

— Vous, peut-être, mais Gronoch n'a pas dû apprécier que Visseract ait envoyé des sbires nous attaquer, Grell et moi. C'est vous qu'il a chargé de faire le ménage, alors vous avez zigouillé Visseract dans la foulée. Et vous avez magouillé la scène de crime pour faire croire à un suicide. Et vous n'avez pas hésité à briser les flacons, vu que Gronoch avait promis de vous en donner d'autres. En fait, il tenait avant tout à ce que le dossier soit clos.

Sur un geste du roi, les gardes Asrans cernèrent Ghulk, qui tremblait de la tête aux sabots. De ses yeux globuleux coulait un liquide laiteux.

Pourtant, il cherchait autour de lui une issue par laquelle s'enfuir.

Il s'adressa au roi :

— Si vous tenez à retrouver vos précieux os, Votre Altesse, laissez-moi partir ! plaida-t-il avec frénésie.

Grell fit un bond.

— Quoi ? croassa-t-il.

— Je vous échange ma liberté contre les os ! hurla Ghulk.

— *Je sais… Je sais où ils sont.*

Au son de cette voix flûtée, Ted baissa les yeux. Une petite main se glissa dans la sienne.

Ted la serra avant de s'adresser à Ghulk :

— Va te faire foutre, zombicorn ! Tu es un assassin, les assassins sont enfermés à vie au donjon, c'est la loi. Et je tiens à ce qu'elle soit appliquée à la lettre.

Grell s'agita nerveusement.

— Tedward…

— Ta majesté, fais-moi confiance, insista Ted. Nous n'avons pas besoin de Ghulk.

Les yeux dorés s'écarquillèrent, incertains.

Très vite, le roi hocha la tête.

— Oui, ma reine, murmura-t-il. Je te fais confiance, je remets ma vie, mon honneur et mon royaume entre tes mains.

Ma reine ? Ted frissonna des pieds à la tête, mais il décida de réfléchir plus tard au problème. Pour le moment, il devait en finir avec Ghulk.

— Tu as perdu, canasson, annonça-t-il avec calme.

Grell se leva du trône et déclara triomphalement :

— Moi, roi des Asras, propose de condamner Vizier Ghulk, le criminel, et de libérer le prisonnier humain ! Que décide le tribunal ?

La foule hurla :

— Oui ! Vive le roi !

Les gardes Asrans se jetèrent sur Ghulk à une vitesse surnaturelle et l'entraînèrent vers son destin.

Ted vacilla de soulagement. Tout était enfin fini. Il était à nouveau libre, libre de faire ce qu'il voulait.

Il vit le sourire de Grell et sut alors ce qu'il allait choisir.

Avant de quitter la salle, Ghulk hurla encore une fois :

— Non ! Non ! Non, vous ne vous en tirerez pas comme ça ! Gronoch viendra me chercher ! Vous verrez ! Une fois que les dieux auront réveillé Salgumel et pris Eon, je leur demanderai de venir s'occuper de vous, roi Grell !

Grell agita la queue avec un petit rire.

— Mais oui, mais oui. Qu'ils essaient si ça leur chante ! Quant à toi, mon fidèle procureur, je t'enverrai des cartes Uno pour passer le temps en attendant tes sauveurs. C'est long, tu sais, de pourrir dans un donjon pour l'éternité.

Ghulk fut enfin expulsé du tribunal sous les quolibets et les rires. Quant aux applaudissements, ils mêlaient tentacules et griffes.

Grell se tourna vers Ted :

— Je t'ai fait confiance, Ted d'Eon. Peux-tu réellement retrouver les restes terrestres de mes bien-aimés les plus précieux ?

Ted serra la main de Graham, toujours nichée dans la sienne.

— Oui.

— La séance est levée, cria Grell. Sortez tous !

— Euh… Votre Altesse ? intervint Kunst, un peu hésitant. Je vous félicite d'avoir innocenté Ted et résolu l'affaire, mais il reste le problème de vos fiançailles à régler, vous ne croyez pas ?

Les courtisans se pressèrent aussitôt autour du trône, tous les yeux avidement fixés sur le roi et son « fiancé ».

Ted piqua un fard.

— Franchement, professeur, vous devenez chiant !

— La loi est la loi, s'obstina Kunst. Techniquement, vous avez déjà accepté la main du roi en l'aidant à descendre deux Asras au tombeau, mais il reste une formalité : donner une réponse formelle au tribunal…

— Idiot ! aboya Grell. Il a jusqu'à la prochaine pleine lune pour le faire ! Mêlez-vous donc de vos oignons !

Il montra les dents aux membres de la cour et ajouta :

— Quant à vous, les commères, dehors, j'ai dit ! Nous avons des affaires très importantes à régler !

Les éternels ne se le firent pas répéter, ils disparurent un par un par des portails ou des portes magiques. En quelques minutes, il ne resta dans la salle du tribunal que Grell, Ted et Kunst.

Et Graham, bien sûr.

L'enfant tira Ted en avant.

— *Viens, c'est par là !*

Surpris par la vivacité du geste, Ted commença par trébucher, puis il retrouva son équilibre et se laissa guider. Graham contourna le trône et désigna l'arrière de la plate-forme surélevée sur laquelle il était posé.

— *C'est là !* indiqua-t-il. *Il faut soulever la dalle.*

Il pointait le carrelage.

Ted s'agenouilla et tâta le rebord. Très vite, il trouva le levier qui actionnait la trappe. Il la souleva.

La cache souterraine était remplie d'os.

— Merde ! haleta Grell.

Il reprit sa forme humaine et tomba à genoux à côté de Ted. Les deux mâles se relayèrent pour descendre dans la cache et récupérer les os un par un.

— Ils sont restés ici ? s'étonna le roi.

— Ce n'est pas si idiot, répondit Ted. Graham, tu es génial ! Comment as-tu trouvé cet endroit ?

L'enfant lui sourit.

— *Par hasard,* admit-il. *Je m'ennuyais, alors j'ai regardé à droite à gauche. J'ai trouvé le levier quand l'homme-cheval s'est mis à hurler.*

— Merci, Graham, dit Ted, avec sincérité.

— Oui, merci, petit, ajouta Grell.

La mine sombre, il souleva un gros crâne et le caressa avec révérence.

— C'est Vael ? s'enquit Ted.

— Non, il s'agit de mon père, répondit le roi.

Il jeta un coup d'œil à la pile d'os accumulés à ses côtés et ajouta :

— Ces os correspondent à deux squelettes, deux et demi au grand maximum. Aucun d'eux n'appartient à Vael.

Ted lui serra l'épaule.

— Je suis désolé. Nous continuerons à chercher, d'accord ? Il y a peut-être d'autres caches.

Grell plaça doucement le crâne avec les autres os.

— Peut-être, admit-il. Je vais devoir trier ces os et les renvoyer dans les fosses.

Ted hésita.

— Puis-je te proposer mon aide ? Ou vais-je encore tomber sous le coup d'une loi Asrane dont j'ignore tout ?

Grell soupira.

— Excuse-moi, amour, j'aurais dû te parler de ces foutues fiançailles, mais c'est une tradition désuète et, comme je te disais, j'avais d'autres préoccupations en tête. De plus, je savais très bien comment tu réagirais à une demande en mariage « officielle » ! Je n'ai pas oublié ce qui s'est passé la première fois !

— Je suis mort, dit Ted.

— Tu as aussi ressuscité. Et tu t'es retrouvé libre comme l'air.

— Oui.

Kunst ne put s'empêcher de mettre son grain de sel :

186

— Des fiançailles n'impliquent pas forcément un mariage rapide, vous savez. Mais dans les archives, il n'y a jamais eu de fiançailles Asranes rompues...

Grell avança vers l'orbe.

— Je vais couper le son, menaça-t-il.

Kunst s'éloigna prestement.

— Votre Altesse ! cria-t-il, une fois à bonne distance. C'est vous qui insistez pour maintenir les traditions Asranes ! De plus, vous me paraissez très bien vous entendre tous les deux, pourquoi ne pas accepter les fiançailles et reporter le mariage à un siècle ou deux ?

Ted se redressa d'un bond, les joues en feu.

— Les humains ne sont pas éternels ! s'énerva-t-il.

— Il suffit ! grogna Grell.

Il claqua les deux mains. Kunst et les os disparurent, et Grell se retrouva avec un verre à la main. Il en but une grande gorgée.

Ted fixait sa main vide.

— Et moi ? râla-t-il.

Sans cesser de boire, Grell claqua des doigts une fois de plus pour le servir.

Ted leva son verre et porta un toast.

— À la liberté !

Il sirota une longue gorgée, puis regarda Grell d'un air pensif.

— Alors, qu'as-tu d'autre à me dire concernant le mariage Asran ?

Grell fit la grimace.

— J'avais prévu d'aborder le sujet... euh, dans quelques mois, quand tu serais dingue de moi.

— Donc, ton coup fourré était prémédité, hein, mon salaud ?

Grell alla se rasseoir sur son trône.

— C'était vaseux comme plan, reconnut-il. Mais je n'avais pas imaginé que Ghulk te raconterait tout au beau milieu de ton procès !

Sonné, Ted vida son verre, soulagé de le voir aussitôt se remplir.

Puis il se rapprocha du roi.

— Tu m'as appelé « ma reine » devant toute ta cour, déclara-t-il, un peu gêné. Pourquoi ?

— Tu m'as demandé de te faire confiance, répondit Grell. C'est le cas. Je ne t'ai pas seulement donné mon cœur, je t'ai confié quelque chose de bien plus précieux à mes yeux : le bien-être de mes morts et leur repos que je suis censé protéger. En une seconde, j'ai dû prendre une décision qui

187

affecte non seulement mon avenir et le tien, mais également celui de mon peuple, de toute ma race. J'aime ton cul, j'aime te baiser, Ted d'Eon, mais ce n'est pas ce qui a motivé ma réponse.

— Oh.

— Disons, pas seulement, corrigea Grell avec un sourire. Je t'ai écouté, Tedward, je sais que tu prends soin des morts malgré la plaie qu'ils ont creusée dans ton âme. J'ai senti ta compassion quand nous avons enseveli Silas et Mire, quand j'ai déposé une boîte à musique dans la crypte vide où mon bien-aimé Vael devrait se trouver. Tu as proposé de m'aider, oui, mais aussi d'aider les morts. Et cette empathie, ce feu intérieur te rend digne d'être ma reine.

Plusieurs fois, Ted ouvrit la bouche et la referma sans avoir proféré un son. Il avança jusqu'à Grell et lui prit la main.

— C'est… euh… une très bonne raison.

— Je ne te demande pas encore de m'épouser, chuchota Grell, juste… d'y penser, de ne pas te bloquer, d'accord ? Donne-nous une chance et voyons ensemble où cela nous mènera. Pour moi, je sais déjà que tu ferais une reine fantastique.

Le regard doré exprimait une telle sincérité que Ted en perdit le souffle. Il haleta, les yeux noyés, les doigts crispés sur son verre.

— *Ah, non !* se plaignit Graham. *Ça recommence l'amour !*

— Effectivement, répondit Ted, tu devrais nous laisser, petit.

— *Moi, j'aime pas les bisous sur la bouche ! C'est dégueu !*

Grell fronça les sourcils.

— Il est encore là ?

Ted cacha son sourire le temps que la présence de Graham s'estompe.

— Non, plus maintenant. Attendons un peu pour en être certain.

— Oh, bien sûr.

Heureux de ce répit, Ted sirota son verre. Ensuite, il le jeta derrière le trône et s'assit sur les genoux de Grell.

— D'accord, déclara-t-il. Ce n'est pas un oui à cent pour cent…

Grell claqua des doigts, ce qui fit disparaître aussi bien les tessons que son propre verre. Une fois les mains libres, il caressa avidement les cuisses de Ted.

— C'est quand même un peu un oui, souffla-t-il.

— Hé, je tiens beaucoup à toi, reconnut Ted, je veux rester avec toi, sortir avec toi, flirter avec toi, coucher avec toi, fêter mon innocence avec toi.

— Et comment te proposes-tu de le faire ? susurra le roi.

— Je veux tes deux queues dans mon cul sur ce trône, déclara Ted avec calme.

Le roi tressaillit et empoigna Ted par les hanches.

— Excellente idée ! s'exclama-t-il.

— Mais je ne compte pas t'épouser, poursuivit Ted. Je refuse le rôle de la greluche idiote qui se jette à la tête du prince le lendemain de leur rencontre !

— Je ne suis pas prince, mais roi, signala Grell. Cela fait-il une différence ?

Ted se pencha pour un baiser. Il roula également des hanches et sourit en sentant l'excitation de Grell.

— Non. Pour le moment, ne parlons pas mariage. Je n'ai rien contre, mais si je me laisse mettre la bague au doigt, ce sera dans un avenir très lointain.

Grell sourit.

— Tant que tu ne dis pas formellement non, ça me va. J'ai tout l'avenir devant moi !

Il bougea les doigts et fit disparaître les vêtements de Ted et les siens.

Ted continua à rouler du cul.

— C'est vrai. Donc, nous sommes fiancés et on n'en parle plus ?

Grell ricana.

— *Fiancés-et-on-n'en-parle-plus* ? C'est un peu long à prononcer. Et tu imagines le faire-part ? Vous êtes invités à nos *fiançailles-et-on-n'en-parle-plus* !

— Tais-toi, idiot !

— Je suis persuadé que je parviendrai à te conquérir si je me donne à fond et que je reste positif.

Ted grogna.

— Tais-toi et embrasse-moi !

— Oui, ma reine.

Grell serra Ted contre lui et dévora sa bouche. Ted ne protesta même pas contre sa nouvelle appellation, il céda au baiser, oubliant tout contre les lèvres de Grell. C'était devenu pour lui extrêmement naturel de sentir ce corps contre le sien, ces mains partout sur lui.

Le trône, en revanche, était un inédit, et Ted était très impatient de l'inaugurer sexuellement. Il frissonna de plus belle à cette perspective enivrante.

189

Il sentait les queues de Grell se presser contre son cul. Puis le roi agita la main et, comme par magie, Ted fut lubrifié là où il en avait besoin. Le premier sexe s'introduisit sans difficulté. Ted l'accepta avec empressement et poussa un cri passionné. Le membre était délicieusement épais, et Ted ne put résister à la tentation de rebondir une fois ou deux sur les genoux de Grell pour mieux en profiter.

S'il continuait, il allait jouir, il le savait, mais il en voulait davantage. Il était déterminé à prendre tout de Grell.

Sauf qu'il était déjà… bien occupé. Faire entrer un second membre allait demander un peu de travail.

Dès que Grell tenta l'expérience, la douleur poussa Ted à se raidir et à grogner. Il tenta de se détendre, en vain, son corps résistait encore à l'intrusion. Grell glissa un doigt en lui, essayant de l'ouvrir davantage, mais même avec sa magie, la brûlure s'avéra intolérable.

— Tu n'as pas d'autre lubrifiant ? protesta Ted.

— Ton cul coule autant que les chutes du Niagara ! riposta Grell. Tu es trop serré, putain, et je ne veux pas te faire de mal !

— Rien à battre ! s'obstina Ted.

Il glissa la main entre leurs deux corps, saisit la deuxième queue de Grell et l'orienta vers l'entrée de son corps. Quand le gland força son anus, Ted vit un éclat blanc, la pression lui coupa le souffle, mais il ne pensa pas à abandonner. Il serra les dents et visionna mentalement son corps s'ouvrir et accepter Grell.

Peu à peu, il parvint à introduire le membre en lui. Il avait toujours mal. Il haleta, le front moite, et continua à s'empaler. Sa peau crépitait, l'excitation remontait comme du feu liquide le long de sa colonne vertébrale.

Il poussa un gémissement triomphant quand son corps accepta le gland, le plus gros était fait – au sens littéral. Ted avait encore du mal à y croire.

Grell lui malaxa les cuisses.

— Ted, haleta-t-il. Oh… Merde !

— Oui, c'est dément, je sais, haleta Ted.

Il ne put continuer, car un cri lui échappa. La force de la gravité étant ce qu'elle était, il glissait petit à petit, acceptant l'intrusion centimètre par centimètre. Sa queue pleurait déjà des larmes de plaisir. L'adrénaline qui inondait ses veines rendait l'expérience encore plus palpitante et sauvage.

Plus confiant, Ted tenta de remuer les hanches, puis il s'enhardit et bientôt, il était empalé jusqu'à la garde, les deux grosses queues enfouies en lui. Le cœur dans la gorge, Ted n'osait plus bouger. Franchement, il était si plein qu'il doutait d'y parvenir. Il tremblait et même ces petits mouvements envoyaient une cascade de sensations à toutes ses terminaisons nerveuses. C'était bouleversant, énorme, écrasant.

Sans trop bouger la partie inférieure de son corps, Ted se pencha pour quémander un baiser.

— Thiazi... je...

Grell l'embrassa avec douceur.

— Oh, Tedward ! Ton petit cul est ce que j'ai connu de plus fantastique ! Si une souris pète, je jouis.

Ted gloussa nerveusement.

— J'avais prévu de te séduire et te baiser jusqu'à ce que tu oublies tout, mais... je doute que mon plan se déroule comme prévu.

— D'après mon expérience, chuchota Grell, la vie vous réserve constamment des surprises. Moi, par exemple, je n'avais pas prévu de tomber amoureux de toi.

Ted sursauta, ce qui provoqua en lui de nouvelles sensations. Son sexe était prêt à exploser.

— Thiazi, murmura-t-il, ne te moque pas de moi, s'il te plaît.

— Jamais, feula Grell.

Il embrassa Ted avec passion et roula des hanches pour enfoncer ses deux queues en lui. Ted cria, puis il renversa la tête avec un sanglot et s'abandonna. Grell le baisa alors, jusqu'à le faire frissonner de la tête aux pieds, ses cuisses étaient agitées de spasmes. Tout alla très vite, il jouit avec un autre cri, son sperme se répandit entre leurs deux corps accouplés.

Bien évidemment, une fois ne suffit pas à Grell, il continua à marteler le cul de Ted avec force. Il usa de magie pour éviter à Ted la douleur, ou la stimulation excessive, ne lui laissant qu'un plaisir intense, une jouissance infinie. Ted délirait et ne cessait d'en réclamer davantage.

Puis Grell enfouit son visage dans le cou de Ted, ses dents pointues mordillant la gorge avec un grondement sauvage. Ses mains fortes continuaient à malaxer le cul et les cuisses de Ted tout en le faisant sauter et rebondir sur lui.

— Ah, Ted... amour...

— Thiazi ! cria Ted, en proie à un nouvel orgasme.

Il s'accrocha aux épaules solides, la morsure suivie d'une forte succion augmentant l'amplitude de ses spasmes. Il pensa vaguement qu'il allait avoir un sacré suçon, mais il s'en foutait. Ça en valait la peine! Il empoigna son amant aux cheveux et geignit :

— Oui, oui, ouiii…

Grell le mordit encore. Pour ne pas le déchirer, il ralentit la cadence de ses coups de boutoir, mais ce nouveau rythme était tout aussi délicieux. Ted se sentait pénétré encore plus profondément. Allait-il jouir encore? se demanda-t-il. Ou était-ce le même orgasme qui continuait? Il ne savait plus, il n'arrivait pas à croire que Grell puisse ainsi repousser ses limites physiques. Il gémit encore et chercha à absorber la moindre miette du plaisir qu'il ressentait.

Grell lui aussi atteignait la jouissance. Il accéléra et martela Ted.

— Amour, haleta-t-il. Tu es si beau en me chevauchant… mmm!

Il poussa un son qui n'était pas humain, un rugissement profond qui fit vibrer toute la pièce.

Une fois repu, le roi lécha la morsure sur le cou de Ted et attira son amant contre sa poitrine. Son cœur battait si vite qu'il entendait l'autre pouls – le battement de son mystérieux sauveur –, mais tout ce qui comptait en ce moment était ici, dans les bras de Grell.

— Oh, Ted… Tu as été parfait!

Complètement épuisé, Ted s'abandonna et laissa Grell le bercer, heureux de sentir le sperme chaud qui emplissait ses entrailles.

Quand Grell l'embrassa avec ferveur, Ted lui jeta les bras autour des épaules.

— Tu étais sérieux? s'enquit-il, timidement.

Grell s'écarta pour le regarder dans les yeux.

— Quand, amour?

— Tu es vraiment amoureux de moi?

Terrifié, il attendit la réponse à sa question. En même temps, il était conscient qu'il devait l'entendre. Grell l'appelait «amour», bien sûr, mais était-ce juste un surnom affectueux ou était-ce… réel?

Grell se pencha pour un autre baiser.

— Oui, feula-t-il. Totalement.

XV

— ÊTES-VOUS DÉCENTS ?

C'était la voix de Kunst et son orbe clignotait à l'entrebâillement d'une des nombreuses portes de la salle de justice.

— Non ! cria Ted. Donnez-nous une minute !

Il sourit à Grell et demanda :

— Et si tu claquais tes petits doigts magiques, ta majesté, histoire de nous rhabiller et de ranger un peu ?

Grell roula des yeux et poussa un énorme soupir.

— Je ne peux rien te refuser, amour, mais l'idée de couvrir ta nudité m'est vraiment très pénible ! Tu es si magnifique ! Tu tiens vraiment à parler à notre conseiller spectral ?

— Oui.

En un clin d'œil, Grell se trouva vêtu d'un costume en jacquard violet aux teintes luxuriantes et d'une chemise noire. Ted, lui, portait un jean très ajusté et un tee-shirt noir à col en V. Bien entendu, il ne restait aucune trace physique de leurs ébats torrides sur le trône.

— Entrez, Kunst, cria Grell. Nous sommes décents, ce que je déplore !

Quand Kunst flotta dans la salle, il n'était pas content *du tout*.

— Je dois vous parler des os ! s'écria-t-il. Nous avons un problème !

Grell le toisa sans cacher son agacement.

— Lequel ? Ne me dites pas qu'ils ont encore disparu ?

L'orbe frémit.

— Non, mais je crois savoir pourquoi Gronoch voulait acquérir un tel volume d'os Asrans. S'il cherchait simplement à créer des esclaves avec les Muets, il n'en aurait pas eu besoin d'autant. Une simple pincée d'os aurait suffi à enlever des centaines d'âmes mortelles.

Troublé, Ted fronça les sourcils.

— Alors, quel est son plan ? Que cherche-t-il à faire ?

— À mon avis, Gronoch va tenter d'enlever l'âme d'un dieu, répondit Kunst, atterré. Vous imaginez ?

Ted secoua la tête.

— Euh… pas vraiment. Que peut-il en faire ?

— Il pourrait créer une sorte de goule, expliqua Kunst, très agité. Une fois l'âme du dieu détachée de son corps, il la remplacerait par celle d'un Muet, il en prendrait le contrôle et se ferait servir.

Ted ouvrit de grands yeux.

— Il mettrait une âme humaine dans le corps d'un dieu ?

Grell quitta son trône et se mit à arpenter la salle.

— Même si une projection astrale forcée est possible avec un dieu, ce dont je doute, personne n'a jamais lié une âme mortelle à un vaisseau immortel !

Les jambes coupées, Ted s'assit sur le trône que Grell venait de libérer. Il fronça les sourcils, en réfléchissant.

— Et avec une autre âme immortelle, c'est possible ? demanda-t-il.

L'orbe de Kunst se mit à pulser. Lui aussi réfléchissait fébrilement.

— En théorie, oui, répondit enfin le professeur. Gronoch fait peut-être des expériences afin d'améliorer la force physique d'un dieu.

Grell secoua la tête.

— Votre théorie n'explique pas pourquoi Gronoch cherche des Muets ni pourquoi le sort d'Eon dépend de l'enlèvement du colocataire de Ted. Les visions de mon fils ne sont pas toujours claires, mais de ça au moins, il était absolument certain.

— Je vous l'accorde, déclara Kunst, mais je garde ma conviction que pour avoir besoin d'une telle quantité d'os, Gronoch tient à retirer l'âme d'un dieu à son corps.

Une nouvelle voix s'écria avec colère :

— Qu'est-ce qu'il fout sur le trône ?

Ted se retourna et vit un jeune homme nu qui le fixait.

En reconnaissant « M. Ben », il cligna des yeux afin de s'assurer qu'il ne rêvait pas.

— Salut.

Grell tapa dans ses mains.

— Quand on parle du diable ! s'exclama-t-il, tout heureux. C'est gentil d'être passé nous dire bonjour, fils, mais n'es-tu pas censé protéger un humain ?

Le jeune homme s'approcha.

— Jay est sous bonne garde, grommela-t-il. Je l'ai laissé avec BriseCo et Azzy.

— Bris… c'est qui ça ? demanda Ted.

— BriseCo est le mortel dont je t'ai déjà parlé, répondit Grell, celui qui a réussi à tuer un dieu. Un bel homme solide avec de gros sourcils, il est en couple avec Azaethoth le Petit.

Le jeune homme s'impatienta.

— Je veux savoir pourquoi ce salopard qui déteste les chats est assis là !

Avec un soupir d'exaspération, Ted se leva et s'avança vers « Ben ».

— Hé, je m'appelle Ted, tu le sais très bien, et si je t'ai shooté, c'était accidentel. C'est de ta faute, d'ailleurs, tu passais ton temps dans mes pattes à tenter de me faire trébucher, tu es aussi mytho que psychopathe !

— Va te faire foutre !

— Toi aussi !

Grell rugit et leva les mains pour réclamer le silence.

— Ça suffit les chamailleries et les noms d'oiseaux ! Bouclez-la tous les deux, j'ai mal au crâne. Bon, je me charge des présentations officielles, Ted, voici mon fils, Asta. Asta, voici…

— Ted, le Chat-Shooter, coupa Asta en ricanant. Je sais, papa, nous nous connaissons déjà.

— Je n'ai jamais… grogna Ted.

Il fut interrompu par Grell.

— Asta, mon très cher fils, tu es la lumière de ma vie, mais si tu ne la boucles pas, je te mords !

Il montrait les dents, le regard fulgurant comme de l'or en fusion.

Asta grogna, mais resta coi.

Grell fit quelques pas pour se positionner à côté de Ted.

— Fils, reprit-il, bien des choses ont changé depuis que tu séjournes sur Eon. Je suis heureux de te présenter mon fiancé.

Asta béa d'horreur.

— Ton… *quoi ?* Tu veux dire que tu… avec *lui* ? Oh, putain, je vais vomir !

Ted ricana et posa le bras sur les épaules de Grell.

— C'est grâce à toi, Ben. Quelle bonne idée d'avoir ouvert ce portail !

— Pour l'amour d'Azaethoth le Grand ! gémit Asta. Papa, dis-moi que c'est une blague ? Tu ne baises pas ce… type ?

En voyant le visage livide de sa Némésis, Ted se sentit vengé de toutes les avanies que « Ben » lui avait fait subir.

— Si, si, répondit-il. Tous les jours, matin et soir.

De pâle, Asta devint verdâtre.

— Je vais être malade !

Grell faisait de gros efforts pour ne pas éclater de rire. Il frappa Ted d'un coup de coude et grommela entre ses dents :

— Amour, sois gentil. C'est mon fils.

— J'ai des sous-vêtements plus vieux que ce mortel ! protesta Asta. C'est dégueu votre truc, c'est… je n'ai pas de mots !

— Écoute, fils, ma vie sexuelle ne te regarde pas, et je compte t'en épargner les détails les plus croustillants. De plus, j'ai des informations importantes à te communiquer. Nous avons eu bien des ennuis récemment et je crois qu'ils sont connectés à ta vision.

Les dents serrées, comme s'il luttait contre une nausée, Asta grinça :

— Ma vision ? Tu parles de la fin du monde et de Jay transformé en arme ?

Grell leva les yeux au ciel.

— Oui, pas de la fois où tu as vu les Backstreet Boys se remettre ensemble !

Asta s'énerva.

— Hé, j'avais raison ! Je viens de les suivre pendant la tournée qu'ils ont organisée sur la côte est pour fêter leurs retrouvailles !

Ted fit un bond.

— Quoi ? Tu colles Jay à des inconnus pour assister à des putains de concerts et passer voir ton père ? Tu es vraiment fiable comme garde du corps, il n'y a pas à dire !

— Je n'ai vu que trois spectacles ! se défendit le jeune Asra. Lâche-moi la grappe, Chat-Shooter ! Jay ne risque rien auprès d'un dieu !

— Pourquoi es-tu revenu à Xenon ?

Asta soupira.

— À cause de Jay, avoua-t-il. Il est allé voir BriseCo, un détective privé d'Eon, en lui demandant de retrouver son colocataire disparu. Il a même pleurniché que son chat avait jeté *le pauvre* Ted à travers un portail [6] !

— C'est la vérité, aboya Ted. C'est exactement ce que tu as fait !

— Les enfants, ne vous disputez pas, grommela Grell. Asta, écoute un peu. Nous avons découvert qu'Humble Visseract et Vizier Ghulk ont conspiré avec le dieu Gronoch pour voler des os Asrans dans les fosses.

---

6 Voir le tome 1 de la série, *Amour Tentaqueulaire*, même auteur, même éditeur.

Ghulk vient d'être condamné à perpétuité pour profanation et meurtre. Il a tué Humble Visseract, son complice, mais aussi deux Asras, Thulogian Silas et Sergan Mire.

— Oh, merde! murmura Asta, les yeux écarquillés. J'ai vraiment raté beaucoup!

— Nous ignorons encore comment les Muets sont censés devenir des armes, poursuivit Grell. Le pont reste assombri, donc je crains que l'affaire continue. Nous avons une théorie, enfin, disons plutôt que nous avons quelqu'un qui y travaille activement.

— Qui? s'enquit le jeune Asra.

— Le professeur Emil Kunst.

L'orbe de Kunst s'illumina.

— C'est moi! s'écria-t-il avec entrain. Mes respects, Votre Altesse!

Sidéré, Asta tapota l'orbe luminescent.

— C'est quoi ce truc?

Kunst s'écarta avec indignation.

— Humph! Je ne suis pas un jouet!

— Sans blague?

Asta gonfla les épaules, tout frémissant, comme un chat se préparant à bondir sur une balle.

Grell intervint :

— Laisse-le tranquille, fils. C'est notre conseiller spectral royal.

— Hein? Tu déconnes? Depuis quand avons-nous un truc pareil?

Grell soupira.

— Depuis peu.

Il se laissa tomber sur son trône, invoqua un verre de whisky et le vida à moitié. Il se frotta la tempe de sa main libre et grommela :

— Professeur, veuillez expliquer à mon fils votre théorie fumeuse sur les ossements.

Ted fut très surpris de constater qu'un bête orbe flottant pouvait exprimer autant de satisfaction.

— Bien sûr, Votre Altesse, déclara Kunst avec enthousiasme. Avec plaisir! Eh bien, comme nous le savons tous, les os Asrans sont de puissants catalyseurs pour la projection astrale…

Asta l'interrompit grossièrement :

— C'est quoi ces *constés*? Rappelez-moi votre nom? Ça ressemble à *constés*, non?

— Kunst! Je m'appelle Kunst! aboya le professeur, ulcéré.

Il s'éclaircit la gorge et haussa le ton pour continuer son exposé :

— Gronoch a volé énormément d'os dans les fosses. D'après moi, un tel volume suggère qu'il a l'intention de forcer un dieu…

Asta l'interrompit à nouveau :

— Attendez un peu ! Il a volé des os dans les fosses ? Lesquels a-t-il pris ?

Le visage adouci, les yeux pleins de chagrin, Grell répondit :

— Il a pillé les anciennes cryptes, fils, celles de la famille royale.

Affolé, Asta demanda d'une voix noyée de larmes :

— Maman… ?

— Asta, écoute…

Grell s'interrompit, car son fils avait disparu par un portail. Sans doute était-il déjà dans les fosses afin de vérifier par lui-même.

Grell vida ce qui restait dans son verre.

— Merde, marmonna-t-il.

— D'accord, je continuerai mes explications plus tard, annonça Kunst d'une voix éteinte.

— Oui, beaucoup plus tard, confirma Ted.

Il remarqua que Grell ne cessait de remplir son verre et qu'il buvait sans discontinuer, aussi ajouta-t-il :

— Professeur, je vais vous demander de nous laisser…

Kunst ne bougea pas.

— … tranquilles un moment ! tonna Ted. C'est une affaire privée !

— Bon, bon, grommela Kunst, manifestement très vexé.

Il s'éloigna, son orbe planant très bas comme s'il boudait. Ted arracha à Grell son verre en se demandant si un Asra qui abusait de l'alcool avait les mêmes problèmes de foie qu'un humain.

Il tapota l'épaule de Grell et chuchota :

— Je suis là, ta majesté. Tu ne crois pas que tu devrais… euh, descendre dans les fosses et parler à ton fils ?

— Pour lui dire quoi ? grogna Grell, maussade. Que j'ai fouillé le château de fond en comble et chaque centimètre carré de Xenon sans retrouver ni les os de sa mère ni ceux qui manquent à ses ancêtres ? Un, je doute fort que cela lui apporte la moindre consolation, deux, ce n'est pas une conversation que je suis pressé d'avoir !

Ted tenta une autre approche :

— D'accord, pourquoi ne pas lui demander ce qu'il est venu faire à Xenon alors qu'il était censé veiller sur Jay ?

198

Grell répondit par un ricanement amer.

— Peuh ! Mon fils n'est pas inconscient ! Il a laissé Jay sous la garde d'un dieu et d'un des sorciers les plus puissants qu'Eon ait connu, ton cher petit colocataire ne risque rien du tout !

Ted prit Grell par le bras et tenta de le relever.

— Je veux quand même vérifier ce qui se passe en bas, insista-t-il. Allez, bouge !

Grell fit la moue.

— Pas envie.

Ted esquissa un sourire timide.

— S'il te plaît, plaida-t-il. Pour me faire plaisir, mmm ? Je te taillerai une pipe aussi.

Grell pencha la tête.

— J'ai deux queues…

— Je sais, merde ! s'emporta Ted. Je te taillerai DEUX pipes ! Maintenant, bouge ton cul royal !

Une fois dans les fosses, un Grell nettement plus guilleret se transforma en Asra et se dirigea, suivi par Ted, vers les cryptes royales.

Pour garder la tête froide, Ted tenta de prétendre qu'il était au boulot et qu'il avait un corps à récupérer… sauf qu'en fait, il s'apprêtait à affronter un jeune Asra très en colère, un éternel caractériel qui allait sans doute tenter de le dévorer vif.

En arrivant dans la dernière caverne, il entendit des sanglots sauvages et déchirants. Avant même de voir Asta, Ted devina qu'il avait repris son corps originel. En Asra, Asta était aussi long et maigre qu'en humain, avec un poil noir lisse et brillant. Comme son père, ses tentacules étaient ornés de bijoux en or, mais il en portait moins.

Il était accroupi devant la tombe profanée de Vael, devant la boîte à musique.

Grell, qui hésitait à l'approcher, poussa Ted devant lui.

— Parle-lui !

— Pourquoi moi ? protesta Ted, d'une voix aussi basse que possible. C'est ton fils !

— Tu voulais te rendre dans les fosses, je t'y ai amené, répondit Grell sur le même ton. Je n'ai jamais accepté de tenir le crachoir !

— Si tu continues à m'emmerder, grinça Ted, tu peux te brosser pour… *tu sais quoi.*

— Tu reviendrais sur ta parole ? s'offusqua Grell.

— Non, mais qui m'a flanqué un chieur pareil !

— Allumeur !

— Je vous entends, vous savez, protesta Asta. Vous êtes aussi atterrant l'un que l'autre !

Résigné, Ted se racla la gorge et avança vers le jeune Asra d'un pas prudent.

— Toi et moi sommes sans doute partis du mauvais pied, Ben…

— Je m'appelle Asta !

— Oui, oui, Asta, corrigea précipitamment Ted, je voulais juste te présenter mes condoléances. Euh… pour Vael. Et aussi te dire que je suis vraiment désolé de ce qui arrive.

Asta gonfla ses muscles, le regard étréci. Il s'apprêtait à bondir, à attaquer. Et ce n'était pas un jeu. Cette fois-ci, ses morsures seraient plus sévères.

Ted continua, sans cacher sa nervosité :

— Tu sais certainement que je travaillais dans une maison funéraire, alors, des condoléances, j'en entendais tous les jours, il m'arrivait aussi d'en présenter, c'était mon rôle, même si je ne connaissais pas les défunts. Du coup, ces formules convenues me paraissaient factices, vides de sens. Mais pas aujourd'hui. Je n'ai pas connu Vael, mais ton père en parle souvent, alors… c'est différent. Je m'exprime sans doute très mal, mais je suis sincèrement désolé de cette perte que vous avez subie, Grell et toi.

Il avait parlé avec le cœur, sans réfléchir. Quand il se tut, le silence qui suivit ses paroles fut une vraie torture. Ted retint son souffle en se demandant comment Asta allait réagir.

Après un long moment, le jeune Asra se détendit, il passa une patte sur son visage avec un gémissement attristé.

Soulagé, Ted se remit à respirer. Puis Grell lui prouva son soutien silencieux en se collant contre son flanc.

Asta se mit à faire les cent pas devant la crypte de sa mère, sa queue cinglante indiquant qu'il était toujours en colère.

Il finit par briser le silence :

— Je me demande ce que tu fous ici, Chat-Shooter ! grommela-t-il. Tu n'es pas de la famille.

— Techniquement, si, répliqua Ted, sans réfléchir. À mon corps défendant, je tiens à le signaler, et uniquement parce que ton père a une fois de plus joué au con…

— Hé ! protesta Grell.

— Qu'est-ce que tu racontes ? demanda Asta en même temps.

Très gêné, Ted haussa les épaules.

— Si j'ai bien suivi, ton père et moi sommes plus ou moins fiancés, d'après les coutumes Asranes. Et si j'accepte officiellement je ne sais quoi devant le tribunal, je serai peut-être un jour « *de la famille* » comme tu dis.

Asta haussa les sourcils, une étrange expression sur son visage félin.

— Je vois… Papa t'aurait-il demandé de l'aider à ensevelir un corps ?

Ted en resta bouche bée.

— Oui, mais… comment as-tu fait pour le deviner ?

Asta éclata de rire.

— Il a fait pareil avec ma mère ! Je n'y crois pas ! Papa, comment peux-tu manquer d'imagination à ce point ?

Grell rugit.

— Ne vous mettez pas à deux contre moi ! En plus, c'était totalement différent, Vael connaissait nos coutumes, il savait très bien ce que…

— Et moi pas ! coupa Ted.

La tête que tirait Grell lui arracha un fou rire.

— Que s'est-il passé exactement ? demanda-t-il, entre deux hoquets.

Asta répondit avant son père :

— Maman venait de perdre son oncle préféré, il fallait descendre le corps dans les fosses et le roi, bien entendu, était censé s'en charger. Papa a plus ou moins défié maman de l'accompagner en disant que « *c'était une tâche horriblement physique et stressante, que l'odeur des fosses n'était pas pour les mauviettes* », des trucs comme ça.

Ted battit des cils.

— Mmm, et ça a marché ?

Asta sourit tendrement.

— Oh, oui ! Maman était dotée d'un entêtement légendaire ! La meilleure façon de la pousser à faire quelque chose était de le lui interdire.

Ted se tourna vers Grell.

— Adorable ! s'écria-t-il. Tu as courtisé ton futur mari en le faisant affronter des corps en décomposition et en profitant d'une tradition désuète.

Grell leva le nez en l'air.

— Hé, j'étais jeune à l'époque, se défendit-il, juste un petit prince très nerveux et timide qui n'osait pas inviter à dîner le plus beau mâle de Xenon.

Ted lui rit au nez.

— Toi ? Timide ? Je ne le crois pas !

— C'est pourtant vrai, insista Grell. J'étais encore à l'âge ingrat avec des boutons sur le pif et un appareil dentaire, bref, je doutais de mon sex-appeal. Bien entendu, j'ai expliqué à Vael que s'il descendait m'aider pour les funérailles, nous serions fiancés. Et tu sais ce qu'il a répondu ? « *Parfait, j'adorerais me marier avec toi.* » Voilà, ça s'est passé comme ça.

— Ça n'est pas du tout la version de maman, ricana Asta. Je crois que papa a brodé !

Ted sourit.

— Je sais, admit-il. Personnellement, j'ai appris ces charmantes traditions Asranes au tribunal, alors que j'étais jugé pour meurtre.

— Eh merde ! râla Grell, très offensé. Je me suis déjà excusé, amour, je t'ai aussi expliqué que Ghulk m'avait pris par surprise. Et pense un peu à tous les orgasmes que je t'ai donnés depuis pour me faire pardonner !

— Oui, oui, je sais, mais tes agissements machiavéliques me restent sur l'estomac, et je pense te les jeter à la tronche chaque fois que nous nous disputerons.

Asta secoua la tête.

— Vous agissez déjà comme un vieux couple. Je vous imagine très bien mariés ! Tous mes vœux ! Vous êtes faits l'un pour l'autre !

Il se tourna vers la crypte vide et le silence retomba.

Ted crut l'entendre renifler.

— Merci, Asta, souffla-t-il, mais je n'ai pas encore accepté d'épouser ton père, tu sais. Nous avons décidé d'aller doucement et de voir où cette relation nous emmène.

Il hésita un moment avant d'ajouter, tout ému :

— Pour le moment, c'est… super. Je suis très heureux.

Il était écarlate. Franchement, ça devenait gênant qu'il soit incapable de contrôler ses émotions !

— Tu as bien de la chance, Chat-Shooter !

— Moi aussi, je suis heureux, renchérit Grell, si ça intéresse quelqu'un.

— Non, renifla Asta.

— Oui, dit Ted gentiment.

Il gratta Grell derrière les oreilles.

— Humph. Merci.

Asta se pencha pour récupérer la boîte à musique.

— Qu'est-ce qu'elle fout là ? marmonna-t-il. Qui a eu l'idée grotesque de l'apporter dans les fosses ?

Malgré son ton grincheux, il traitait avec révérence l'objet ayant appartenu à sa mère.

Ted hésita à répondre, craignant de briser la trêve fragile. Il se décida, cependant, à rester sincère.

— C'est moi, avoua-t-il. Je voulais quelque chose de personnel pour matérialiser la promesse que… euh, que nous continuerons à chercher ce qui a été volé. Et Grell a choisi la boîte à musique.

Asta se tourna vers son père et sourit.

— C'était un cadeau d'anniversaire, souffla-t-il. C'était mon idée et papa l'a fait faire pour maman. Elle y mettait ses bijoux, mes dents de lait…

Il secoua la tête et fixa la boîte.

— Quel sacré merdier ! s'écria-t-il.

— Oui, confirma Grell.

Asta se releva et avança vers eux en montrant les dents.

— Alors, on fait quoi ?

Grell le tapa sur l'épaule.

— Tu es bien mon fils !

Ted recula, laissant le père et le fils partager ce moment d'intimité. Il perçut cependant quelques paroles :

— … c'est comme le perdre à nouveau…

— Je sais, souffla tristement Grell. Je ressens la même chose…

Asta ne supporta pas longtemps une telle intensité émotionnelle. Il s'ébroua soudain et déclara à son père :

— Je veux prendre une cuite !

— D'accord !

D'un claquement de doigts, Grell les téléporta tous les trois près de la piscine. Un plateau les attendait, garni de shots colorés et d'une grande bouteille d'alcool. Ted ne put retenir un éclat de rire en constatant que Grell lui avait offert un maillot licorne.

Grell portait le même, bien évidemment.

Asta reprit sa forme humaine. Son père l'engueula d'être une fois de plus à poil, aussi enfila-t-il un maillot classique. Ils portèrent un premier toast. Ensuite, ils burent sans discontinuer. Asta s'obstina à révéler à Ted toutes les histoires juteuses et embarrassantes qu'il connaissait sur son père.

Grell grommela et s'agita, mais il ne fit rien pour faire taire son fils, trop heureux sans doute de le voir sourire.

203

Au début, Ted essaya de rester à distance de son amant, pour ne pas gêner Asta par des manifestations trop tactiles. Mais Grell refusa de le laisser faire et l'installa sur ses genoux.

Au fil des heures, Grell leur servit régulièrement de quoi se sustenter, histoire de ne pas boire sur un estomac vide. Ted se bourra de gros cheeseburgers.

Puis Grell dut s'absenter pour une urgence, il abandonna son fils et Ted à leur repas en promettant de revenir bientôt.

Asta avala un fromage rose lumineux et tapota l'épaule de Ted.

— Finalement, tu n'es pas aussi affreux que je le pensais, déclara-t-il d'une voix pâteuse, même si ton passe-temps préféré est de shooter les chats.

Sans même chercher à se défendre de cette accusation injuste, Ted leva son verre.

— Quel compliment ! Merci. Buvons à la paix dans les familles !

— Tu kiffes vraiment mon père, hein ?

Ted esquissa un sourire gêné. Il passa les doigts dans ses cheveux et soupira.

— Ce que j'éprouve pour lui est bien plus... fort, admit-il. Mais merde, c'est compliqué ! Tout est foutrement compliqué !

Détendu par l'alcool ingurgité, Asta eut un rire bruyant.

— En tout cas, tu le rends heureux ! Ça fait des siècles que je ne l'avais pas vu aussi heureux ! Même quand il a découvert le câble, il n'était pas aussi... enthousiaste.

Ted sourit.

— C'est grâce à toi, tu sais, je te suis très reconnaissant de m'avoir envoyé à Xenon. Je me serais passé d'être accusé de meurtres, mais...

— Tu vas l'épouser, j'espère ? coupa Asta, le visage sévère.

Ted redevint nerveux.

— Je ne sais pas, bredouilla-t-il. Nous ne sommes pas pressés, hein ? Je n'ai pas encore donné ma réponse officielle au tribunal.

— Qu'est-ce que tu attends, bordel ? aboya Asta.

— C'est... c'est une bonne question.

Il étouffa ses doutes en finissant son burger.

Asta insista :

— Je te rappelle que tu n'es pas éternel, Chat-Shooter ! Tu as quoi... dix ans au mieux ?

Ted s'étrangla derechef.

— Hein ? Dix ans ? T'es barge ! Je suis mortel, mais les humains vivent jusqu'à cent ans de nos jours !

Asta ricana.

— Ça reste ridiculement court, pourquoi ne pas en profiter au maximum ?

— Tu as raison.

De par son métier, Ted savait mieux que personne que la vie était fragile. La mort fauchait parfois des personnes dans la fleur de l'âge, sans prévenir, sans discernement. Il ignorait le temps qui lui restait à vivre, comme tout le monde. N'était-ce pas une raison suffisante pour profiter de la moindre miette de bonheur qui se présentait ?

Grell réapparut, il glissa dans la piscine et prit sur le plateau une boisson fraîche garnie de tranches de fruits.

— Vous ne vous êtes pas entretué pendant mon absence, déclara-t-il. C'est très bien.

— C'était quoi cette urgence ? demanda Ted. Rien de grave, j'espère ?

— Regarde, répondit Grell.

Il désignait le ciel nocturne. Le pont, naguère si sombre, était inondé d'une lumière nouvelle. Elle se déplaçait lentement, mais sûrement, parce que des milliers d'orbes scintillants flottaient d'un bout à l'autre du pont.

Ted déglutit, à la fois envoûté par la splendeur restaurée du pont et terrifié de ce qu'elle signifiait.

— Que… que s'est-il passé ? bredouilla-t-il.

— Tous les Muets disparus sur Eon sont décédés, expliqua Grell, le visage sinistre. Le pont est donc éclairé à plein volume.

Le cœur serré, Ted saisit la main de Grell.

— Décédés ? répéta-t-il. Tous en même temps ? C'est horrible !

— J'ignore ce que Gronoch a fait subir aux Muets qu'il avait enlevés, feula Grell, mais si tu veux mon avis, la mort est sans doute une nette amélioration de leur sort.

Asta eut un hoquet alors que ses grands yeux fixaient le pont.

— Merde ! Jay ! Il faut que je retourne sur Eon vérifier qu'il va bien.

— Oui, confirma son père, continue à le surveiller, mais fais très attention. Gronoch est derrière tout ça, c'est certain, et il est dangereux.

— Oui, je sais. Je vais mettre au courant BriseCo et Azzy, voir ce qui se passe de leur côté. Je vais aussi leur demander de chercher les os. Je reviendrai dès que possible.

En un clin d'œil, il quitta la piscine et enfila ses lunettes de soleil. Il pointa le doigt sur Ted et demanda avec hauteur :

— Et toi ! Quelle va être ta réponse ?

Ted pataugea pour répondre.

— Eh bien… euh… je suis…

— Oui, c'est ce que je pensais, déclara Asta avec un sourire plein de dents. Bravo, les tourtereaux ! À plus !

Il était à nouveau nu quand il disparut avec un «*pop*» dans un portail lumineux.

— Pourquoi est-il toujours à poil ? se demanda Ted à haute voix.

Grell éclata de rire et réinstalla Ted sur ses genoux.

— Il adore les sensations du portail sur ses bijoux de famille. C'est assez… grisant.

— Si tu le dis !

Ted embrassa Grell avec un petit rire.

— Mmm. Tu m'as manqué, ta majesté !

— Je ne suis pas parti longtemps, amour, rétorqua Grell, amusé.

Ted, la tête haute, s'efforça de garder son sérieux.

— J'ai à te parler.

Grell parut intrigué.

— As-tu une nouvelle idée perverse à tester ?

— Non ! gronda Ted. Il s'agit de nos fiançailles.

Grell sembla encore plus intéressé.

— Oh. Et alors ?

— Je parlais à Asta, répondit Ted, et il m'a donné une nouvelle perspective sur ma vie de mortel. Du coup, j'ai réfléchi à mon avenir.

Grell prit Ted par les hanches.

— Cela signifie-t-il que tu acceptes de m'épouser ?

Ted s'agita nerveusement.

— Pour le moment, j'accepte nos fiançailles, parce que malgré tout ce qui s'est passé, malgré les meurtres, les accusations et les complications, je suis devenu accro à tes charmes royaux.

Grell se rengorgea et déposa un baiser sur les lèvres de Ted.

— Je suis irrésistible, c'est vrai. Donc, tu acceptes de m'épouser ?

Les joues en feu, Ted inspira un grand coup. La solitude, décida-t-il, il en avait soupé. Et il était raide dingue de Grell.

Merde quoi ! Il allait sauter le pas.

— Oui, souffla-t-il.

Grell poussa un rugissement de triomphe et dévora la bouche de Ted.

— Oh, amour, mon bel amour ! Tu viens de faire de moi l'homme le plus heureux de Xenon !

Ted gloussa, le cœur plein d'amour. Il se pencha et mordilla l'oreille de Grell.

— Allons au lit, ta majesté, et tu seras vite encore plus heureux.

— Je n'aurais jamais cru que tu puisses être plus que parfait ! s'exclama Grell, hilare. Pourtant, tu viens de me prouver le contraire.

Il serra Ted contre lui, prêt à claquer des doigts.

— Prêt, amour ? s'enquit-il.

— Oui.

Ted sourit en sentant le monde tourbillonner autour de lui. Il était prêt à tout : aux ébats fantastiques qu'il s'apprêtait à vivre, à d'innombrables réveils aux côtés d'un beau roi, à tirer le meilleur parti de chaque moment.

Asta avait raison : la vie était courte.

Il fallait donc tout faire pour être heureux.

K.L. « Kat » Hiers est une embaumeuse, une artiste en restauration et une auteure LGBT. Licenciée en gestion de pompes funèbres et en services funéraires, elle a travaillé pendant près d'une décennie dans l'industrie de la mort. Son premier amour a toujours été de raconter des histoires et elle écrit depuis plus de vingt ans, après avoir écrit son tout premier livre à huit ans seulement. En général, les éditeurs n'acceptent pas un manuscrit écrit sur un cahier au logo d'Hello Kitty, mais Kat n'a pas pour autant perdu confiance.

Suite au succès de son roman, *Cold Hard Cash*, Kat est désormais une auteure professionnelle, elle préfère les histoires passionnées et sensuelles, les mondes exotiques et les voyages émotionnels. Elle adore assister aux festivals de film d'horreur et se déguiser en ses personnages préférés.

Elle vit à Zebulon, en Caroline du Nord, avec son mari et leurs enfants, dont certains ont des pattes et d'autres font semblant, parce qu'ils trouvent ça chou.

Site Web : http://www.klhiers.com

Par K.L. Hiers

UN MYSTÈRE DE L'AMOUR, TOUJOURS
Amour tentaqueulaire
CraQueue mon cœur

Publié par Dreamspinner Press
www.dreamspinner-fr.com

UN MYSTÈRE DE L'AMOUR, TOUJOURS

Amour
Tentaqueulaire

K.L. HIERS

Le mystère de l'amour, toujours, tome 1

Rien ne rapproche aussi bien deux hommes – ou plutôt un homme et un immortel – que la vengeance.

Sloane, détective privé, a sacrifié sa carrière dans les Forces de l'Ordre pour traquer le meurtrier de ses parents. Comme eux, il croit en des dieux oubliés, il pratique leur magie et leur offre ses prières… sans jamais obtenir de réponse.

Jusqu'ici.

Azaethoth le Petit, dieu des voleurs et des escrocs, prend soin des siens. Il vient sur terre pour venger le meurtre d'un de ses favoris et peut-être séduire le très tentant détective que le destin a mis sur son chemin. S'il réussit dans ses projets, il ne s'agira pas seulement d'attraper un tueur pour le remettre à la justice. En fait, Azaethoth est sûr d'avoir enfin trouvé celui avec lequel il aimerait passer sa vie éternelle.

La résistance initiale de Sloane cède devant la tendresse inattendue d'Azaethoth, et les tentacules qu'il aperçoit parfois sous l'apparence humaine du dieu enflamment son imagination. Mais leur enquête devient de plus en plus étrange et dangereuse. Pour survivre à la bataille finale, le couple aura besoin d'un peu de foi… et beaucoup de lumière mystique.

www.dreamspinner-fr.com

www.ingramcontent.com/pod-product-compliance
Lightning Source LLC
Chambersburg PA
CBHW031229260626
47169CB00007B/2217